高等院校规划教材·计算机应用技术系列

Visual Basic 程序设计与应用

刘立群　池　洁　刘　哲　主　编

邹丽娜　周　颖　刘　冰　副主编

赵　雷　杨婷婷　参　编

机械工业出版社

本书是为了适应 Visual Basic 程序设计课程教学需要和全国计算机等级考试二级考试的要求而编写的。编写组由具有多年从事二级考试辅导教学经验教师组成。知识点全面完整,涵盖了全国计算机等级考试二级考试大纲要求。

全书共分 13 章,从认识 Visual Basic 程序开始,由浅入深地系统介绍了 Visual Basic 6.0 可视化程序环境下的编程方法、窗体和控件的使用、常用事件和方法、程序结构及基本算法、过程和数组。

本书采用案例式教学方式,注重将知识与实例分析融为一体,在知识的讲解过程中逐一引入实例。可作为高等学校 Visual Basic 程序设计语言课程的教材,也可作为参加全国计算机等级考试人员的自学和辅导教材。

图书在版编目(CIP)数据

Visual Basic 程序设计与应用/刘立群,池洁,刘哲主编. —北京:机械工业出版社,2009.12
(高等院校规划教材·计算机应用技术系列)
ISBN 978 − 7 − 111 − 29125 − 1

Ⅰ.V…　Ⅱ.①刘…　②池…　③刘…　Ⅲ. BASIC 语言 − 程序设计 − 高等学校 − 教材　Ⅳ. TP312

中国版本图书馆 CIP 数据核字(2009)第 238874 号

机械工业出版社(北京市百万庄大街 22 号　邮政编码 100037)
策划编辑:赵　轩
责任印制:洪汉军

三河市宏达印刷有限公司印刷
2010 年 2 月第 1 版·第 1 次印刷
184mm×260mm·13.75 印张·335 千字
0001 −3000 册
标准书号: ISBN 978 − 7 − 111 − 29125 − 1
定价: 24.00 元

凡购本书,如有缺页、倒页、脱页,由本社发行部调换

电话服务	网络服务
社服务中心:(010)88361066	门户网:http://www.cmpbook.com
销售一部:(010)68326294	教材网:http://www.cmpedu.com
销售二部:(010)88379649	
读者服务部:(010)68993821	**封面无防伪标均为盗版**

出 版 说 明

　　计算机技术的发展极大地促进了现代科学技术的发展，明显地加快了社会发展的进程。因此，各国都非常重视计算机教育。

　　近年来，随着我国信息化建设的全面推进和高等教育的蓬勃发展，高等院校的计算机教育模式也在不断改革，计算机学科的课程体系和教学内容趋于更加科学和合理，计算机教材建设逐渐成熟。在"十五"期间，机械工业出版社组织出版了大量计算机教材，包括"21世纪高等院校计算机教材系列"、"21世纪重点大学规划教材"、"高等院校计算机科学与技术'十五'规划教材"、"21世纪高等院校应用型规划教材"等，均取得了可喜成果，其中多个品种的教材被评为国家级、省部级的精品教材。

　　为了进一步满足计算机教育的需求，机械工业出版社策划开发了"高等院校规划教材"。这套教材是在总结我社以往计算机教材出版经验的基础上策划的，同时借鉴了其他出版社同类教材的优点，对我社已有的计算机教材资源进行整合，旨在大幅提高教材质量。我们邀请多所高校的计算机专家、教师及教务部门针对此次计算机教材建设进行了充分的研讨，达成了许多共识，并由此形成了"高等院校规划教材"的体系架构与编写原则，以保证本套教材与各高等院校的办学层次、学科设置和人才培养模式等相匹配，满足其计算机教学的需要。

　　本套教材包括计算机科学与技术、软件工程、网络工程、信息管理与信息系统、计算机应用技术以及计算机基础教育等系列。其中，计算机科学与技术系列、软件工程系列、网络工程系列和信息管理与信息系统系列是针对高校相应专业方向的课程设置而组织编写的，体系完整，讲解透彻；计算机应用技术系列是针对计算机应用类课程而组织编写的，着重培养学生利用计算机技术解决实际问题的能力；计算机基础教育系列是为大学公共基础课层面的计算机基础教学而设计的，采用通俗易懂的方法讲解计算机的基础理论、常用技术及应用。

　　本套教材的内容源自致力于教学与科研一线的骨干教师与资深专家的实践经验和研究成果，融合了先进的教学理念，涵盖了计算机领域的核心理论和最新的应用技术，真正在教材体系、内容和方法上做到了创新。另外，本套教材根据实际需要配有电子教案、实验指导或多媒体光盘等教学资源，实现了教材的"立体化"建设。本套教材将随着计算机技术的进步和计算机应用领域的扩展而及时改版，并及时吸纳新兴课程和特色课程的教材。我们将努力把这套教材打造成为国家级或省部级精品教材，为高等院校的计算机教育提供更好的服务。

　　对于本套教材的组织出版工作，希望计算机教育界的专家和老师能提出宝贵的意见和建议。衷心感谢计算机教育工作者和广大读者的支持与帮助！

机械工业出版社

前　言

　　Visual Basic 是一种包含协助开发环境并支持事件驱动的可视化编程语言。Visual Basic 源自于 BASIC 语言，它是当今世界上使用人数最多的计算机语言。它拥有图形用户界面和快速应用程序开发系统，可以轻易地连接数据库，或者轻松地创建 ActiveX 控件。程序员可以轻松地使用 Visual Basic 提供的组件快速建立一个应用程序。由于它功能强大、容易掌握，不仅被许多大专院校列入了教学计划，并且已经作为全国计算机等级考试二级的考试科目。

　　为了适应各院校开设 Visual Basic 程序设计课程的需要，以及国家二级考试的要求。我们紧紧围绕全国计算机等级考试二级考试大纲，并结合大纲要求编写组织知识点，针对二级考试中笔试和上机考试的不同形式和要求，在积累和总结多年从事二级考试辅导教学经验的基础上，编写了本套教材。本套教材以 Visual Basic 6.0 中文版为基础，共分为两册。

　　第一册为主教材《Visual Basic 程序设计与应用》。在主教材中详细介绍了 Visual Basic 可视化程序环境和编程方法。全书共分 13 章，包括：认识 Visual Basic、Visual Basic 应用程序设计初步、常用控件和窗体、Visual Basic 程序设计基础、数据的输出与输入、程序设计语句、常用标准控件、数组和过程、键盘与鼠标事件、菜单和文件操作、数据库应用。内容覆盖了二级考试的全部知识点，并且对每一个重要知识点都设计了相应的程序设计实例，强化对核心知识点的理解，引导学生通过对具体案例的学习和实践掌握程序设计方法。

　　第二册为辅助教材《Visual Basic 程序设计与应用实训》。在辅助教材中包括三个部分：知识要点、相关知识与例题分析、实验指导。

　　本书可以作为高等学校 Visual Basic 程序设计语言课程的教材，也可作为参加全国计算机等级考试人员的自学和辅导教材。

　　全书由沈阳师范大学刘立群、池洁、刘哲、刘冰、邹丽娜、周颖、赵雷、杨婷婷老师编写，由刘立群统稿。

　　尽管我们尽了最大的努力，但由于编者水平有限、经验不够丰富，书中难免会有不足之处，敬请批评指正。

编　者

目　录

第1章 认识 Visual Basic

学习目标与要求

- 了解 Visual Basic 的发展过程和语言特点
- 掌握 Visual Basic 的启动与退出
- 了解 Visual Basic 的集成开发环境

1.1 Visual Basic 概述

何谓 Visual Basic? Visual Basic 是一门较流行的编程语言。

"Visual"指的是可视化的编程方法,即创建用户所见内容不需编写大量代码去描述界面元素的外观和位置,只要把预先建立的对象添加到屏幕上即可,并可以方便地开发图形用户界面(GUI)。

"Basic"指的是 BASIC 语言,一种在计算技术发展历史上应用得最为广泛的语言。BASIC 是英文"Beginner's All-purpose Symbolic Instruction Code"的缩写,意思为初学者通用符号指令代码,一直都是程序设计入门的首选语言。初学者只要掌握几个关键词就可以建立实用的应用程序。

Visual Basic 不但秉承了 BASIC 语言的易学易用的优点,而且增加了图形界面设计工具。它简化了复杂的窗口程序编写过程,让编程者将更多的精力致力于问题的求解过程。迄今为止,Visual Basic 已经发展成为快速应用程序开发工具的代表。

VisualBasic 不仅指编程语言,也指编程的软件开发环境,我们现在使用的环境为 Visual Basic 6.0。Visual Basic 6.0 包括 3 种版本:

1)学习版(Learning Edition):Visual Basic 的基础版本,包括了 Visual Basic 的所有内部控件(标准控件)、网格控件、Tab 对象和数据绑定控件。使用学习版可以很容易地开发 Windows 系统下的应用程序。

2)专业版(Professional Edition):包括了学习版的全部功能,并增加了 ActiveX 控件、Internet 控件、Crystal Report Writer 和报表控件,主要用于开发客户机/服务器应用程序。

3)企业版(Enterprise Edition):包括了专业版的全部功能,并增加了自动化管理器、部件管理器、数据库管理工具、Microsoft Visual SourceSafe 面向工程版的控制系统等,主要用于创建分布式应用程序、高性能的客户机/服务器应用程序或 Internet 上的应用程序。

1.1.1 Visual Basic 的发展过程

20 世纪 70 年代末,Microsoft 公司在当时的 PC 上开发了第一代的 BASIC 语言,成为当时非常流行的编程工具,许多计算机初学者使用它来编制各种各样的小程序。20 世纪 90 年代初,由于 Windows 操作平台的逐渐流行,PC 的操作方式开始由命令行方式向图形用户界面方式转变。Microsoft 公司开始把 BASIC 语言向可视化编程方向发展,于是就有了第一代的 Visual Basic。Visual Basic 意为可视化的 BASIC,它既保留了 BASIC 语言简单、易用的优点,又充分利用了 Windows 系统中提供的图形环境,成为一种崭新的可视化程序设计工具。

随着 Windows 操作系统的不断成熟,1993 年 Visual Basic 由 1.0 版升级到 3.0 版,此时的 Visual Basic 已初具规模,利用它可以快速地编制各种应用程序,包括非常流行的多媒体应用程序和各种图形操作界面。在面向对象技术出现后,Microsoft 公司迅速地把这一技术融入到了 Visual Basic 中。1996 年推出的 Visual Basic 4.0 还提供了强大的数据库管理功能,这使得它成为管理信息系统的重要开发工具。随着 Internet 的迅猛发展,Microsoft 公司的 ActiveX 技术出现,并被不失时机地加入到了 1997 年推出的 Visual Basic 5.0 中。Microsoft 公司在推出 5.0 版后,随后推出了 Visual Basic 中文版。1998 年,Visual Basic 6.0 公开发行,这一版本对 Visual Basic 进行了更大的扩充和增强。它还引入了使用部件编程的概念,实际上这是对面向对象编程思想的扩展。

1.1.2　Visual Basic 的特点

Visual Basic 是可视化的、面向对象的、采用事件驱动方式的结构化高级程序设计语言。

总的来说,Visual Basic 有以下主要特点:

1. 可视化的编程工具

用传统的程序设计语言设计程序,都是通过编写程序代码来设计用户界面的,在设计过程中看不到界面的实际效果,必须编译后运行程序才能看到。如果对界面效果不满意,还得返回到程序中修改,这大大影响了软件的开发效率。而 Visual Basic 提供了可视化的程序设计工具,程序设计人员只需从"工具箱"中取出所需"控件",将其放置到窗体的指定位置构成用户界面,并设置这些图形对象的属性,Visual Basic 则自动生成界面设计代码,从而大大提高了程序设计的效率。

2. 面向对象的程序设计思想

面向对象是近年来出现的一种程序设计技术,是一种全新的设计和构造软件的思维方法。它把程序和数据封装起来作为一个"对象",并赋予每个"对象"应有的属性。程序设计人员在设计对象时,不必编写建立和描述每个对象的程序代码,而是在界面上用工具绘制出对象,由 Visual Basic 自动生成对象的程序代码和数据并封装起来,程序设计人员只需编写实现程序功能的代码。这样大大节省了程序的开发时间,也降低了编程的难度。

3. 事件驱动的编程机制

传统的程序设计方法是面向过程的,程序设计人员必须根据程序要实现的功能,写出一个包括主程序和若干个子程序的完整程序。因此,程序设计人员必须考虑程序运行的每一个细节,对编程人员要求较高。

Visual Basic 改变了传统的编程机制,程序中没有明显的主程序,使程序执行的基本方法是由"事件"来驱动子程序。例如,在窗体上绘制一个命令按钮,用户只要单击命令按钮就会发生一个鼠标单击事件,其发生此事件执行一段由鼠标单击事件驱动的子程序,在 Visual Basic 中称为"过程"。因此,程序设计人员只需分别编写出一些单一的过程即可。

4. 结构化的程序设计语言

Visual Basic 具有高级程序设计语言的语句结构，接近自然语言和人类的逻辑思维方式。Visual Basic 是解释型语言，在输入代码的同时，解释系统可以自动进行语法检查，及时提示语法错误。在利用 Visual Basic 设计应用程序的过程中，随时可以运行程序，调试程序，查看程序的运行结果。程序设计完成后，还可以编译生成可执行文件（.EXE），使其脱离 Visual Basic 环境，直接在 Windows 环境下运行。

5. 强大的数据库功能

Visual Basic 具有很强的数据库管理功能。利用数据控件和数据库管理窗口，可以直接建立或处理 Microsoft Access 格式的数据库，并提供强大的数据存储和检索功能。同时，功能强大的 ADO（Active Database Object）技术还能直接编辑和访问其他外部数据库，如 Btrieve、Visual FoxPro 和 Oracle 等；从而使网络数据库的开发更加快捷简单。

6. 网络功能

Visual Basic 提供了 IIS 和 DHTML（Dynamic HTML）两种类型的程序设计方法，用来编写 Internet 上的应用程序。利用它们进行程序设计，程序设计人员不需要学习编写脚本和操作 HTML 标记，就可以开发功能很强的基于 Web 的应用程序。

除上述特征外，Visual Basic 还提供了动态数据交换 DDE（Dynamic Data Exchange）与动态链接库（DLL）技术，用来建立 Visual Basic 应用程序与其他 Windows 应用程序间的数据通信与调用；利用对象的链接与嵌入（OLE）技术，可以开发集声音、图像、动画、字处理和 Web 等对象于一体的应用程序；可以定制用户自己的 ActiveX 控件，并把它作为集成开发环境和运行环境的一部分，为开发应用程序提供服务；同时，还提供了多种向导，通过它们可以快速地创建不同类型、不同功能的应用程序。

1.2　Visual Basic 的启动与退出

1.2.1　Visual Basic 的启动

开机并进入 Windows 操作系统后，可用以下两种方法启动 Visual Basic。

方法一：在桌面上双击 Visual Basic 的快捷方式。

方法二：选择"开始"菜单中的"程序"命令，找到"Microsoft Visual Basic 6.0 中文版"，弹出下一个级联菜单，执行"Microsoft Visual Basic 6.0 中文版"命令，即可进入 Visual Basic 集成开发环境。

启动 Visual Basic 后，首先显示如图 1-1 所示的"新建工程"对话框。

在"新建工程"对话框中有 3 个选项卡：

1）新建：为默认选项卡，列出了可以在 Visual Basic 中使用的应用程序类型，用来建立新的应用程序，"标准 EXE"为默认选项。

2）现存：列出了现有的应用程序文件名，可从中选择要打开的文件名。

3）最新：列出最近使用过的应用程序文件名，可从中选择要打开的文件名。

在默认状态下，单击"打开"按钮，可以创建一个标准 EXE 工程，并打开 Visual Basic 集成开发环境。

图1-1　"新建工程"对话框

1.2.2　Visual Basic 的退出

可用多种方法退出 Visual Basic，返回到 Windows 环境下。

方法一：选择"文件 | 退出"命令。

方法二：按〈Alt〉+〈Q〉组合键。

方法三：单击"标题栏"中的"关闭"按钮。

如果当前程序没有保存，系统将提示是否保存。此时，选择"是"，则将文件保存后退出 Visual Basic；选择"否"，则放弃保存直接退出 Visual Basic。

1.3　本章小结

本章主要介绍了 Visual Basic 的发展过程及特点、Visual Basic 的启动与退出方式。Visual Basic 意为可视化的 BASIC，它提供了可视化的编程工具，采用了面向对象的程序设计思想和事件驱动的编程机制。启动和退出 Visual Basic 有多种方法，应熟练掌握其中的常用方法。

第2章 Visual Basic 应用程序设计初步

学习目标与要求

- 了解 Visual Basic 应用程序的设计步骤
- 掌握对象的属性、事件和方法
- 熟练掌握对象的建立和编辑
- 了解代码窗口和代码编辑器
- 掌握程序的保存、装入和运行

2.1 设计简单的 Visual Basic 应用程序

2.1.1 第一个简单程序

学习 Visual Basic 编程的最好方法是实际创建一个程序。如何用 Visual Basic 编写程序呢？本节将通过一个实例来介绍 Visual Basic 应用程序的开发过程。

【例 2-1】 Visual Basic 欢迎程序。

实例说明：用户界面是由 Visual Basic 的多个对象组成。其中，运行程序时出现的窗口是窗体，窗体上有三个命令按钮和一个标签，其外观如图 2-1 所示。

图 2-1 程序运行界面

程序运行后，单击"向左走"命令按钮，则标签会向左移动；单击"向右走"命令按钮，则标签会向右移动；单击"结束"命令按钮，则结束程序运行。

下一节将以该程序为例，介绍 Visual Basic 应用程序的设计步骤。

2.1.2 程序设计的基本步骤

创建 Visual Basic 应用程序一般需要以下 3 步：

1）创建用户界面；

2）设置对象属性；

3）编写事件驱动代码。

1. 创建用户界面

创建用户界面，即创建窗体并向窗体上添加控件。

创建窗体：进入 Visual Basic 集成环境，系统会自动创建"工程 1"和一个默认的窗体 Form1，下面的工作都是在 Form1 中完成的。

添加控件：常用控件可以从 Visual Basic 集成环境的左侧工具箱中选择添加，如添加命令按钮可以单击工具箱中的 CommandButton 控件，然后将鼠标指针移到窗体上，当鼠标指针变成十字型时，按住鼠标左键向右下角拖动，得到如图 2-2 所示的命令按钮时停止拖动，并释放鼠标左键。此时带有选择柄的命令按钮出现在窗体上，命令按钮上显示的内容默认为 Command1，命令按钮的名称默认也是 Command1。命令按钮的大小及位置可以通过鼠标拖动进行修改。

按上述方法，继续添加两个命令按钮，名称分别是 Command2 和 Command3。再添加一个标签，名称为 Label1。创建后的用户界面如图 2-3 所示。

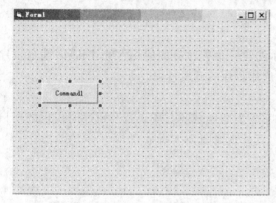

图 2-2 放置 CommandButton 控件

图 2-3 窗体界面

2. 设置对象属性

窗体及控件创建以后，并没有显示出我们要求的程序界面，还需要修改控件属性，如命令按钮上的文字、标签显示的内容都需要通过修改属性才能发生变化。

（1）设置标签属性

单击标签 Label1 将其选中，在属性窗口中找到 Caption 属性，如图 2-4 所示，将其右侧属性值改为"欢迎来到 Visual Basic 世界！"，这样窗体中的标签显示内容就发生了变化。

在属性窗口中继续找到 Font 属性，用来设置标签显示文字的字体，单击右侧按钮…，弹出"字体"对话框如图 2-5 所示。将字体设置为"宋体"，字形设置为"粗体"、大小设置为"四号"，然后单击"确定"按钮。此时，标签的标题按照指定的字体、字形和大小显示。

图 2-4 属性设置

6

图2-5 "字体"对话框

（2）设置命令按钮属性

单击"Command1"命令按钮，在属性窗口左侧栏中找到的"Caption"属性，将其属性的当前值"Command1"改为"向左走"。

按上述方法，分别将命令按钮"Command2"和"Command3"的 Caption 属性的当前值改为"向右走"和"结束"。

3. 编写事件驱动代码

添加到窗体上的控件还不能完成其功能，如果希望单击命令按钮时，能执行某些操作则需要编写相应的事件代码。

双击窗体上的"向左走"命令按钮，弹出如图2-6所示的窗口。

图2-6 代码（Code）窗口

代码窗口中的两行程序语句是由 Visual Basic 系统自动给出的，在这两行程序语句之间输入以下程序语句：

```
Label1. Left = Label1. Left – 100
```

至此，已经编写了一个对"向左走"命令按钮单击事件的响应过程，也就是说，在运行程序时，当用户单击"向左走"命令按钮时，即发生鼠标单击（Click）事件，其系统执行过程如下：

```
Private Sub Command1 _Click( )
```

7

```
        Label1. Left = Label1. Left – 100
    End Sub
```

按上述方法，编写其他两个命令按钮的单击事件过程代码：

"向右走"命令按钮：

```
Private Sub Command2_Click( )
        Label1. Left = Label1. Left + 100
    End Sub
```

"结束"命令按钮：

```
Private Sub Command3_Click( )
        End
    End Sub
```

至此，我们已经创建了一个程序，为了验证程序能否执行要求的功能，则需运行程序。

4. 运行程序

选择"运行 | 启动"命令，或者单击工具栏中的"启动"按钮 ▶，此时程序处于运行状态，如图 2-1 所示。在添加新代码后，通常需要运行程序以查看代码是否按期望运行，如果没有，则需要修改代码，此过程称为"调试"。对于大多数 Visual Basic 程序，一般都需要进行多次调试。我们会在 2.6.3 节中详细介绍。

5. 保存程序

新创建的程序只存在于内存中，如果希望永久保存，可以进行如下保存操作：

单击工具栏中"保存工程"按钮 📁，或选择菜单"文件 | 保存工程"命令，将先后弹出两个保存对话框，第一个为"文件另存为"对话框，用来保存窗体文件，如图 2-7 所示。

图 2-7　"文件另存为"对话框

第二个为"工程另存为"对话框，用来保存工程文件，如图 2-8 所示。

通过上面的保存过程可以看出这个程序需要保存两个文件，分别是窗体文件（Form1. frm）和工程文件（工程 1. vbp）。下一次打开程序时，直接双击该程序的工程文件即可。

8

图 2-8 "工程另存为"对话框

如果对已保存的程序进行了修改（包括界面和代码），需要再次保存程序，可以单击工具栏中"保存工程"按钮 ，但是并不会弹出保存对话框，而是直接在原有文件上进行更新。

2.2 Visual Basic 的集成开发环境

我们已经学习了一个简单 Visual Basic 程序从创建、运行到保存的过程。在这一过程中，Visual Basic 集成开发环境提供了大量的工具，而且以不同的窗口形式呈现，例如，按钮可以直接从左侧的工具箱中拖动，按钮属性可以方便地在右侧的属性窗口中设置，双击按钮就可以弹出编写代码的代码窗口……，这些都体现了 Visual Basic 集成开发环境方便快捷的优点。

Visual Basic 集成开发环境由若干部分组成，主要包括主窗口、窗体、工具箱、工程资源管理器、属性窗口、窗体布局和立即窗口，如图 2-9 所示。

图 2-9 Visual Basic 集成开发环境

2.2.1 主窗口

Visual Basic 主窗口位于集成开发环境的顶部，由标题栏、菜单栏和工具栏组成。主窗口用来控制和显示 Visual Basic 环境下的各种工作模式及操作命令。

1. 标题栏

标题栏用来标识 Visual Basic 集成开发环境和当前打开的工程文件名（默认为"工程1"）。标题栏左端为控制盒，右端为最小化、最大化/还原和关闭按钮。在标题文字后面的方括号中指出了当前工程所处的工作状态，包含以下 3 种模式：

1）设计模式：设计界面、设置属性和编辑代码时，进入该模式。

2）运行模式：运行程序时进入此模式，用于演示和测试程序的功能，此时不能编辑界面和代码。运行结束后，系统返回设计模式。

3）中断模式：程序运行过程中因某种原因中断运行，一般处于调试状态时，就会进入中断模式。此时可通过窗口观察、修改或调试程序。按〈F5〉键或单击工具栏中"继续"按钮 ▶，程序将继续运行；单击工具栏中"结束"按钮 ■，程序将结束运行。

2. 菜单栏

Visual Basic 菜单栏提供了 13 组下拉菜单选项。

文件（File）：提供了打开工程、保存工程和生成可执行文件等工程管理命令。

编辑（Edit）：提供了剪切、复制、粘贴和查找替换等编辑命令。

视图（View）：提供了打开不同窗口的命令。

工程（Project）：提供了添加窗体、模块、用户控件及显示工程属性的命令。

格式（Format）：提供了格式化窗体控件的命令。

调试（Debug）：提供了设置断点等程序调试命令。

运行（Run）：提供了启动、中断和结束等程序运行命令。

查询（Query）：提供了设计数据库应用程序时 SQL 属性的设置命令。

图表（Diagram）：提供了设计数据库应用程序时图表的处理命令。

工具（Tools）：提供了过程控制、菜单设计器、工程和环境选项等工具。

外接程序（Add-Ins）：提供了可以任意增减的外接程序。

窗口（Windows）：提供了对象窗口的布局命令。

帮助（Help）：提供了相关帮助信息。

3. 工具栏

Visual Basic 提供了 4 种工具栏，包括编辑、标准、窗体编辑器和调试。要显示隐藏某个工具栏，可以选择"视图|工具栏"命令。Visual Basic 集成开发环境中的默认工具栏是"标准"工具栏，如图 2-10 所示。它由常用命令的快捷按钮组成，用鼠标单击，即可执行相应命令。欲知各工具按钮的名称和功能，只需将鼠标光标在工具按钮上停留几秒钟，屏幕上即显示所指工具按钮的功能说明。

图 2-10 Visual Basic 集成开发环境中的标准工具栏

Visual Basic "标准"工具栏的右边有两个显示区域，显示当前窗体或当前控件在其父对象中的位置和大小，如图2-11所示。

图 2-11 工具栏右侧显示区域

2.2.2 窗体

窗体又称对象窗口。新建一个工程，工程下默认包含一个窗体，默认名为 Form1。窗体的标题栏显示窗体的名称和窗体所属的工程名称。

窗体在设计（Design）模式时有标准网格，这些网格用于对齐窗体上的控件，如果希望取消网格或调整网格间距，可选择"工具 | 选项 | 通用"选项卡进行设置。注意，在运行（Run）模式时网格将消失。

在 Visual Basic 中，窗体用来设计应用程序的用户界面，一个应用程序可以包含多个窗体（最多可达 255 个），但至少要包含一个窗体。设计用户界面时，一个窗体最多可以容纳255 个控件。

2.2.3 工程资源管理器

工程资源管理器，简称"工程窗口"，用来管理当前程序包含的各类文件，如图 2-12所示。在工程窗口的标题栏下方从左至右有 3 个按钮，分别如下：

查看代码：可以切换到"代码窗口"，查看和编辑代码。

查看对象：可以切换到"对象窗口"，查看和编辑对象。

切换文件夹：折叠或展开对象文件夹中的项目列表。

工程窗口与 Windows 环境中的资源管理器类似，它以层次管理的方式显示当前应用程序下的各类文件。一个应用程序可以包含以下几类文件：

图 2-12 工程窗口

工程文件（.vbp）和工程组文件（.vbg）：每个工程对应一个工程文件。对于一个较复杂的应用程序，可以含有两个以上的工程文件，并且由这些工程文件组成一个工程组。选择"文件 | 添加工程"命令，可以添加一个工程。

窗体文件（.frm）：每个窗体对应一个窗体文件。窗体及其控件的属性和代码都存放在窗体文件中。选择"工程 | 添加窗体"命令，可以添加一个窗体。

标准模块文件（.bas）：又称"程序模块文件"，主要用来声明全局变量和定义一些通用过程。选择"工程 | 添加模块"命令，可以添加一个标准模块。

类模块文件（.cls）：Visual Basic 提供了大量预定义的类，同时也允许用户根据需要自定义。

资源文件（.res）：是一种不仅可以同时存放文本、图片和声音等多种资源的纯文本文件，还可以使用简单的文本编辑器进行编辑。

2.2.4　属性窗口

在 Visual Basic 中，窗体和控件是常见的对象。每个对象都可以用一组属性来描述其特征，而属性窗口就是用来设置窗体或窗体中控件属性的。

属性窗口由以下几部分组成，如图 2-13 所示。

标题栏：显示属性窗口名称、正在设置属性的对象名称及关闭按钮。

对象框：在下拉列表中列出了当前窗体和当前窗体中各控件的名称及类型，可查看并选择某一对象。

属性排列方式：提供了"按字母序"和"按分类序"两种属性名称的显示方式。

属性列表框：显示选中对象的属性，左边为属性名，右边为属性值。

属性说明：显示选中属性的功能说明。

图 2-13　属性窗口

2.2.5　工具箱

工具箱窗口由工具图标组成，如图 2-14 所示。这些图标是 Visual Basic 应用程序的构件，称为图形对象或控件。

工具箱中的工具分为内部控件和 ActiveX 控件。启动 Visual Basic 后，工具箱中只有内部控件。需要 ActiveX 控件时，可选择"工程 | 部件"命令将其添加到工具箱。

除上述几种窗口外，Visual Basic 集成开发环境中还有一些其他窗口，包括代码编辑器窗口、窗体布局窗口、立即窗口、本地窗口和监视窗口等。

图 2-14　工具箱

2.3　面向对象程序设计

对象是 Visual Basic 编程的核心，其窗体和控件都是对象。在例 2-1 中，我们向窗体上添加了 3 个命令按钮，这些命令按钮已经具备了基本的外观特征和功能，并且不用编写程序去实现它，这是因为"命令按钮"这个控件已经包含了这些功能的代码。这就是面向对象程序设计的特点，不需要关心对象的详细实现过程就可以直接将其应用到程序中，从而简化编程的过程。

在面向对象程序设计中，"对象"是系统中基本的运行实体。建立一个对象后，其操作是通过与该对象有关的属性、事件和方法来描述的。属性、事件和方法也称为对象的三要素。

2.3.1 对象的属性

1. 对象的属性

属性是对象的特征，并且不同的对象包含不同的属性。对象常见的属性有名称（Name）、标题（Caption）、颜色（Color）和字体（Font）等。

2. 属性的设置有两种方法

方法一：通过属性窗口设置对象的属性。

属性窗口一般在 Visual Basic 环境的右侧，如果属性窗口没有打开，可以通过下面 3 种方式打开：

- 单击"工具栏"上的属性按钮🔲"。
- 选择"视图 | 属性窗口"命令。
- 按〈F4〉键。

属性窗口中可以按字母序或按分类序排列当前对象的所有属性。设置属性时，先在左侧栏中找到相应的属性名称，然后修改右侧的属性值。

在例 2-1 中，标签 Label1 的 Caption 属性和 3 个命令按钮的 Caption 属性都是在属性窗口中设置的。

方法二：在程序中用程序语句设置。

格式：对象名 . 属性名 = 属性值

例如：

    Label1. Caption = " 欢迎来到 VB 世界！"

则将标签 Label1 的标题属性值设置为"欢迎来到 Visual Basic 世界！"。

这两种方法都可以实现属性的修改，但是又有区别，即有些属性在属性窗口中修改以后，立刻就可以看到控件状态的变化。如例 2-1 中，修改标签和命令按钮的 Caption 属性以后，立刻就可以看到窗体上的标签和命令按钮显示内容发生了变化。而如果使用方法二，在程序代码中用语句实现，则需要运行程序时才能看到变化。

在一个程序中应该使用哪种方法设置属性需要根据实际情况考虑。某些属性仅允许在属性窗口中设置，如 Name 属性。而某些属性在属性窗口中不出现，必须在程序代码中利用语句实现，如文本框的 SelStart、SelLength 和 SelText 属性，详见 3.1.4 节。

2.3.2 对象的事件

传统编程使用的是面向过程、按顺序执行的编程机制，这种编程机制的缺点是编程人员必须要关心什么时候发生什么事情。而 Visual Basic 是采用事件驱动编程机制的语言，在这种机制下，编程人员只要编写若干个响应用户动作的小程序，如鼠标单击和选择命令等，再由用户启动的事件来触发。

1. 事件

所谓事件（Event），是由系统预先设计好的，能被某一对象识别的动作。如单击（Click）、双击（DblClick）、键盘按下（KeyPress）、载入窗体（Load）和移动鼠标（MouseMove）等都是事件。不同的对象所能识别的事件不一样，如窗体能识别单击和双击事件，而命令按钮只能识别单击事件。当事件由用户触发（如窗体的 Click 事件）或由系统触发（如窗体的 Load 事件）时，对象就会对该事件做出响应。如在例2-1中，程序运行时，用户单击"向左走"命令按钮时，触发了鼠标单击（Click）事件，从而实现窗体上的标签向左移动。

2. 事件过程

响应某个事件后，所执行的操作通过一段程序代码来实现，这样的一段程序代码称为事件过程（Event Procedure）。

格式：

```
Private Sub 对象名_事件名（[参数列表]）
    …
    事件响应程序代码
    …
End Sub
```

"对象名"指的是该对象的名称属性，"事件名"是由 Visual Basic 预先定义好的该对象的事件。

如在例2-1中，程序运行时，用户单击"向左走"命令按钮时，发生了鼠标单击（Click）事件，系统就会执行下面这个事件过程：

```
Private Sub Command1_Click( )
    Label1. Left = Label1. Left － 100
End Sub
```

2.3.3 对象的方法

在传统程序设计中，过程和函数是编程语言的主要部件。而在面向对象程序设计中，引入了称为方法（Method）的特殊过程和函数。方法的操作与过程和函数的操作相同，但方法是特定对象的一部分，如同属性和事件是对象的一部分一样。

格式：对象名. 方法名 [参数列表]

例如，在 Visual Basic 中，提供了一个名为 Print 的方法，当把它用于不同的对象时，可以在不同的设备上输出信息。下面的语句可以实现在对象名为"Form1"的窗体上显示字符串"Visual Basic 程序语言设计"。

```
Form1. Print "Visual Basic 程序语言设计"
```

如果语句改为：

```
Printer. Print "Visual Basic 程序语言设计"
```

执行时，将在对象名为"Printer"的打印机上打印字符串"Visual Basic 程序语言设计"。

在调用方法时，可以省略对象名。在这种情况下，Visual Basic 所调用的方法作为当前对象的方法，一般是把当前窗体作为当前对象。例如：

```
Print "Visual Basic 程序语言设计"
```

执行时，将在当前窗体上显示字符串"Visual Basic 程序语言设计"

Visual Basic 提供了大量的方法，了解对象所拥有的方法是学习 Visual Basic 程序设计的一个重要方面，在以后的章节中我们将分别介绍各种对象及方法。

2.4　对象的建立和编辑

2.4.1　对象的建立

向窗体添加控件有以下两种方法：

1）在工具箱中选中一个控件，将光标移到窗体上，这时光标由箭头变为"十"字，再将光标移到欲放置控件的位置，按住鼠标左键向右下角拖动鼠标到适合的控件尺寸，然后释放鼠标左键，一个控件即可被添加到窗体上。

2）在工具箱中双击某一个控件后，该控件以固定大小自动添加到窗体的中心位置。

2.4.2　对象的编辑

1. 对象的移动

对象的移动有两种方法：

1）选中某一对象并按住鼠标左键不放，将其拖动到合适的位置。

2）在属性窗口中，修改对象的 Left 和 Top 两个属性值。

2. 对象的缩放

两种方法：

1）选定某一对象后，用鼠标拖动上、下、左、右4个选择柄，可以使对象在相应的方向上放大或缩小，如果拖动4个角上的选择柄，则可使对象同时在两个方向上放大或缩小。

2）在属性窗口中，修改对象的 Heigh 和 Width 两个属性值。

3. 对象的复制

1）选定某一控件后，选择"编辑｜复制"命令，将活动控件复制到 Windows 的剪贴板（Clipboard）中。

2）选择"编辑｜粘贴"命令，屏幕将弹出一个对话框，询问用户是否建立控件数组，单击"否"按钮后，控件被添加到窗体的左上角，之后可以移动到合适的位置，如图 2-15 所示。

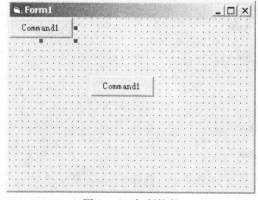

图 2-15　复制控件

4. 对象的删除

选定某一控件后，按下〈Delete〉键或者选择"编辑 | 删除"命令，即可把该控件删除。

5. 对象的成组选择

对象的成组选择有两种方法：

1）鼠标定位于欲选择范围的左上角，按住鼠标左键不放，拖动鼠标圈定范围，然后释放鼠标左键。

2）选中第一个控件，然后按住〈Shift〉或〈Ctrl〉键，分别单击其他控件。

一旦成组选择控件，被选择的控件就可以像单个控件一样进行移动、复制、删除，设置相同属性等。

6. 使用网格

窗体上的网格用来调整和定位控件，可以选择"工具 | 选项 | 通用"命令，对窗体网格进行设置，从而控制网格的使用和显示规格。

7. 对象的格式化

选定某一控件或一组控件后，应用"格式"菜单中的命令，可以自动进行控件的对齐（左右、上下、中线）、统一尺寸（高、宽）、水平间距和垂直间距等操作。

2.5 组织程序代码

2.5.1 代码窗口

打开代码窗口的方法如下：

1）双击窗体或已建立好的控件。

2）选择"视图 | 代码窗口"命令。

3）按〈F7〉键。

4）单击工程资源管理器窗口中的"查看代码"按钮。

如在例2-1中，双击窗体上的"向左走"命令按钮，打开代码（Code）窗口，如图2-16所示。

图2-16　代码（Code）窗口

窗口标题栏上显示的"工程 1-Form1（Code）"为代码窗口的标题，标题栏下面的一行分为左、右两栏。左栏为"对象"框，在该框中显示的"Command1"是当前对象名。单击下拉箭头，可以从列表框中选择其他对象。右栏为"过程"框，在该框中显示的"Click"为当前事件名。单击下拉箭头，可以从列表框中选择其他事件。

在窗口的左下角有两个按钮，如果单击左边的"过程查看"按钮，则窗口中只显示当前过程代码；如果单击右边的"全模块查看"按钮，则窗口中显示当前模块中所有过程的代码。此外，在垂直滚动条的上面，有一个"拆分栏"。将鼠标移到该栏上，当鼠标指针变为上下双箭头时，按住鼠标左键不放拖动鼠标，可以把代码窗口拆分为两个窗口。

2.5.2 编写过程代码

每输入完一行代码并按〈Enter〉键后，Visual Basic 会自动检查该行的语法错误。如果语句正确，则自动以不同颜色显示代码的不同部分，并在运算符前后加上空格。

编辑代码时，可以选择复制、剪切和粘贴命令，快速完成代码的复制、移动和删除。

2.5.3 代码编辑器

代码编辑器提供了许多便于编写 Visual Basic 代码的功能，这些功能都是通过编辑器选项来设置。

选择"工具 | 选项"命令，弹出"选项"对话框，在该对话框中选择"编辑器"选项卡，如图 2-17 所示。

图 2-17 "选项"对话框

"编辑器"选项卡分为两部分，即"代码设置"和"窗口设置"选项组。

1. 代码设置

1）自动语法检测：选择该项，则自动检验输入的程序行的语法是否正确。

2）要求变量声明：选择该项，则强制显式声明变量，即所有变量必须先声明才能使用。

3）自动列出成员：选择该项，将在输入代码的过程中显示列表框，列出适当的选择参数。例如，当输入一个控件名并跟有一个句点时，将显示列表框并自动列出这个控件的所有属性，如图 2-18 所示。此时，输入属性名的前几个字母，就可以从列表框中选中该属性名，按〈Tab〉键即可完成输入。

图 2-18　自动列出选项

4）自动显示快速信息：选择该项，将自动显示关于函数及其参数的信息。

5）自动显示数据提示：选择该项，当鼠标位于某个变量上时，自动显示该变量的值。

6）自动缩进：选择该项，当输入代码时，后续行以前一行的缩进位置为起点。

7）Tab 宽度：设置制表符宽度，其范围为 1～32 个空格。默认值是 4 个空格。

2. 窗口设置

1）编辑时可拖放文本：选择该项，则可从"代码"窗口向"立即"或者"监视"窗口内拖放文本。

2）缺省为整个模块查询：选择该项，将为新模块设置默认状态，可以在代码窗口内查看多个过程，等同于单击代码窗口左下角的"全模块查看"按钮。

3）过程分隔符：设置显示/隐藏出现在代码窗口中每个过程结尾处的分割线。注意，此选项只有在"缺省为整个模块查询"被选中时才生效。

2.6　程序的保存、装入和运行

设计 Visual Basic 应用程序时，可以先进行调试和运行，符合设计要求后再保存。也可以先保存，然后再进行调试和运行。

2.6.1　保存程序

Visual Basic 应用程序包含 4 种类型的文件，分别如下：

1）窗体文件，扩展名为 .frm。

2）工程文件，扩展名为 .vbp。

3）类模块文件，扩展名为 .cls。

4）公用的标准模块文件，扩展名为 .bas。

在例 2-1 中，只有窗体文件（.frm）和工程文件（.vbp）。保存程序时，系统提示先保存"窗体文件"再保存"工程文件"。

1. 保存窗体文件

1）选择"文件 | 保存 Form1"命令，弹出"文件另存为"对话框，如图 2-19 所示。

2）在"保存在"下拉列表框中显示的是文件的保存路径，如果不想保存在默认路径下，则应选择新的保存路径。

文件的保存类型为"窗体文件（*.frm）"，在"文件名"文本框内显示的是窗体文件名，如果不想使用默认文件名，则应输入新的文件名。

图2-19　"文件另存为"对话框

3）单击"保存"按钮。

2. 保存工程文件

1）选择"文件 | 保存工程"命令，弹出"工程另存为"对话框。

2）在"保存在"下拉列表框中显示的是文件的保存路径，如果不想保存在默认路径下，则应选择新的保存路径。

文件的保存类型为"工程文件（ * . vbp）"，在"文件名"文本框内显示的是工程文件名，如果不想使用默认文件名，则应输入新的文件名。

3）单击"保存"按钮。

如果对已保存的程序（包括界面和代码）进行了修改，可以通过选择"文件 | 保存工程"命令或单击工具栏中"保存"按钮，这样可以保存工程中的所有文件。

2.6.2　装入程序

退出 Visual Basic 集成环境之后，如果想要再次运行程序，除了需要启动 Visual Basic，还需进行程序的装入。不管这个工程包含多少窗体文件和标准模块文件，只需装入工程文件。

选择"文件 | 打开工程"命令，显示"打开工程"对话框。默认为"现存"选项卡，可以按路径找到需要打开的工程文件。如果选择"最新"选项卡，则显示最近建立的文件，如图2-20 所示。

图2-20　"打开工程"对话框

在文件栏中直接双击文件名，或先单击文件名，然后单击"打开"按钮都可以打开该工程。

2.6.3 运行程序

在 Visual Basic 环境中，程序可以用解释方式运行，也可以生成可执行文件（.exe），脱离 Visual Basic 环境，直接在 Windows 环境下运行。

1. 解释运行

选择"运行 | 启动"命令，或者单击工具栏上的"启动"按钮 ▶，或者直接按〈F5〉键都可以解释运行程序。

2. 处理程序中的错误

程序运行时，难免会出现错误，此时应该分析产生错误的原因，修改错误以后才能继续编辑或运行程序，直到程序运行结果与预期结果相同为止。程序中的错误一般分为以下两类：

（1）编译错误

Visual Basic 编译器遇到不理解的代码时，就会出现编译器错误。这种错误多数是由于在输入代码时出错，如可能拼错了某个关键字，丢掉了某些必需的标点，或使用了 If 语句却没有使用 End If 语句，等等。

Visual Basic 具有智能编辑功能，所以有些编译错误在编写代码时会立即被发现并给出提示，如"语句格式不完整"或"缺少表达式"等错误，如图 2-21 所示。而有些编译错误则在程序运行时出现提示，如图 2-22 所示。

图 2-21 编写代码时提示的编译错误

图 2-22 运行时提示的编译错误

（2）实时错误

是指在程序运行时发生的错误。此时，程序运行处于中断模式（即需要调试的模式），并且系统给出错误编号及错误位置的提示，需要单击"调试"按钮，返回代码窗口中修改错误代码后再继续运行程序。常见实时错误如下：

1）要求对象，如图 2-23 所示。这种错误一般是由于对象名输入错误，系统找不到相应的对象。例如，在程序中将 Text1 改名为 T1，但在程序代码中有这样的语句：

Text1. Text = " "

此时系统找不到 Text1 对象，则会出现错误提示。

图 2-23　实时错误 '424'

2）溢出，如图 2-24 所示。这种错误是由于程序变量值引用不正确引起的。例如，变量赋值超出其数据类型的范围，或者除法运算的除数为 0 时都会导致这样的运行错误。

图 2-24　实时错误 '6'

3）下标越界，如图 2-25 所示。这种错误是在使用数组时发生的。例如，当引用的数组下标超出声明的数组下标范围时，就会导致这种错误。

图 2-25　实时错误 '9'

（3）逻辑错误

程序可以顺利运行完毕，但没有产生希望的运行结果。这类错误是最难处理的，因为没

21

有任何错误的提示，只能从运行结果中发现。逻辑错误一般是程序设计算法中的错误，所以需要重新分析算法和运行结果才能改正错误。注意，Visual Basic 的调试工具可以为查找逻辑错误提供很大的帮助。

3. 调试程序

当程序没有完成预期功能时，可以对程序进行调试，使其并不自动运行结束，而是在控制下逐步完成。在 Visual Basic 中调试程序主要有两种方法：

1）单步调试

● 选择"调试 | 逐语句"命令，或按〈F8〉键，可以使程序逐条语句运行。

● 选择"调试 | 逐过程"命令，或按〈Shift〉+〈F8〉组合键，可以仅运行一个过程。

2）中断调试。

设置断点方法：将光标移动到程序中需要中断的语句位置，选择"调试 | 切换断点"命令，或者直接在代码窗口中的某语句前的空白区域单击。

设置断点后的代码窗口如图 2-26 所示。

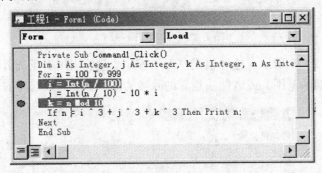

图 2-26　设置端点后的程序代码

清除断点可以选择"调试 | 清除断点"命令。

程序运行到断点处，会自动中断运行。此时，只要将鼠标光标指向程序代码中的变量，则会弹出小方框，显示该变量的当前值。

4. 生成可执行文件

要使程序能在 Windows 环境下直接运行，就必须建立可执行文件。

1）选择"文件 | 生成工程 1. exe"命令，显示如图 2-27 所示对话框。

图 2-27　生成可执行文件对话框

2）"保存在"列表框中显示的是文件的保存路径，如果不想保存在默认路径下，应该选择新的保存路径。"文件名"文本框中显示的是生成可执行文件的名称，默认的可执行文件与工程文件同名，其扩展名为.exe。如果不想使用默认文件名，则应输入新文件名。

3）单击"确定"按钮，即可生成可执行文件。

在 Windows 环境下运行时，只需在"资源管理器"中找到该文件双击文件名即可。

2.7 本章小结

本章通过一个实例介绍了 Visual Basic 应用程序的设计步骤、Visual Basic 集成环境、对象的属性、事件和方法、对象的建立和编辑、代码窗口及代码编辑器、程序的保存、装入及运行。Visual Basic 应用程序的设计主要分为 3 步：创建用户界面—设置对象属性—编写事件驱动代码。要理解对象的属性、事件和方法的概念，掌握其设置或使用的格式；熟练掌握建立对象的两种方法；了解代码窗口和代码编辑器的组成和功能；熟练掌握程序保存、装入和运行的方法。

第 3 章　常用控件和窗体

学习目标与要求

- 熟练掌握公共属性的设置与使用
- 熟练掌握标签、文本框、命令按钮的基本使用
- 熟练掌握窗体的属性、方法、事件
- 掌握多窗体程序的创建方法与启动对象的设置

3.1　标签、文本框和命令按钮

要将信息传达给用户或接收来自用户的信息，常用的方法就是通过标签和文本框这两个控件。标签仅用于在窗体上显示有关程序的文本，而文本框既可以显示文本，也可以用于接收用户的信息，并在程序中使用这些信息。

常见的应用程序多数需要与用户进行交互，最常用方法便是通过命令按钮。例如，很多程序都有"退出"命令按钮。命令按钮可以用来控制预先编好的事件过程的发生。

3.1.1　常用属性

Visual Basic 中的对象都有自己的属性，其中有一部分属性是大多数控件都具有的，如名称（Name）、是否可见（Visible）等属性。下面将介绍一些常用属性。

1. Name（名称）属性

该属性是所有对象都具有的属性，它是所创建对象的名称，为字符串型。所有的对象在创建时都会由 Visual Basic 自动提供一个默认名称，如 Form1、Form2、Label1、Text2 等。Name 属性在属性窗口的第一行，即"名称"中进行修改。Name 属性的值将作为对象的标识在程序中被引用，但不会显示出来。

需要注意的是，Name 属性只能在属性窗口里设置，而在程序运行时只是只读的，不可以用赋值语句更改。例如，Form1. Name = "NewName" 就是错误的代码。

2. Caption（标题）属性

该属性的值为字符串型，表示所属对象的标题，并显示在对象上，而窗体的标题将显示在窗体的标题栏中。

在默认情况下，对象的 Caption 属性值与 Name 属性值相同，但 Caption 属性值可以在程序中用赋值语句重新设置。例如：

```
Form1. Caption = "我的窗体"
```

3. Height 和 Width（高度和宽度）属性

Height 和 Width 属性用来设置和返回控件对象的高度和宽度，它们决定了控件对象的大

小，如图 3-1 所示。属性值为数值型。

在窗体上设计控件时，Visual Basic 自动提供了默认坐标系统，窗体的上边框为坐标横轴，左边框为坐标纵轴，窗体左上角顶点为坐标原点（0，0），单位为 twip。注意：1twip = 1/20 点 = 1/1440 in = 1/567 cm。

图 3-1　控件位置属性

4. Top 和 Left（顶边距、左边距）属性

Top 和 Left 属性决定了控件对象在其父对象中的位置，属性值为数值型。例如，当一个命令按钮控件放置到窗体上时，Top 表示控件到窗体顶端的距离，Left 表示控件到窗体左端的距离，如图 3-1 所示。对于窗体，Top 表示窗体到屏幕顶端的距离，Left 表示窗体到屏幕左端的距离，这时，屏幕是窗体的父对象。

5. Enabled（可用）属性

该属性用来设置控件是否有效，其属性值为逻辑型。

True：允许用户操作，并对操作做出响应。

False：禁止用户操作，呈暗淡色。

例如：

　　Text1. Enabled = False　　　　'使文本框 Text1 不可用

6. Visible（可见）属性

该属性用来设置控件是否可见，其属性值为逻辑型。

True：程序运行时控件可见。

False：程序运行时控件隐藏起来。

7. Font（字体）属性

Font 属性用来设置文本的外观，可以在程序中设置，也可以在属性窗口中设置，其属性对话框如图 3-2 所示。

图 3-2　Font 属性对话框

FontName：设置字体类型，其属性值为字符串型。例如，"宋体" 和 "隶书"。

FontSize：设置字的大小，其属性值为整型。例如，28 或 32。

FontBold：设置字形是否为粗体，其属性值为逻辑型。

FontItalic：设置字形是否为斜体，其属性值为逻辑型。

FontStrikethru：设置文本是否加删除线，其属性值为逻辑型。

FontUnderline：设置文本是否加下画线，其属性值为逻辑型。

8．BackColor（背景色）属性

该属性用来设置对象的背景色（即正文以外的显示区域的颜色），其值为十六进制常数。在属性窗口列表中选择 BackColor，单击右边的 ▼，在弹出的列表中用户可以通过选择调色板或系统标签内的颜色完成属性设置，也可以直接输入颜色值，或使用 Visual Basic 颜色常量。例如：

　　　　Form1. BackColor = &HFF00AA　　　　'将窗体背景色设置为紫色

　　　　Form1. BackColor = VBWhite　　　　　'将窗体背景色设置为白色

9．ForeColor（前景色）属性

该属性用来设置对象的前景色（即正文颜色），其值是一个十六进制常数，用户可以在调色板中直接选择所需颜色，其设置方法与 BackColor 属性的设置方法相同。

10．BackStyle（背景样式）属性

该属性用来设置对象的背景样式，其属性值为数值型。

0—Transparent：透明，即不显示控件背景色。若控件后面有其他控件均可透明显示出来。

1—Opaque：不透明，此时可为控件设置背景颜色。

11．BorderStyle（边框样式）属性

该属性用来返回和设置控件边框样式，其属性值为数值型。

0—None：控件周围没有边框。

1—Fixed Single：控件带有单边框。

12．Alignment（对齐样式）属性

该属性用来设置正文在控件上的对齐方式，其属性值为数值型。

0—Left Justify：正文左对齐。

1—Right Justify：正文右对齐。

2—Center：正文居中对齐。

13．AutoSize（自动调整）属性

该属性用来设置控件是否可以根据正文自动调整大小，其属性值为逻辑型。

True：可以自动调整大小。

False：保持原设置时的大小，正文若太长将自动裁剪。

14．TabIndex 属性

TabIndex 属性值决定了对象的 Tab 顺序，即按〈Tab〉键时，焦点在各个控件间轮换的顺序，其属性值为数值型。"焦点"是指对象接收用户鼠标或键盘输入的能力，当对象具有焦点时，可接收用户的输入，否则将不能接收用户的输入。

当向窗体上添加多个控件时，系统会自动为它们分配一个 Tab 顺序。在默认情况下，其 Tab 顺序与控件建立的顺序相同，即第一个建立的控件的 TabIndex 属性值为 0，第二个为 1，依此类推。若要改变控件的 Tab 顺序，可以通过设置 TabIndex 属性来实现，其属性值可在属性窗口中或在应用程序中进行设置。

需要注意的是，在程序运行时，不可见或无效的控件不能得到焦点，另外 Frame 和 Label 等不需要输入操作的控件也得不到焦点。

【例 3-1】 利用标签、命令按钮和文本框编写一个简单评分系统。

实例说明：这是一个用于计算比赛成绩的程序，有 4 位裁判给分，最后得分为 4 位裁判的平均分。详细功能如下：

1）将 Label6 名称属性设置为 LblScore，Command3 命令按钮名称属性设置为 CmdEnd。

2）Label1 ~ Label5 和所有命令按钮的 Caption 属性设置如图 3-4 所示。所有文本框的 Text 属性设置为空。

3）修改标签字体。

4）当程序运行时，显示成绩的标签先隐藏。单击"评分"命令按钮后，标签中显示出成绩（4 个分数的平均分）。

5）单击"清除"命令按钮时，清空 4 个文本框中的数值，并将显示成绩的标签隐藏起来。

6）设置窗体的背景色和标签的前景色，并将标签的背景样式设置为透明。

7）在输入分数时，可以按〈Tab〉键使光标在 4 个文本框之间依次切换。

实例设计：

（1）创建界面

在 Form1 中添加 6 个标签（Label1 ~ Label6）、4 个文本框（Text1 ~ Text4）和 3 个命令按钮（Command1 ~ Command3），设计控件布局如图 3-3 所示。

由于程序中的标签和文本框数量较多，可以利用复制控件简化操作。例如，添加一个文本框 Text1 以后，再将其复制，此时，系统会弹出一个对话框询问是否创建控件数组，单击"否"按钮，即不创建控件数组，控件数组将会在 8.2 节介绍。

（2）设置属性

将 Label6 的名称（Name）属性设置为 LblScore，Command3 名称属性设置为 CmdEnd。

将 Label1 ~ Label4 的 Caption 属性依次设置为"裁判 1"~"裁判 4"，Label5 的 Caption 属性设置为"评分系统"。

将 Command1、Command2 和 CmdEnd 的 Caption 属性分别设置为"评分"、"清除"、"退出"，运行界面如图 3-4 所示。

图 3-3　控件布局

图 3-4　运行界面

将 Text1～Text4 的 Text 属性设置为空，其他属性设置见表 3-1。

表 3-1　属性设置

对　　象	属　　性	属　性　值
LblScore	FontName FontSize FontBold Visible ForeColor	幼圆 28 True False &H000000FF&
Label5	FontSize FontBold	28 True
Form1	BackColor	&H0080FF80&
Label1～Label5、LblScore	BackStyle	0-Transparent
Text1	TabIndex	0
Text2	TabIndex	1
Text3	TabIndex	2
Text4	TabIndex	3

（3）编写代码

```
Private Sub Command1_Click( )
LblScore. Caption = ( Val( Text1. Text) + Val( Text2. Text) + Val( Text3. Text) + Val( Text4. Text) ) /4
    '对象的名称改变以后,引用其属性时需要使用新的名称
    LblScore. Visible = True
End Sub
Private Sub Command2_Click( )
    Text1. Text = " "
    Text2. Text = " "
    Text3. Text = " "
    Text4. Text = " "
    LblScore. Visible = False
End Sub
Private Sub CmdEnd_Click( )          '命令按钮的名称改变以后过程名也发生改变
    End
End Sub
```

15. 控件默认属性

每个控件对象有且只有一个属性可以直接由控件名来代表。例如，对文本框的 Text 属性赋值，可以用 Text1 代表 Text1. Text。举例如下：

```
Text1 = " Visual Basic"
```

可以代替：

```
Text1. Text = " Visual Basic"
```

Visual Basic 中把这个特殊的属性称为控件的默认属性。一般控件的默认属性是该控件最重要的属性。控件的默认属性见表 3-2。

表 3-2　控件的默认属性

控　件	默 认 属 性	控　件	默 认 属 性
文本框	Text	标签	Caption
命令按钮	Value	图片框、图像框	Picture
单选按钮	Value	复选框	Value
滚动条	Value	列表框、组合框	Text

3.1.2　标签

标签主要用来显示文本信息，它所显示的内容只能通过对 Caption 属性的设置或修改来实现，不能在程序运行时直接编辑。

1. 属性

（1）标签的常用属性

包括 Name、Caption、Height、Width、Top、Left、Enabled、Visible、FontName、FontSize、FontBold、FontItalic、FontUnderline、Alignment、Autosize 和 BorderStyle 等。各属性详细说明请参阅 3.1 节。

【例 3-2】　设计程序，使其在窗体上显示 5 个外观不同的标签控件。

实例设计：在 Form1 窗体上添加 5 个标签，其名称为默认值 Label1 ～ Label5，并在属性窗口中分别设置属性。各标签属性设置见表 3-3，程序运行结果如图 3-5 所示。

图 3-5　对齐、边框、颜色属性示例

表 3-3　属性设置

对　象	属　性	属 性 值	对　象	属　性	属 性 值
Label1	Caption Alignment BorderStyle	左对齐 0 1	Label4	Caption BackColor BorderStyle	背景白色 &H00FFFFFF& 0
Label2	Caption Alignment BorderStyle	居中 2 1	Label5	Caption ForeColor BorderStyle	前景红色 &H000000FF& 0
Label3	Caption BorderStyle AutoSize	自动 1 True			

（2）WordWrap 属性

WordWrap 属性用来控制 Caption 属性的内容能否自动换行，其属性值为逻辑型，默认值为 False。

True：标签会改变高度与标题文本相适应，宽度则与原来标签宽度相同。

False：标签的宽度扩展到标题中最长的一行，并在高度方向显示标题的所有行。值得注意的是，只有将 AutoSize 属性设置为 True 时，对 WordWrap 属性的设置才起作用。

2. 事件

标签的常用事件包括单击（Click）和双击（DblClick）两种。

3.1.3 文本框

文本框也称编辑框，既可以输入、编辑文本，也可以显示文本，是最常用的数据输入/输出控件。利用文本框，用户可以创建一个类似"记事本"的文本编辑器。

1. 属性

（1）文本框的常用属性包括 Name、Height、Width、Top、Left、Enabled、Visible、Font-Name、FontSize、FontBold、FontItalic、FontUnderline 和 Alingment 等。各属性详细说明请参阅 3.1.1 节。

（2）Text 属性

该属性可以返回或设置文本框中的文本信息。其取值为字符串型，默认最大长度为 2 048 个字符。

（3）Maxlength 属性

该属性用来设置文本框中能够输入的正文内容的最大长度。其取值为整数类型，默认设置为 0。

0：任意长字符串，但不能超过 32K。

非 0 整数：文本框中可容纳的字符数。

需要注意的是，在 Visual Basic 中字符长度以字为单位，一个英文字符与一个汉字都是一个字，长度为 1。

（4）MultiLine 属性

该属性用来返回或设置文本框中是否可以输入多行文本。其取值为逻辑型，默认设置为 False。

True：文本框可以输入或显示多行文本，同时具有文字处理器的自动换行功能，即输入的正文超出文本框时会自动换行。按〈Ctrl〉+〈Enter〉组合键可插入一空行。

False：只能输入单行文本。

（5）ScrollBars 属性

该属性用来设置文本框是否带有滚动条，其取值为整数类型，默认设置为 0。

0-None：无滚动条。

1-Horizontal：具有水平滚动条。

2-Vertical：具有垂直滚动条。

3-Both：同时具有水平和垂直滚动条。

需要注意的是，只有当 MultiLine 属性为 True 时，ScrollBars 属性才会有效。当加入了水平滚动条以后，文本框内的自动换行功能会失效，只有按〈Enter〉键才能回车换行。

（6）Locked 属性

该属性用来设置文本框在运行时是否可以被编辑，其取值为逻辑型，默认值为 False。

False：可以编辑。

True：文本框中的文本不可以被编辑，此时文本框的作用相当于标签。

（7）PasswordChar 属性

该属性主要用于设置密码输入的状态。在默认状态下，该属性的值为空字符串，当用户在文本框中输入字符时，输入的所有字符都可以从文本框中显示出来。如果把该属性值设为某一字符，如星号（*），则当用户在文本框中输入字符时，文本框中显示的不是输入的字符，而是该属性的设置值。例如，用户在文本框中输入"jsj"，在文本框中显示的是"＊＊＊"。不过文本框中的 Text 属性仍是输入的文本，只是显示效果改变了。

（8）SelStart、SelLength 和 SelText 属性

用来返回程序运行时用户选中文本的相关信息，这 3 个属性在属性窗口中不出现。

SelStart：选中文本的开始位置，第一个字符的位置是 0。

SelLength：选中文本的长度。

SelText：选中文本的内容。

设置了 SelStart 和 SelLength 属性后，Visual Basic 会自动将选定的文本内容保存到 SelText 中。这些属性一般用于在编辑文本时设置插入点及范围，选择字符串，清除文本，等等，并且经常与剪贴板一起使用，以完成文本信息的剪切、复制和粘贴等功能。

【例3-3】 复制文本框所选内容。

实例说明：设计程序，使得单击窗体时，程序会自动将第一个文本框的前 8 个字符显示到第二个文本框中。程序运行结果如图 3-6 所示。

图3-6　文本框应用举例

实例设计：

（1）创建界面

在窗体上添加两个文本框 Text1 和 Text2。其中，Text1 的 Text 属性设置为"文本框是一个文本编辑区域，用户可在该区域输入、编辑、修改和显示正文内容，即创建一个简单的文本编辑器"。

（2）设置属性

属性设置见表3-4。

表3-4　文本框属性设置

对　　象	属　性	属　性　值	说　　明
Text1	MultiLine ScrollBars	True 2-Vertical	允许多行显示 只有垂直滚动条
Text2	MultiLine ScrollBars	True 3-Both	同时加水平和垂直滚动条

（3）编写代码

```
Private Sub Form_Click( )
    Text1. SelStart = 0              '将 Text1 中的第一个字符设为要选择文本的起点
    Text1. SelLength = 8             '将选择文本的长度定为 8 个字符
    Text2. Text = Text1. SelText     '将被选择的字符串存入 Text2 中
End Sub
```

2. 事件

文本框控件支持 Change、KeyPress 和 LostFocus 等多个事件。

（1）Change 事件

当用户输入新内容或当程序修改 Text 属性值时会触发该事件。用户每输入一个字符就会触发一次 Change 事件。例如，用户输入 "Hello" 时，会发生 5 次 Change 事件。

（2）LostFocus 事件

按下制表键（Tab）或单击其他对象，使当前对象失去焦点时，则触发该事件。Change 和 LostFocus 事件都可以用来检查 Text 属性值，但后者更为有效。

3. 方法

文本框的常用方法：SetFocus。

格式：[对象名 .]SetFocus

功能：该方法适用于可以获取焦点的对象，并把焦点移到指定对象中。当在窗体上建立了多个文本框后，可以用该方法把光标置于所需要的文本框上。例如，在例 3-1 中，当单击 "清除" 命令按钮时，文本框中的内容被清空以后，如果将光标置于第一个文本框中，需要在 "清除" 命令按钮的代码中添加如下代码：

```
Text1. SetFocus
```

该语句表示让文本框 Text1 获取输入的焦点。

说明： SetFocus 还可以用于 CheckBox、CommandButton 和 ListBox 等控件。

3.1.4 命令按钮

在程序中，命令按钮通常与事件过程相对应。在程序运行期间，用户单击命令按钮调用相应的事件过程，完成指定的功能。

在程序运行时，常用以下方法触发命令按钮：

1）用鼠标单击。

2）按〈Tab〉键将焦点移到相应命令按钮上，再按〈Enter〉键。

3）按快捷键。

1. 属性

（1）基本属性

命令按钮基本属性包括 Name、Height、Width、Top、Left、Enabled、Visible、FontName、FontSize 和 BackColor 等。

（2）Caption 属性

默认属性值为 Command1 ~ CommandN，在设置命令按钮的 Caption 属性时，如果在某个字母前添加字符 "&"，则程序运行时标题中的该字母就会带有下画线，且这个字母为快捷键，即当用户按〈Alt〉+ 快捷键时，相当于按下该命令按钮。在下面的例 3-4 中，Command3 的 Caption 属性设置为 "退出（&E）"，运行程序时，用户按〈Alt〉+〈E〉组合键相当于单击该命令按钮，程序结束运行。

（3）Default 属性

Default 属性是命令按钮的特有属性，其属性值为逻辑值，默认值为 False。

True：回车键有效，按〈Enter〉键相当于用鼠标单击了该命令按钮。在一个窗体中只能有一个命令按钮的 Default 属性值为 True，当某个命令按钮的 Default 属性值被设置为 True 后，该窗体中的其他所有命令按钮的 Default 属性将被自动设置为 False。

False：回车键无效。

（4）Cancel 属性

Cancel 属性也是命令按钮的特有属性，属性值为逻辑值，默认值为 False。

True：按〈Esc〉键相当于用鼠标单击了该命令按钮。在一个窗体中只能有一个命令按钮的 Cancel 属性值为 True，当某个命令按钮的 Cancel 属性值被设置为 True 后，该窗体中的其他所有按钮的 Cancel 属性将被自动设置为 False。

False：〈Esc〉键无效。

（5）Value 属性

该属性用于检查命令按钮是否被按下，只能在程序运行期间设置或引用。属性值为逻辑型，默认值为 False。

True：命令按钮被按下。在程序运行过程中，如果将 Value 值设置为 True，可以直接触发命令按钮的 Click 事件。

False：命令按钮未被按下。

（6）Style 属性

该属性用于设置命令按钮的样式。Visual Basic 5.0 以后的版本中，在 Caption 属性中不仅可以设置命令按钮上显示的文字，也可以显示图形。若要改变命令按钮颜色或者在命令按钮上显示图形，首先必须将 Style 属性设置为 1，然后在 Picture 属性中设置需要显示的图形文件。

0-Standard：命令按钮上不能显示图形。

1-Graphical：命令按钮上可以显示图形，也可以显示文字。

若在 Picture 属性中选择了图形文件，但如果 Style 属性值为 0，则图形仍不能显示。

（7）Picture 属性

该属性用来设置命令按钮上显示的图形，前提是 Style 属性值为 1。显示的图形文件的扩展名可以是 . bmp 和 . ico。

（8）ToolTipText 属性

该属性用来设置当鼠标在命令按钮上停留 1 秒时，在其下面的小矩形框中显示的提示信息，其取值为字符类型。例如：

    Command1. ToolTipText = "确认后，单击此按钮"

2. 事件

命令按钮的主要事件有 Click 事件，命令按钮不支持 DblClick 事件。

【例3-4】 改写例3-1。

实例说明：使程序具有如下特征。

1）设置命令按钮的背景色及前景色。

2）按〈Enter〉键与单击"评分"按钮作用相同。

3）按〈Esc〉键与单击"退出"按钮作用相同。

4）3 个命令按钮的快捷键如图3-7 所示。

图 3-7 窗体界面

实例分析：题中要求的功能都可以通过修改控件的属性来完成，不需要编写代码，其中标签背景样式需要设置为透明。命令按钮如果设置背景颜色，则必须将其 Style 属性设置为 1-Graphical。

实例设计：打开例 3-1 源程序。属性设置见表 3-5。

表 3-5 属性设置

对　　象	属　　性	属　性　值
Command1、Command2、CmdEnd	Style BackColor	1-Graphical &H0080C0FF&
Command1	Caption Default	评分（&O） True
Command2	Caption	清除·（&C）
CmdEnd	Caption Cancel	退出（&E） True

【例 3-5】 编写设置密码程序。事先在程序中设定一个密码为"hello"。

实例说明：程序运行时，用户在左侧文本框中输入密码，然后单击"确定"命令按钮，程序将检查用户输入的密码与事先设定的密码是否一致。如果一致，则在右侧文本框中显示"密码正确，继续进行！"；若不一致，则显示"密码错，重新输入！"。程序运行结果如图 3-8 所示。

图 3-8 程序运行结果

实例设计：

1）创建界面。在窗体 Form1 中添加 3 个命令按钮 Command1 ~ Command3，两个文本框 Text1 和 Text2。

2）设置属性。属性设置见表3-6（名称属性取默认值）。

表 3-6　属性设置

对　象	属　性	属　性　值
Form1	Caption	设置密码程序
Text1	Text	空白
Text1	PasswordChar	*
Text2	Text	空白
Command1	Caption	确定
Command2	Caption	清除
Command3	Caption	退出

3）编写代码。

```
Private sub Command1_Click( )
    pass = Text1. Text
    If pass = " hello" Then
        Text2. Text = " 密码正确,继续进行!"
    Else
        Text2. Text = " 密码错,重新输入!"
    End If
End Sub

Private Sub Command2_Click( )
    Text1. Text  =  " "
    Text2. Text  =  " "
End Sub

Private Sub Command3_Click( )
    End
End Sub
```

3.2　窗体

在 Visual Basic 中，窗体（Form）是承载用户需要使用的所有控件的容器。执行 Visual Basic 应用程序时，桌面上的窗口就是窗体。窗体有一些固有的功能，不需要编程，通过鼠标、键盘或菜单操作就可以实现，如移动、缩放和覆盖其他窗体。新建工程时 Visual Basic 系统会自动创建一个窗体，默认名称为 Form1，在保存工程时，窗体也要作为文件保存在硬盘上，其扩展名为 . frm。

3.2.1 窗体的常用属性

窗体的属性决定了窗体的外观和行为，可以在属性窗口中进行设置。

1. 基本属性

窗体的基本属性包括 Name、Caption、Font、BackColor、ForeColor、Height、Width、Left 和 Top 等。

注意：窗体的前景色是指在窗体上输出的文本（由 Print 方法输出）及绘制的图形的颜色，对于标签、命令按钮等控件没有影响。

2. Appearance 属性

该属性用于设置窗体的显示效果，其属性值为数值型。

0：窗体显示为平面效果。

1：（默认值）窗体显示为立体效果。

3. AutoRedraw 属性

该属性用于设置窗体失去焦点并又重新获得焦点时，自动重绘功能是否有效，即窗体上的内容是否会因为遮盖而消失，其属性值为逻辑值。

True：自动重绘窗体上的所有内容。

False：（默认值）不会自动重绘窗体上的内容。

4. ControlBox 属性

该属性用于设置窗体是否具有控制菜单，其属性值为逻辑值。

True：（默认值）窗体具有控制菜单。

False：窗体不具有控制菜单。

5. Enabled 属性

该属性用于设置窗体是否能够对键盘或鼠标产生的事件做出反应，默认值为 True，表示能够对事件做出反应。

6. BorderStyle 属性

该属性用于返回和设置窗体的边框样式。窗体的 BorderStyle 属性值见表 3-7。

表 3-7　BorderStyle 属性值

样　式	说　明
0-None	无标题栏，不能改变窗体大小，运行时任务栏上无对应按钮
1-Fixed Single	固定单边框。无最大、最小化按钮，不能改变窗体大小
2-Sizable	（默认值）可调整的边框。有最大、最小化按钮，可以改变窗体大小
3-Fixed Dialog	固定对话框。有标题栏，但无最大、最小化按钮，不能改变窗体大小，运行时任务栏无该窗体按钮
4-Fixed ToolWindow	固定工具窗口。窗体大小不能改变，只显示关闭按钮，标题栏字体缩小
5-Sizable ToolWindow	可变大小工具窗口。窗体大小可以改变，只显示关闭按钮，标题栏字体缩小

7. MaxButton 和 MinButton 属性

决定窗体是否有最大化、最小化按钮，其属性值为逻辑值。

True：（默认值）表示窗体的"最大化"、"最小化"按钮有效。

False：表示相应的按钮无效。

注意： 这两个属性只能在属性窗口中进行设置。

8. Moveable 属性

该属性用于设置窗体的位置是否可以被改变。默认值为 True，表示窗体可以被移动。

9. Picture 属性

该属性用于设置对象的背景图片。有以下两种设置方法：

方法一：在窗体属性列表中选择 Picture，单击其右边的按钮，会弹出如图 3-9 所示的"加载图片"对话框。选择一个图片文件后单击"打开"按钮，可以将选择的图片作为窗体背景图片。可以加载的图片类型有 BMP（.bmp）、JPEG（.jpg）和 GIF（.gif）文件等。

图 3-9 "加载图片"对话框

方法二：在程序代码中设置该属性值，必须使用函数 LoadPicture()。

例如：Form1. Picture = LoadPicture("c:\picture\lake. bmp")

通过该语句可以在运行时将"c:\picture\lake. bmp"图片文件设置为窗体 Form1 的背景图片。如果图片文件"lake. bmp"与 Form1 所在的工程文件在同一路径下，那么在程序中可以使用相对路径来加载图片，即：

Form1. Picture = LoadPicture（"lake. bmp"）

其中，函数 LoadPicture()的参数是字符串表达式，当参数为空时，表示清除图片。

例如：Form1. Picture = LoadPicture（）

另外，函数 LoadPicture()除了可以把图片加载到窗体上之外，还可以把图片加载到图片框（PictureBox）和图像框（Image）控件上。详见本书第 7 章。

10. Visible 属性

该属性用于设置窗体是否可见。默认值为 True，表示窗体可见。

11. WindowsState 属性

该属性用来指定窗体启动后的初始大小，其属性值为数值型，默认值为 0。

0：窗体以正常方式显示。

1：窗体最小化成图标。

2：窗体以全屏方式显示。

3.2.2 窗体的常用方法

窗体常用的方法有 Print、Cls 和 Move 等。

1. Print 方法

格式：[对象名.]Print 表达式

功能：用来在对象上输出表达式的值。

说明：

1）当省略对象名时，默认在当前窗体上输出。

2）表达式在窗体上输出的位置由窗体的 CurrentX 和 CurrentY 属性决定，在默认情况下，从（0，0）开始，执行完一次 Print 方法之后，CurrentY 自动加 1，即换到下一行。

3）有关 Print 方法，将在第 5 章进行更详细的介绍。

2. Cls 方法

格式：[对象名.]Cls

功能：清除对象上由 Print 方法显示的文本，或由 Pset、Line 和 Circle 等画图方法所绘制出的图形，且将光标移动到窗体左上角。

说明：

1）当省略对象名而只写 Cls 时，默认清除当前窗体上的内容。

2）该方法经常写为以下形式：

```
Cls 或 Me.Cls              '清除当前窗体
Picture1.Cls              '清除图片框 Picture1 中的图片
```

3）有关 Cls 方法，将在第 5 章进行更详细的介绍。

3. Move 方法

格式：[对象名.]Move <左边距>[，<上边距>[，<宽度>[，<高度]]]

功能：移动窗体，且可同时改变其大小。

说明：

1）左边距、上边距、宽度和高度均以 Twip 为单位。

2）此方法也适用于其他可见控件，如命令按钮、标签和文本框等。宽度与高度表示对象的大小，左边距和右边距则表示与父对象的相对位置。如果对象是窗体，位置是相对屏幕而言的；若是放置在窗体内的控件，位置是以窗体作为参考坐标的。

3）左边距参数是必选的。若要指定任何其他参数，必须先指定该参数之前的参数。

4）使用 Move 方法与修改对象的 Left、Top、Weight 和 Height 等属性值具有相同的效果。

【例 3-6】 利用 Move 方法修改例 2-1。

程序代码如下：

```
Private Sub Command1_Click()
    Label1.Move Label1.Left – 100
End Sub
Private Sub Command2_Click()
    Label1.Move Label1.Left + 100
```

```
End Sub
```

利用 Move 方法不仅可以改变对象的位置，也可以改变对象的大小，如在下面的例 3-7 中的 Form_Click( )事件可以将窗体的大小改变。

4. Refresh 方法

格式：[对象名.] Refresh

功能：强制完全重绘窗体及窗体上的控件。

说明：窗体的绘制一般是自动进行的，并不需要使用 Refresh 方法。

3.2.3 窗体的常用事件

窗体常用的事件包括 Click（单击）、DblClick（双击）、Load（装载）、Unload（卸载）和 Activate（激活）等事件。

1. Click 事件

当用户单击窗体的空白区域或单击窗体上的一个无效控件时，Click 事件被触发。需要说明的是，Click 事件总是在 DblClick 事件之前先被触发。要区分操作中按下的是鼠标左键还是右键，应使用 MouseUp 或 MouseDown 事件。

2. DblClick 事件

用鼠标双击窗体空白区域或双击窗体上的一个无效控件时，DblClick 事件被触发。，必须保证在系统双击时限内连续两次按下鼠标左键，才能触发 DblClick 事件，如果超过时限将被看作单击而触发 Click 事件。在 Windows 环境的控制面板中设置鼠标的双击速度可以改变双击时间限制。

3. Activate 和 Deactivate 事件

当窗体获得焦点变成活动窗体时，就会触发 Activate 事件；当窗体不再是活动窗体时触发 Deactivate 事件。

4. Initialize 事件

当应用程序创建一个窗体时，将触发 Initialize 事件。通过 Initialize 事件可以初始化窗体需要使用的数据。窗体的 Initialize 事件发生在 Load 事件之前。

5. Load 事件

把窗体装入内存工作区时触发 Load 事件。当通过 Load 方法启动应用程序或装载窗体时，也会触发该事件。Load 事件过程通常用于启动程序时对属性、变量进行初始化和装载数据。Load 事件发生后，系统还会自动发生一个 Activate 事件，这时窗体被激活。

如果希望在 Load 事件中实现输出操作，需要先调用 Show 方法，否则将无法输出。例如：

```
Private Sub Form_Load( )
    Form1. Show
    Print "Visual Basic"
End Sub
```

6. Unload 事件

在窗体被卸载时触发 Unload 事件。可以通过 Unload 事件过程来完成必要操作。例如，保存数据等。Unload 事件过程执行完毕后，窗体在内存中被卸载。

7. Paint 事件

在应用程序运行时，若出现下列情况就会自动触发 Paint 事件。

1）窗体窗口被最小化成图标，然后又恢复正常显示状态。

2）原本遮挡着该窗体的窗体被移开并使该窗体全部或部分显露出来。

3）该窗体因其他窗体的移动而被全部或部分遮挡。

4）窗体的大小改变或移动。

5）使用 Refresh 方法。

触发 Paint 事件后可以进行窗体的重绘。将 AutoRedraw 属性值设置为 True，也可以自动完成窗体的重绘。

【例 3-7】 通过编写代码实现窗体的属性设置。

实例说明：在窗体的相关事件中编写代码，实现窗体的初始设置，并在窗体上输出文字，当单击窗体时，窗体的位置和大小将改变，单击命令按钮时，窗体更换背景图片。初始窗体运行界面如图 3-10 所示，更换背景后窗体界面如图 3-11 所示。

实例设计：

（1）创建界面

在窗体上添加一个命令按钮，所有属性设置均在程序代码中实现。

（2）编写代码

```
Private Sub Form_Load( )
    Form1. Caption = " Visual Basic window"
    Form1. Width = 8000                    '设置窗体宽度
    Form1. Height = 2000                   '设置窗体高度
    Form1. Left = 0                        '设置窗体到屏幕的左边距
    Form1. Top = 0                         '设置窗体到屏幕的上边距
    Form1. BackColor = &HFFFFFFF           '设置窗体 Form1 的背景色为白色
    Form1. ForeColor = &HFF0000            '设置窗体 Form1 的前景色为蓝色
    Form1. Font = " roman"
    Form1. FontSize = 20
    Command1. Left = 3000
    Command1. Top = 1000
End Sub

Private Sub Form_Activate( )
    Form1. Print " 单击窗体改变窗体位置及大小"
    Form1. Print " 单击按钮改变窗体背景"
End Sub

Private Sub Command1_Click( )
    Form1. Picture = LoadPicture( "1. jpg" )     '加载背景图片
End Sub
```

```
Private Sub Form_Click( )
    Form1. Move 500, 500, Form1. Width + 500, Form1. Height + 500
    Command1. Move Command1. Left + 250, Command1. Top + 500
End Sub
```

（3）程序运行界面

图 3-10　窗体初始运行界面

图 3-11　窗体更换背景后运行界面

3.3　多窗体程序设计

在编写 Visual Basic 程序时，经常需要创建多个窗体，窗体之间存在着调用关系。本节将通过实例说明怎样在程序中组织多个窗体。

3.3.1　考试系统登录界面

【例 3-8】　利用多窗体编写考试系统登录界面程序。

实例说明：该实例用于考试系统登录过程，共包含 4 个窗体，即"欢迎"、"登录"、"选题"和"提示"窗体。

程序运行时，首先出现 Form1（"欢迎"窗体），如果单击"退出考试"命令按钮，结束程序运行；如果单击"开始登录"命令按钮，Form1 卸载，Form2 显示。

Form2（"登录"窗体）出现时，输入准考证号和姓名，然后单击"考号验证"命令按钮，如果输入正确，Form2 卸载，Form3（"选题"窗体）显示。输入不正确则 Form4（"提示"窗体）以模式窗体显示，即只能对该窗体操作，在关闭该窗体之前不能操作其他窗体。如果单击"退出考试"命令按钮，结束程序运行。

Form4 出现时，如果单击"重新输入"命令按钮，Form4 卸载。如果单击"退出考试"命令按钮，结束程序运行。

实例设计：

（1）创建界面

新建工程，系统自动创建窗体 Form1。再添加 3 个窗体，分别为 Form2、Form3 和 Form4，在工程资源管理器中显示如图 3-12 所示。分别向每个窗体添加相应的控件。

（2）设置属性

窗体、标签和命令按钮的 Caption 属性设置参考图 3-13 ~ 图 3-16。文本框的 Text 属性为空。其他属性设置见表 3-8。

图 3-12　多窗体管理

表 3-8　属性设置

所 属 窗 体	对　　象	属　　性	属　性　值
Form1	Form1	Picture	自选图片
	Label1	BackStyle	0-Transpare
	Label2	BackStyle	0-Transpare
	Command1	Cancel	True
	Command2	Default	True
Form2	Command1	Default	True
	Command2	Cancel	True
Form4	Command1	Default	True
	Command2	Cancel	True

图 3-13　"欢迎"窗体

图 3-14　"登录"窗体

图 3-15　"选题"窗体

图 3-16　"提示"窗体

（3）编写代码

Form1 代码：

```
Private Sub Command1_Click( )
    End
End Sub

Private Sub Command2_Click( )
    Unload Me
    Form2. Show
End Sub
```

Form2 代码：

```
Private Sub Command1_Click( )
    If Text1. Text = "111111" Then        '密码为111111
        Form3. Show
        Unload Me
    Else
        Form4. Show 1                      'Form4 显示为模式窗体
    End If
End Sub

Private Sub Command2_Click( )
    End
End Sub

Private Sub Form_Activate( )
    Text1. SetFocus                        'Text1 获取焦点
End Sub
```

Form4 代码：

```
Private Sub Command1_Click( )
    Unload Me
    Form2. Text1. Text = " "
    Form2. Text2. Text = " "
End Sub
Private Sub Command2_Click( )
    End
End Sub
```

注意：多窗体程序保存时会连续弹出多个保存对话框，用于保存所有窗体及一个工程文件，这些文件必须保存在相同路径下。另外，打开程序时必须从工程文件打开。

3.3.2 窗体的创建和移除

新建一个 Visual Basic 工程时，工程中只有一个窗体，默认名称为 Form1。

如果想要添加新的窗体，操作步骤如下：

1）用鼠标右键单击"工程资源管理器"的空白区域。

2）在弹出的快捷菜单中选择"添加 | 添加窗体"命令。

3）在弹出的"添加窗体"对话框中选择"新建"选项卡。

4）选择想要添加的窗体类型后，单击"打开"按钮。

此时，在工程资源管理器窗口中可以看到新建的窗体，如图 3-12 中显示的 4 个窗体。

也可以在"添加窗体"对话框中选择"现存"选项卡，然后添加一个已经存在的窗体文件。

如果要移除窗体（如 Form1），其操作步骤为：

1）用鼠标右键单击"工程资源管理器"窗口中的 Form1。

2）在弹出的快捷菜单中选择"移除 Form1"命令。

此时，窗体 Form1 被移出工程，但它并没有被删除，仍保存在原来的文件夹中。

新添加进来的窗体在程序中还不能直接使用，必须利用代码来调用每个窗体，一般一个窗体的调用要经历 5 个过程：加载—显示—使用—隐藏—卸载。

3.3.3 窗体的加载

Load 方法只是把窗体加载到内存里，并不显示。

格式：Load［对象名］

例如：Load Form2

3.3.4 窗体的显示

设置启动窗体：

程序运行时第一个显示的窗体被称为启动窗体。确定启动窗体的方法是：

1）选择"工程 | 工程属性"命令。

2）在弹出的"工程属性"对话框中选择"通用"标签。

3）在此标签的"启动对象"下拉列表框中选择一个窗体作为启动窗体，单击"确定"按钮。

启动窗体的显示是自动的，而其他窗体必须通过窗体的显示（Show）方法来显示。窗体被加载之后，就可以显示窗体。如果调用 Show 方法时，指定的窗体还没有加载，则 Visual Basic 会自动加载该窗体。

格式：

```
［对象名］.Show 或［对象名］.show 0        '显示为无模式窗体
［对象名］.Visible = True                  '显示为无模式窗体
［对象名］.Show 1                          '显示为模式窗体
```

说明： 显示的窗体分为两种：无模式窗体和模式窗体。具体区别为：当显示模式窗体时，不能对其他窗体进行操作，并且显示窗体命令之后的代码直到该窗体被隐藏或卸载时才能执行；而显示无模式窗体时，可以同时对其他窗体进行任何操作，并继续执行显示窗体命令之后的代码。

例如，在例 3-8 中显示 Form4 的代码为：

```
Form4. Show 1
```

显示为模式窗体，只有单击窗体上命令按钮将其卸载以后，才可以进行其他操作。

3.3.5　窗体的隐藏

隐藏窗体利用 Hide 方法。

格式：［对象名］. Hide　或　［对象名］. Visible = False

说明： 使用 Hide 方法隐藏窗体时，窗体从屏幕上消失，同时窗体的 Visible 属性自动设置为 False。当 Visible 属性重新设置为 True 时，窗体会重新显示出来。使用 Hide 方法只能隐藏窗体，不能将窗体卸载。如果调用 Hide 方法时该窗体还没有加载，那么 Hide 方法会自动加载该窗体但并不予以显示。例如：

```
Form1. Hide                        '隐藏 Form1
```

3.3.6　窗体的卸载

卸载窗体用 Unload 方法。

格式：Unload［对象名］

功能：隐藏窗体同时将窗体从内存中卸载。例如：

```
Unload Form1                       '卸载 Form1
Unload Me                          '卸载当前窗体
```

3.3.7　多重窗体程序应该注意的问题

1）使用多重窗体可以把复杂的问题按窗体划分为相对简单的问题。但是，窗体的数量应适当，过多地使用窗体，会降低程序的运行效率。

2）一般情况下，屏幕上同一时间只显示一个窗体，即当前窗体。其他窗体或被隐藏，或被卸载。注意，被隐藏的窗体虽然在屏幕上不可见，但其有关信息仍驻留在内存中，占用系统的资源。因此，应及时卸载不再使用的窗体，以释放其所占用的资源。

3）在程序代码中，对当前窗体中的控件进行引用时，可以直接使用控件名对控件进行访问。而引用其他窗体上的控件时，应在控件名前写明该控件所在的窗体的名称，以免产生二义性，如例 3-8 中在 Form4 中设置 Form2 文本框的 Text 属性，代码为：

```
Form2. Text1. Text = " "
Form2. Text2. Text = " "
```

4）关键字"Me"代表代码所在的窗体，如在窗体模块 Form1 的程序代码中，要卸载 Form1，可以使用语句 Unload Form1 或 Unload Me。

3.3.8　Sub Main 过程

在一个含有多个窗体或多个工程的应用程序中，有时候需要一个独立的事件过程，对这些窗体进行初始化，这就需要在启动程序时首先执行这个特定的过程。在 Visual Basic 中，这样的过程称为启动过程，并命名为 Sub Main。

Sub Main 过程要在标准模块中建立。添加标准模块的方法是：

打开"工程"菜单中的"添加模块"，选择"新建"选项卡中的"模块"，单击"打开"按钮，进入代码窗口，在该窗口中输入 Sub Main( )后按〈Enter〉键，则在代码编辑窗口将自动产生 Sub Main 过程的开头和结束语句。

```
Sub Main( )

End Sub
```

随后即可在两条语句之间编辑该过程中的程序代码。

Visual Basic 并不自动把 Sub Main 过程作为启动过程，必须通过相应的设置把它作为启动过程，方法与设置启动窗体类似。如果把 Sub Main 指定为启动过程，则该过程就先于所有窗体模块而首先被执行。因此，在 Sub Main 过程中常用来设定初始化条件，并可以在 Sub Main 过程中指定其他过程的执行顺序。

例如，将例 3-8 的 Form2 设置为启动窗体，可以在 Sub Main 过程中添加代码：

```
Sub Main( )
    Form2. Show
End Sub
```

选择"工程 | 工程属性"命令，再选择"通用"选项卡，在"启动对象"列表框中选择"Sub Main"。这样，程序运行时先启动 Sub Main 过程，并通过执行 Sub Main 过程的代码来显示 Form2。

总的来说，Sub Main 过程有如下特点：

1）每个工程中只能有一个 Sub Main 过程。

2）Sub Main 过程可以被设置为工程的启动对象。

3）Sub Main 过程只能在标准模块中定义。

3.4 本章小结

本章介绍了 Visual Basic 对象的公共属性。通过具体举例，讲解了标签、文本框和命令按钮 3 个控件的使用。并且给出了窗体的属性、事件和方法，以及多窗体程序的设计过程。本章让读者了解并学会使用 Visual Basic 的一些常用控件，为后面章节学习 Visual Basic 中的其他控件打下基础。

第4章 Visual Basic 程序设计基础

学习目标与要求

- 了解 Visual Basic 语言的语法和书写规则
- 熟练掌握 Visual Basic 中的数据类型
- 掌握 Visual Basic 中运算符和表达式的定义和使用
- 熟练掌握常量和变量的定义与应用，以及变量的作用域
- 了解 Visual Basic 中的各类内部函数，并掌握部分常用函数

4.1 语句和语法规则

4.1.1 关键字和标识符

1. 关键字

关键字又称为保留字，是 Visual Basic 系统定义的、有特定意义的词汇，它是程序设计语言的组成部分。在 Visual Basic 中，当用户在编辑窗口中输入关键字时，系统会自动识别，并将其首字母改为大写。

2. 标识符

程序设计常常需要为一些对象命名，然后通过名字访问对象，把这些自定义的命名称为标识符。标识符通常用于标记用户自定义的常量、变量、控件、函数和过程的名字。Visual Basic 中标识符的命名应遵循如下规则：

1）必须以字母或汉字开头；

2）只能由字母、汉字、数字和下画线组成，但不能直接使用 Visual Basic 的关键字；

3）不能超过 255 个字符，控件、窗体和模块的名字不能超过 40 个字符；

4）在标识符的有效范围内必须是唯一的。

在定义标识符的时候要尽量选用一些有意义的字符，这样可以提高程序的可读性。例如：姓名可以定义为 name1，3 个数可以定义为 num1、num2 和 num3。

4.1.2 语句书写规则

语句是程序设计时使用的指令，语句的书写必须符合 Visual Basic 的规定。Visual Basic 可以设置自动语法检测，方法为：选择"工具 | 选项"命令，选中"编辑器"选项卡上的"自动语法检测"复选框，这样，系统对于不符合语法规则的语句就会给出错误提示，并通知出错的原因。

1. Visual Basic 语句书写格式

1）Visual Basic 中每个语句以〈Enter〉键结束，通常一行只写一条语句，语句的长度不

能超过 1023 个字符。如果一行写多条语句，语句之间要用冒号"："隔开。如果将一条语句断开换行写，需要在语句断开处用下画线"_"结尾，这样就表示下一行语句与本行语句属于一条语句。注意，下画线要与最后一个字符间隔至少一个空格。如果希望在程序代码中添加注释，则使用单引号"'"，其后面的内容表示注释，不参与程序代码的运行。

2）Visual Basic 能够自动对语句进行简单的格式调整，如关键字的第一个字母大写，运算符的前后加上空格等。所以在输入时不区分大小写，例如输入 print a + 1 回车结束后，Visual Basic 会自动将其调整为 Print a + 1。

3）Visual Basic 还具有自动提示的功能。例如，当输入对象名时，系统会提示该对象的方法、事件等，当输入定义变量的语句时，系统会提示变量类型，此时只需要选择相应项再按空格键即可，可方便手工输入。

2. 命令格式中的符号约定

为了方便介绍语法格式，本书对命令格式中的符号采用统一约定。符号的含义如下：

< >中的参数为必选参数。

[ ] 中的参数为可选参数，其中的内容是否选择由用户根据具体情况决定，不影响语句本身的功能，如果省略，则默认为"默认值"。

| 用此竖线分隔多个选项，表示从多个选项中选择一项。

这些符号不是命令的组成部分，它们只是命令的书面表示方法，在输入具体命令时，这些符号均不可作为语句中的成分输入。

4.2 数据类型

数据是程序处理的对象，不同类型的数据占用的空间不同，处理的方式也不同。Visual Basic 的数据类型主要分为三大类：系统定义的基本数据类型、自定义类型和枚举类型。

4.2.1 基本数据类型

表 4-1 列出了 Visual Basic 支持的基本数据类型。

表 4-1　Visual Basic 基本数据类型

数 据 类 型	字 节 数	类 型 符	取 值 范 围
字节型（Byte）	1		0 ~ 255
布尔型（Boolean）	2		True 或 False
整型（Integer）	2	%	-32768 ~ 32767
长整型（Long）	4	&	-2147483648 ~ 2147483647
单精度浮点型（Single）	4	!	负数从 -3.402823E38 ~ -1.401298E-45 正数从 1.401298E-45 ~ 3.402823E38
双精度浮点型（Double）	8	#	负数从 -1.79769313486232D308 ~ -4.94065645841247D-324 正数从 4.94065645841247D-324 ~ 1.79769313486232D308
货币型（Currency）	8	@	从 -922337203685477.5808 ~ 922337203685477.5807

数据类型	字节数	类型符	取值范围
日期型（Date）	8		100 年 1 月 1 日 ~ 9999 年 12 月 31 日
字符串型（String）	字符串长度	$	
定长字符串型（String * 长度）	字符串长度	$	
变体型（Variant）	不定		
对象型（Object）	4		

说明：

1. 字符串型（String）

（1）字符串是由 ASCII 码字符组成的一个字符序列，所以在字符串中字母的大小写是有区别的。例如，"ABC"与"abc"是不相等的。

（2）字符串中包含字符的个数称为字符串的长度，如果长度为 0，则称之为空字符串。

```
"abc"              '长度为 3 的字符串
"中华人民共和国"    '长度为 7 的字符串
"    "             '由 4 个空格组成的字符串,长度为 4
""                 '空字符串
```

（3）程序代码中的字符串需要加上定界符双引号，但输出一个字符串时并不显示双引号，运行程序时从键盘上输入一个字符串也不需要输入双引号，如图 4-1 所示。

图 4-1　立即窗口

2. 数值型（Numeric）

数值型用来表示能够进行加、减、乘、除、整除、乘方和取模等算术运算的数值，它包括整数类型和实数类型。

（1）整数类型

整数类型用来表示不带小数点和指数符号的整数，它又分为整型、长整型和字节型。

1）整型（Integer）：整型以 2 字节存储整数，取值范围为 – 32768 ~ 32767。

2）长整型（Long）：长整型以 4 字节存储整数，取值范围为 – 2147483648 ~ 2147483647。

3）字节型（Byte）：字节型以 1 字节存储整数，取值范围为 0 ~ 255。

（2）实数类型

实数类型用来表示可以带有小数点或指数符号的实数，它又分为单精度浮点型、双精度浮点型和货币型。

1）单精度浮点型（Single）：单精度浮点型以 4 字节存储实数，指数部分用 E 表示。

例如：123.456E+3   '123.456 乘以 10 的 3 次方

取值范围为负数从 $-3.402823E38 \sim -1.401298E-45$，正数从 $1.401298E-45 \sim 3.402823E38$。

2）双精度浮点型（Double）：双精度浮点型以 8 字节存储实数，指数部分用 D 表示。

例如：123.456D-4   '123.456 乘以 10 的 -4 次方

取值范围为负数从 $-1.79769313486232D308 \sim -4.94065645841247D-324$，正数从 $4.94065645841247D-324 \sim 1.79769313486232D308$。

3）货币型（Currency）：货币型是为表示货币而设置的数据类型。货币型以 8 字节存储实数，没有指数形式，精确到小数点后 4 位，在小数点后 4 位以后的数字将被舍去。取值范围为 $-922337203685477.5808 \sim 922337203685477.5807$。

表示数值型数据时，要根据实际情况选用恰当的数据类型，才能加快运算速度，提高运算效率。例如，如果表示整数 265，就应当选择整型（Integer）。如果表示含小数的实数 12.27，就应当选择单精度浮点型（Single）。

3. 日期型（Date）

日期型用来表示日期信息，存储为 8 字节，它可以表示的日期范围从公元 100 年 1 月 1 日 ~ 9999 年 12 月 31 日。日期型数据须以定界符"#"括起来。例如：

    #January 1,1993#
    #1 Jan 93#
    #1993-1-1#

4. 布尔型（Boolean）

布尔型又称为逻辑型，它只有两个值，即真值（True）和假值（False），存储为 2 字节。布尔型数据和数值型数据可以相互转换，当布尔型数据转换为数值型数据时，真转换为 -1，假转换为 0；当数值型数据转换为布尔型数据时，非 0 转换为真，0 转换为假。

5. 变体型（Variant）

变体型是一种可变的数据类型，它可以用来表示除了定长字符串型和自定义类型以外的任何数据类型。

6. 对象型（Object）

对象型用来表示图形、OLE 对象或其他对象，存储为 4 字节。

4.2.2 自定义类型

Visual Basic 允许用户在窗体模块或标准模块的声明部分使用 Type 语句定义自己的数据类型，又称为记录型。

格式：

    ［Public|Private］Type 数据类型名
        数据类型元素名 As 数据类型

```
        数据类型元素名   As   数据类型
        …
    End Type
```

说明：

1）如果使用关键字 Public，表示所定义的数据类型在整个工程中都有效；如果使用关键字 Private，表示所定义的数据类型只在所声明的模块中有效。在标准模块中定义时，关键字 Public 或 Private 都可省略，默认为 Public；在窗体模块中定义时，必须加上关键字 Private。

2）"数据类型名"是要定义的数据类型的名字，"数据类型元素名"是要定义的数据类型组成元素的名字，它们都应遵守标识符的命名规则。

3）"数据类型"是基本数据类型或已经存在的自定义类型。

例如：

```
    Type Student
        No AS Integer
        Name AS String * 10              '定义为 10 个字符的定长字符串
        Sex AS String * 2               '定义为 2 个字符的定长字符串
    End Type
```

此例定义了一个数据类型 Student，它包含 3 个元素：No、Name 和 Sex。其中 No 为整型，Name 和 Sex 为定长字符串型。

4.2.3　枚举类型

当一个变量只有几种可能的取值时，可以定义为枚举类型，即将该变量的取值一一列举出来，该变量的取值只限于列举出来的值的范围。这种方法可以提高程序的阅读性并减少错误。枚举类型可以在窗体模块、标准模块或公用类模块的声明部分使用 Enum 语句来定义。

格式：

```
    ［Public | Private］Enum 枚举名称
        成员名 1［ = 常数表达式］
        成员名 2［ = 常数表达式］
        …
    End Enum
```

说明：

1）如果使用关键字 Public，表示所定义的枚举类型在整个工程中都有效。如果使用关键字 Private，表示所定义的枚举类型只在所声明的模块中有效。关键字 Public 或 Private 都可省略，默认为 Public。

2）"枚举名称"是要定义的枚举类型的名字，"成员名"是要定义的枚举类型组成元素的名字，它们都应遵循标识符的命名规则。

3）"常数表达式"是可选的，如果省略，在默认情况下，枚举中的第一个成员被初始化为 0，其后的成员则被初始化为比其前面的成员大 1 的数值。

例如：

```
Public Enum Workday
    Monday
    Tuesday
    Wednesday
    Thursday
    Friday
    Saturday
    Sunday
End Enum
```

此例定义了一个枚举类型 Workday，它包含 7 个成员，7 个成员的值依次为 0、1、2、3、4、5、6。

4）如果不省略"常数表达式"，可以用赋值语句给枚举中的成员赋值，所赋的值可以是任何长整型的数。

例如：

```
Public Enum Workday
    Monday = 1
    Tuesday
    Wednesday
    Thursday
    Friday
    Saturday
    Sunday
End Enum
```

此例定义了一个枚举类型 Workday，它包含 7 个成员，7 个成员的值依次为 1、2、3、4、5、6、7。

4.3 运算符和表达式

运算符是表示数据之间运算方式的符号，操作数是参与运算的数据，表达式是由运算符和操作数组成的式子。例如，算术表达式"1＋2"中，1、2 是操作数，"＋"是运算符。

需要两个操作数的运算符，称为双目运算符；只需要一个操作数的运算符，称为单目运算符。例如，"－"作为负号时只需要一个操作数，是单目运算符。

Visual Basic 提供了丰富的运算符，可以组成多种类型的表达式。

4.3.1 算术运算符与算术表达式

1. 算术运算符

算术运算符的功能是对数值进行算术运算。Visual Basic 支持的算术运算符见表 4-2。

表 4-2　算术运算符

运　算　符	运　　算	表达式举例	表达式含义	运算结果（令 x = 5，y = 2）
^	乘方	x^y	x 的 y 次方	25
−	负号	− y	负 y	− 2
*	乘法	x * y	x，y 的乘积	10
/	除法	x/y	x 除以 y	2.5
\	整除	x \ y	x 整除 y	2
Mod	取模（取余）	x Mod y	x 除以 y 的余数	1
+	加法	x + y	x，y 的和	7
−	减法	x − y	x，y 的差	3

说明：

1）除"/"与整除"\"的区别：除运算符执行标准的除法运算，结果为浮点数。而整除运算符先执行除法运算再将运算结果的小数位全部去掉，因此结果为整数。参加整除运算的操作数一般为整数，当操作数中含有小数时，先将其四舍五入为整数后，再进行整除运算。例如：

```
? 10\4               '结果为 2
? 13.8\5.6           '结果为 2
```

2）取余"Mod"可以求两个数相除的余数。当操作数中含有小数，先将其四舍五入为整数后，再进行取余运算，例如：

```
? 11.5 Mod 5.1       '结果为 2
```

2. 算术表达式

算术表达式是用算术运算符和圆括号将数值型常量、变量和函数等连接形成的一个运算式子。在书写 Visual Basic 表达式时，应注意与数学中的表达式写法的区别：

1）Visual Basic 表达式不能省略乘号运算符，如数学中的表达式 $b^2 - 4ac$，写成 Visual Basic 表达式应为 b^2 − 4 * a * c。

2）Visual Basic 表达式中所有的括号一律使用圆括号，并且括号左右必须配对。如数学中的表达式 $[(x + y)/(a - b) + c]x$，写成 Visual Basic 表达式应为 $((x + y)/(a - b) + c) * x$。

一个表达式的运算次序由运算符的优先级决定，优先级高的先运算，优先级低的后运算，优先级相同的按从左到右的次序运算。算术运算符的优先级从高到低为乘方→负数→（乘、除）→整除→取模→（加、减）。例如：

```
? − 2^2              '结果为 − 4
? 3^3\2              '结果为 13
? 4 Mod 8/2          '结果为 0
? 3 * 2\3/2          '结果为 3
```

4.3.2 字符串运算符与字符串表达式

1. 字符串运算符

Visual Basic 支持的字符串运算符只有"&"和"+",它们的功能是把字符串连接起来。例如:

```
?"Visual"+"Basic"        '结果为 VisualBasic
?"Visual"&"Basic"        '结果为 VisualBasic
```

二者的区别:使用"+",操作数同为字符串时,进行连接运算;同为数值或一个是数值而另一个是数字字符串时,进行加法运算;其他类型的操作数会出错。使用"&",可以将其他类型的操作数强制转换为字符串后再连接。注意,如果操作数是变量或数值,则操作数与"&"之间要加一个空格,否则会将"&"看作类型符号,得不到希望的结果。例如:

```
?"123"&456              '连接运算,结果为 123456
?"123"+456              '加法运算,结果为 579
?"abcd"+123             '操作类型不匹配出错
?"abcd"&123             '结果为 abcd123
```

为避免混淆,字符串进行连接时一般使用"&"运算符。

2. 字符串表达式

字符串表达式是用字符串运算符和圆括号将字符串型常量、变量和函数等连接形成的一个运算式子。例如:

```
"abc" & "123" & Left("abc",1)          '结果为 abcd123a
```

4.3.3 关系运算符与关系表达式

1. 关系运算符

关系运算符的功能是比较两个操作数的关系,如比较大小。Visual Basic 支持的关系运算符见表4-3。

表4-3 关系运算符

运 算 符	运 算	表达式举例	运算结果
=	等于	"abc"="abd"	False
>	大于	34>12	True
>=	大于(或)等于	"34">="12"	True
<	小于	"ADF"<"ABF"	False
<=	小于(或)等于	"abc"<="abc"	True
<>	不等于	"abc"<>"ABC"	True

关系运算符的比较规则:

1) 两个操作数都是数值型时,比较它们的数值大小。

2) 两个操作数都是字符串型时,从左到右逐个字符比较 ASCII 码值,直到遇到不同字符为止。对于两个汉字字符,比较它们的拼音。例如,"啊" > "我" 的运算结果为 False。常见字符的比较关系如下:

"空格" < "0" < … < "9" < "A" < … < "Z" < "a" < … < "z" < "汉字"

3) 两个操作数都是日期型时,是将日期看成 "yyyymmdd" 的 8 位整数,再按数值进行比较。

2. 关系表达式

关系表达式是用关系运算符和圆括号将各种表达式、常量、变量和函数等连接形成的一个运算式子。关系运算符的两个操作数的数据类型必须一致。例如:

```
? 10 – 5 > 2 + 3            '结果为 False
?"xyz" = "XYZ"             '结果为 False
```

4.3.4 逻辑运算符与逻辑表达式

1. 逻辑运算符

逻辑运算符的功能是对逻辑值(即 True 和 False)进行运算,Visual Basic 支持的逻辑运算符有以下 6 种:

1) Not 取反运算,即将 True 变为 False 或 False 变为 True。
例如:

```
? Not "abc" < "abd"            '结果为 False
```

2) And 与运算,只有两个操作数的值都为 True 时,结果为 True,否则结果为 False。
例如:

```
? True And 1 < 2             '结果为 True
? 2 + 2 = 4 And False         '结果为 False
? 3 < 5 And "a" = "A"          '结果为 False
```

3) Or 或运算,只有两个操作数的值都为 False 时,结果为 False,否则结果为 True。
例如:

```
?"abc" < > "ABC" Or 2 > 1      '结果为 True
? True Or 6 – 3 > 4            '结果为 True
? 6 < 2 Or "b" = "B"           '结果为 False
```

4) Xor 异或运算,两个操作数的值不同时,结果为 True,否则结果为 False。
例如:

```
? 3 > 5 Xor 8 < 5             '结果为 False
```

5) Eqv 等价运算,两个操作数的值相同时,结果为 True,否则结果为 False。

例如：

    ? 3 > 5 Eqv 8 < 5   '结果为 True

6）Imp 蕴含运算，当第一个操作数的值为 True，第二个操作数的值为 False 时，结果为 False，否则结果为 True。

例如：

    ? 5 < 6 Imp 2 > 3   '结果为 False

以上 6 种逻辑运算符的运算见表 4-4，其中 T 表示 True，F 表示 False。

表 4-4　逻辑运算符的运算

X	Y	Not X	X And Y	X Or Y	X Xor Y	X Eqv Y	X Imp Y
T	T	F	T	T	F	T	T
T	F	F	F	T	T	F	F
F	T	T	F	T	T	F	T
F	F	T	F	F	F	T	T

2. 逻辑表达式

逻辑表达式是用逻辑运算符和圆括号将关系表达式、逻辑型常量、变量和函数等连接形成的一个运算式子。

逻辑运算符的优先级由高到低为 Not→And→Or→Xor→Eqv→Imp。

例如：

    ? Not "Abc" = "abc" Or 2 + 3 < > 5 And "23" < "3"   '结果为 True

4.3.5　日期运算符与日期表达式

1. 日期运算符

Visual Basic 支持的日期运算符只有 " + " 和 " - "，它们的功能是对日期进行运算。

2. 日期表达式

日期表达式是用日期运算符和圆括号将算术表达式、日期型常量、变量和函数等连接形成的一个运算式子。日期表达式包括以下操作：

" + " 连接的日期表达式，一个操作数为日期型，另一个操作数为数值型，计算该日期若干天后的日期。例如：

    ? #2002 - 02 - 01# + 1   '结果为 2002 - 2 - 2

" - " 连接的日期表达式有两种情况：一个操作数为日期型，另一个操作数为数值型，计算该日期若干天前的日期；两个操作数都是日期型，计算两个日期相差的天数。例如：

    ? #01/01/2002# - 2   '结果为 2001 - 12 - 30
    ? #2002 - 02 - 02# - 2   '结果为 2002 - 1 - 31
    ? #2001 - 02 - 03# - #2001 - 02 - 02#   '结果为 1

4.3.6　各种运算符的优先级比较

在一个表达式中，往往含有多种运算符，Visual Basic 规定了各种运算符的优先级次序，优先级高的先运算，优先级低的后运算，优先级相同的按从左向右的次序运算。如果表达式中含有括号，则先运算括号内的表达式；如果含有多层括号，则先运算最内层括号，然后从内层括号向外层括号依次进行运算。

各运算符的优先级由高到低的排列次序见表4-5。

表4-5　各运算符的优先级

优　先　级	运　算　符
1	^
2	−（取负）
3	*　/
4	\
5	Mod
6	+　−
7	字符串连接 & 和 +
8	=　>　<　< >　>=　<=
9	Not
10	And
11	Or
12	Xor
13	Eqv
14	Imp

例如，一个混合运算表达式的运算顺序如下所示：

?Not "Abc" = "abc" Or 2 + 3 <> 5And "23" < "3"　　　'结果为 True

4.4　常量和变量

在程序设计中需要将数据存储为常量或变量。值不能被改变的量称为常量，值可以被改变的量称为变量。在程序中用常量和变量表示数据是重要的程序设计思想。

4.4.1　常量

常量是在程序运行过程中，其值保持不变的量，如数值、字符串等。Visual Basic 的常量分为直接常量和符号常量。

1. 直接常量

直接常量就是在程序中具体给出的数据的值。根据数据类型的划分，直接常量又分为数值常量、字符串常量、逻辑常量或日期常量。例如，5678,233.5E − 6,0.58d7," this is a string",True 和#2004－11－18#等。

Visual Basic 在处理这些常量时要对其类型进行判断，以便合理分配存储空间，但有些常量类型存在多义性。例如，常量 7.05 可以作为单精度类型、双精度类型或者货币类型进行处理。Visual Basic 在默认情况下，会将数据处理为需要内存容量最小的数据类型，这样 7.05 就被作为单精度类型处理。用户也可以在数值的后面加上相应的类型说明符指明常量的类型。例如，2.75！是一个单精度浮点型常量，而 11.25#是一个双精度浮点型常量。

2. 符号常量

符号常量是用一些有意义的名字代替永远不变的值。在程序设计中，常常遇到一些反复出现的数值，此时就可以定义一些符号常量来替代它们。这样我们看到的就不再是数字而是具有含义的名字，从而增加了代码的可读性。

格式：Const 常量名[类型说明] = 表达式[,常量名[类型说明] = 表达式]……

说明："常量名"是用户指定的符号常量的名字，要遵循标识符的命名规则；"类型说明"可以使用"As 类型"形式也可以使用类型说明符；"表达式"是用户指定的符号常量的值，可以是数值型、字符串型、布尔型或日期型，也可以使用已经定义好的符号常量定义新的符号常量。如果在一行定义多个符号常量，之间用逗号进行分隔。例如：

```
Const Pi = 3.1415926
Const Pi2 = Pi * 2,Pi4 = Pi * 4
Const tomorrow = #1/1/1995#
Const num! = 1.25,max As Double = 2.65
```

符号常量定义以后，在程序中就可以用常量名代替常量的值。例如，可以用 Pi 代替 3.1415926，但是这种替代是有范围的，有效范围由常量定义语句的位置决定，有以下 3 种情况：

1）如果在一个过程内部声明一个符号常量，则该符号常量只在该过程中有效。

2）如果在一个模块的声明段中声明一个符号常量，则该符号常量只在该模块的所有过程中有效。

3）如果在标准模块的声明段中声明一个符号常量，并在 Const 前面加上 Public 关键字，则该符号常量在整个工程中都有效。

【例 4-1】 检测符号常量的作用范围。程序代码及运行结果如图 4-2 所示。

图 4-2　程序代码及运行结果

从图中可以看到符号常量 one 是在模块的声明段中声明的，在下面两个过程中都有效，而符号常量 two 是在 Command2_Click( ) 过程内部声明的，仅在该过程内部有效，所以在 Command1_Click( ) 过程中 Print two 语句没有结果。

4.4.2 变量

变量实际上代表一些临时的内存单元，在这些内存单元中存储着数据，其内容因程序的运行而变化。变量都有变量名和数据类型，程序通过变量名来引用变量值，数据类型决定了变量的存储方式。

1. 变量的声明

变量的声明也称为变量的定义，就是事先将变量的名称和数据类型通知给程序。声明方式分为显式声明和隐式声明。

（1）显式声明

显式声明是在使用变量前用声明语句声明变量。

格式：Dim 变量名［类型说明］

说明：

1）关键字 Dim 还可以是 Static、Private、Public 或 Global，它们的区别只是声明的变量的作用范围不同，这一点将在 4.4.3 节中详细介绍。

2）"变量名"应遵循标识符的命名规则。

3）"类型说明"可以使用"As 类型"形式也可以使用类型说明符，若未指定类型则为变体型。

例如：

```
Dim var As Integer          '定义 var 为整型变量
Public sum_1 As Double      '定义 sum_1 为双精度浮点型变量
Dim tomorrow As Date        '定义 tomorrow 为日期型变量
Dim total!                  '定义 total 为单精度浮点型变量
Dim average@                '定义 average 为货币型变量
Dim x                       '定义 x 为变体型变量
```

当定义变量为字符串型时，可以通过"String * 长度"来定义定长字符串型变量。

例如：

```
Dim name1 As String         '定义 name1 为变长字符串型变量,长度决定于赋值
Dim name2 As String * 6     '定义 name2 为定长字符串型变量,长度为 6
```

可以用一个 Dim 语句定义多个变量，但必须指定每个变量的数据类型，否则为变体型。

例如：

```
Dim var1 As Integer,var2 As Integer  '定义 var1 和 var2 都为整型变量
Dim var1,var2 As Integer             '定义 var1 为变体型变量,var2 为整型变量
```

（2）隐式声明

Visual Basic 允许使用未经声明语句声明的变量，这种方式称为隐式声明。

例如：

```
Private Sub Command1_Click( )
    Var = 50
    Print Var
End Sub
```

在该过程中，程序没有事先用声明语句声明变量 Var，而是直接为变量 Var 赋值为 50，这时 Visual Basic 会自动创建一个变量 Var。虽然这种方法很方便，但是如果使用变量时把变量名拼写错了，会导致一个难以查找的错误。为了避免这样的错误发生，可以采用强制变量声明，即在模块的声明段中加入语句"Option Explicit"。或者选择"工具 | 选项"命令，在弹出的"选项"对话框中选择"编辑器"选项卡，再选择"要求变量声明"复选框，单击"确定"按钮，这样 Visual Basic 就会在任何新模块中自动插入语句"Option Explicit"。"选项"对话框如图 4-3 所示。

图 4-3　设置强制变量声明

设置强制变量声明以后，程序遇到未经声明语句声明的变量就会给出错误警告。

2. 自定义类型的变量

自定义类型的变量与基本数据类型的变量的定义格式完全一样。例如，在 4.2.2 节中自定义了一个数据类型 Student，下面语句定义了一个 Student 类型的变量 lining。

```
Dim lining As Student
```

由于自定义类型包括多个元素，所以引用自定义类型的变量时应指定引用了哪个元素。

格式：变量名 . 元素名

例如：

```
lining. No
lining. Name
lining. Sex
```

3. 枚举类型的变量

枚举类型的变量与基本数据类型的变量的定义格式完全一样。例如，在4.2.3节中定义了一个枚举类型 Workday，下面语句定义并引用了一个 Workday 类型的变量 mywork。

```
Dim mywork As Workday          '定义变量 mywork 为 Workday 类型
mywork = Tuesday               '将成员 Tuesday(值为2)赋值给变量 mywork
Print mywork                   '输出变量 mywork 的值,结果为2
```

4.4.3 变量的作用范围

Visual Basic 应用程序包括3种模块，即窗体模块、标准模块和类模块。应用程序通常是由窗体模块和标准模块组成。窗体模块包括声明部分、事件过程和通用过程；标准模块包括声明部分和通用过程。如图4-4所示。

图4-4 Visual Basic 应用程序的构成

变量的作用范围即变量使用的有效区域，就是定义了一个变量以后，在程序的哪些地方可以使用这个变量。在 Visual Basic 中，按作用范围的不同将变量分为3类：局部变量、模块变量和全局变量。

1. 局部变量

在事件过程或通用过程中，用关键字 Dim 或 Static 声明的变量，或隐式声明的变量就是局部变量。局部变量的作用范围是所在过程内部。

【例4-2】 局部变量举例，如图4-5所示。

图4-5 局部变量举例

在 Command1_Click() 和 Command2_Click() 事件过程中声明的两个变量 x 都是局部变量，每个 x 只在相应过程内部有效，两个 x 之间没有关系。所以在不同过程中可以声明同名变量，它们之间不会产生影响。

Dim 与 Static 的区别：用 Static 声明的局部变量的值一直存在，这种变量称为静态变量，而用 Dim 声明的局部变量的值只在过程执行期间才存在，过程执行完毕，变量的值就被释放。也就是说，当过程再次被执行时，Static 定义的变量值为上一次运行的结果，而 Dim 定义的变量值为初始值。

【例 4-3】 测试 Dim 与 Static 的区别。

```
Private Sub Command1_Click( )
    Dim x As Integer
    Static y As Single
    x = x + 2
    y = y + 2
    Print "x = ";x,"y = ";y
End Sub
```

每单击一次命令按钮，x 的值都是初始值 0 加 2，而 y 的值却是上一次运行结果加 2，如图 4-6 所示。这就是 Dim 和 Static 的区别，应按其各自的特点在不同情况下使用。

图 4-6　3 次单击命令按钮后程序运行结果

2. 模块变量

在模块的声明段中，用关键字 Dim 或 Private 声明的变量就是模块变量。模块变量的作用范围是所在模块的所有过程。

Dim 与 Private 没有区别，但使用 Private 更好一些，因为便于区分局部变量，从而增加代码的可读性。

【例 4-4】 模块变量举例，如图 4-7 所示。

图 4-7　模块变量举例

在窗体模块 Form1 的声明段中声明的变量 num1 是模块变量，对下面两个事件过程都有

62

效，每次运行事件过程都会更新变量的值，直到该模块运行完毕变量的值才被释放。

3. 全局变量

在标准模块的声明段中，用关键字 Public 或 Global 声明的变量就是全局变量。全局变量的作用范围是整个工程的所有过程。

3 种变量的区别见表 4-6。

表 4-6　3 种变量作用范围对照表

名　　称	作 用 范 围	声 明 位 置	使 用 语 句
局部变量	过程内部	过程中	Dim 或 Static
模块变量	窗体模块或标准模块	模块的声明部分	Dim 或 Private
全局变量	整个工程	标准模块的声明部分	Public 或 Global

4.5　常用标准函数

标准函数是系统已经定义好的函数，它们能够完成特定的功能，用户可以直接使用。Visual Basic 为用户提供了大量的标准函数，利用这些标准函数可以直接完成一些任务。

函数的调用格式：

<函数名>([参数1],[参数2]…)

说明：

1）每个函数都有函数名，通过函数名调用函数。

2）数学中函数的"自变量"在程序设计语言中称为"参数"，函数的运算结果称为"返回值"。

3）函数是以表达式的形式调用的，而不能单独作为一个语句。

例如：

a = Sin(b)

z = Sin(x) + Cos(x + y)

上面的例子中，Sin 和 Cos 是函数名，括号里面的表达式是参数，每种函数使用的参数类型都是规定好的，所以了解函数的参数类型才能正确的使用函数。下面介绍一些常用的标准函数。

4.5.1　数学函数

Visual Basic 提供的常用数学函数及功能见表 4-7。

表 4-7　数学函数

函 数 名	功 能 说 明	举　　　例
Fix(x)	取整,截去小数部分	Fix(3.125)结果为3,Fix(2.98)结果为2,Fix(-2.6)结果为-2
Int(x)	求不大于 x 的最大整数	Int(1.9)结果为1,Int(1.3)结果为1,Int(-2.5)结果为-3
Round(x,n)	将 x 四舍五入,保留 n 位小数	Round(1.9)结果为2,Round(1.916,2)结果为1.92

函 数 名	功 能 说 明	举　　例
Abs(x)	求绝对值	Abs(-3.5)结果为3.5
Sgn(x)	求数字符号	Sgn(-3)结果为-1,Sgn(3)结果为1,Sgn(0)结果为0
Sqr(x)	求平方根	Sqr(25)结果为5
Exp(x)	指数函数,求e^x	Exp(0)结果为1
Log(x)	求自然对数	Log(1)结果为0
Sin(x)	正弦函数	Sin(0)结果为0
Cos(x)	余弦函数	Cos(0)结果为1
Tan(x)	正切函数	Tan(0)结果为0
Atn(x)	反正切函数	Atn(0)结果为0

说明:

1) 数学函数的参数 x 为数值型。其中 Sin、Cos 和 Tan 的参数 x 必须为弧度值。例如,求30°的正弦值,不能写成 Sin(30),必须把30°转化为弧度值,应写成 Sin(30 * 3.14159/180)。

Visual Basic 只提供了4个三角函数,其他三角函数都可以由这4个三角函数导出。

2) 在使用数学函数时,必须保证参数的值在数学上有意义,如使用函数 Sqr(),必须保证参数为大于或等于0的数。

3) 对于函数 Sgn(x),当 x<0 时,函数值为-1;当 x>0 时,函数值为1;当 x=0 时,函数值为0。

4) 书写数学表达式时要注意使用正确的函数形式。例如,在 Visual Basic 中,数学表达式 $\ln[e^x + |arctg(x)|] + \cos^2 x$ 的正确写法应为 Log(Exp(x) + Abs(Atn(x))) + Cos(x)^2。

5) 四舍五入规则是小于5时舍,大于5时入,等于5时的舍入情况取决于前一位数,当前一位数为奇数时入,为偶数时舍。例如:

```
?  Round(2.5)          '结果为2
?  Round(1.5)          '结果为2
```

4.5.2　字符串函数

Visual Basic 提供了大量的字符串函数,应用这些字符串函数可以方便灵活地处理字符串。Visual Basic 提供的常用字符串函数及功能见表4-8。

表4-8　字符串函数

函 数 名	功 能 说 明
Trim(字符串表达式)	删除字符串两端空格字符
LTrim(字符串表达式)	删除字符串左端空格字符
RTrim(字符串表达式)	删除字符串右端空格字符
Left(字符串表达式,n)	从字符串的左端截取 n 个字符

函 数 名	功 能 说 明
Right(字符串表达式,n)	从字符串的右端截取 n 个字符
Mid(字符串表达式,n,m)	从字符串的第 n 个字符开始截取 m 个字符
Len(字符串表达式) 或 Len(变量名)	求字符串的长度,或求某个变量所占的字节数
LenB(字符串表达式)	求字符串所占的字节数
String(n,字符) 或 String(n,ASCII 码)	产生由 n 个指定字符(或指定 ASCII 码值对应字符)组成的字符串
Space(n)	产生由 n 个空格组成的字符串
InStr([起始位置,]字符串1,字符串2[,n])	返回"字符串2"在"字符串1"中第一次出现的位置;若加上起始位置,表示从该位置开始查找,如果省略默认从第一个字符开始查找;n 表示字符串的比较方式,0 表示区分字母的大小写,1 表示不区分字母的大小写,如果省略默认为0。如果给出参数 n,则参数起始位置也必须给出
Ucase (字符串表达式)	将字符串中的所有字母字符均转换成大写,非字母字符不变
Lcase (字符串表达式)	将字符串中的所有字母字符均转换成小写,非字母字符不变
Asc (字符串表达式)	求字符串表达式中第一个字符的 ASCII 码值
Chr (表达式)	求以表达式的值为 ASCII 码的字符
Val (字符串)	将字符串转换为数值,转换时遇到第一个非数字字符则停止转换,但指数符号、小数点和负号除外
Str (数值表达式)	将数值转换为对应的字符串

函数应用举例:

1) a = "   good morning   "

   ? Ltrim(a);"!"   '删除字符串 a 左端空格字符,结果为   good morning   !

   ? Rtrim(a);"!"   '删除字符串 a 右端空格字符,结果为   good morning !

   ? Trim(a);"!"   '删除字符串 a 两端空格字符,结果为   good morning !

2) b = "abcdefg"

   ? Left(b,4)   '从字符串 b 左端截取 4 个字符,结果为 abcd

   ? Mid(b,2,3)   '从字符串 b 第 2 个字符开始截取 3 个字符,结果为 bcd

   ? Right(b,4)   '从字符串 b 右端截取 4 个字符,结果为 defg

3) ? Len("I am a student")   '结果为 14

   ? Len("中国")   '结果为 2

4) ?"a" + Space(3) + "b"   '结果为 a   b

   ? String(3,"a")   '结果为 aaa

   ? String(3,"abc")   '结果为 aaa

   ? String(3,97)   '结果为 aaa

5) ? InStr("visual basic","bas")   '结果为 8

   ? InStr(9,"visual basic","bas")   '从第 9 个字符开始查找,结果为 0

   ? InStr(3,"visual basic","Bas",1) '不区分大小写,结果为 8

6) a = Ucase("visual basic")

```
            b = Lcase(a)
            ? a,b                      '结果为 VISUAL BASIC visual basic
    7) ? Val("123ab4")                 '遇到字符"a"停止转换,结果为 123
       ? Val("56.83*4")                '遇到字符"*"停止转换,结果为 56.83
       ? Val("26.4e7")                 '字符"e"为指数符号,结果为 264 000 000
       ? Str(825.6)                    '结果为 825.6
       ?"abc" + Str(26.3)              '" +"将两个字符串连接起来,结果为 abc 26.3
       ?"32" + Str( -81.5)             '" +"将两个字符串连接起来,结果为 32 -81.5
```

4.5.3 转换函数

在 Visual Basic 中,有些数据类型之间可以自动进行转换,如数字字符串可以自动转换为数值。但是,多数数据类型之间不能自动进行转换,需要 Visual Basic 提供的类型转换函数进行强制转换。Visual Basic 提供的类型转换函数及功能见表4-9。

表4-9　类型转换函数

函　数　名	功　能　说　明
CInt(数值表达式)	将数值强制转换为 Integer 类型,第 1 位小数进行四舍五入
CCur(数值表达式)	将数值强制转换为 Currency 类型,第 5 位小数进行四舍五入
CDbl(数值表达式)	将数值强制转换为 Double 类型
CLng(数值表达式)	将数值强制转换为 Long 类型,第 1 位小数进行四舍五入
CSng(数值表达式)	将数值强制转换为 Single 类型
CVar(数值表达式)	将数值强制转换为 Variant 类型
CStr(表达式)	将表达式的值强制转换为 String 类型
CDate(表达式)	将表达式的值强制转换为 Date 类型
CBool(表达式)	将表达式的值强制转换为 Boolean 类型
CByte(表达式)	将表达式的值强制转换为 Byte 类型

例如:

```
    ? CInt(34.5)                       '返回值为 Integer 类型,结果为 34
    ? CCur(34.5423898)                 '返回值 Currency 类型,结果为 34.5424
```

4.5.4 时间函数

Visual Basic 提供的常用日期和时间函数及功能见表4-10。

表4-10　日期和时间函数

函　数　名	功　能　说　明
Now 或 Now( )	返回系统当前的日期和时间 格式为 yyyy - mm - dd hh:mm:ss
Date 或 Date( )	返回系统当前的日期,格式为 yyyy - mm - dd
DateSerial(年,月,日)	把年、月、日 3 个参数连接形成一个日期

函 数 名	功 能 说 明
DateValue(日期字符串)	返回一个日期
Day(日期字符串)	返回日期字符串中的日,结果为整型数
WeekDay(日期字符串)	求指定日期是星期几,结果为整型数,1 代表星期日,2 代表星期一……
WeekDayName(整数)	返回星期代号,如 WeekDayName(1)结果为星期日
Month(日期字符串)	返回日期字符串中的月份,结果为整型数
Year(日期字符串)	返回日期字符串中的年份,结果为整型数
Hour(时间字符串)	返回时间字符串中的小时数,结果为整型数
Minute(时间字符串)	返回时间字符串中的分钟数,结果为整型数
Second(时间字符串)	返回时间字符串中的秒数,结果为整型数
Time 或 Time( )	返回系统当前的时间,格式为 hh:mm:ss
Timer 或 Timer( )	返回从午夜开始到当前经过的秒数
TimeSerial(时,分,秒)	把时、分、秒3 个参数连接形成一个时间
TimeValue(时间字符串)	返回一个时间

说明:其中 Date、Time 和 Now 3 个函数都有无参数的形式。

例如:

　　? Date,Time,Now　　'结果为 2004 – 11 – 16　　15:41:52　　2004 – 11 – 16 15:41:52

4.5.5　随机数函数

1. Rnd 函数

格式:Rnd[(x)],其中参数 x 是一个双精度浮点数,可以省略。

功能:可产生一个 0~1 之间 (大于或等于 0,但小于 1) 的单精度随机数。

下一个要产生的随机数受参数 x 的影响:

1) 当 x < 0 时,每次产生相同的随机数。

2) 当 x > 0 或省略时,每次产生不同的随机数。

3) 当 x = 0 时,该次产生与上次相同的随机数。

说明:该函数产生的是一个单精度随机数,要产生随机整数,可利用取整函数来完成。例如,要产生 0~100 (包括 0,不包括 100) 的随机整数,可以写成 Int(Rnd * 100)。

产生随机整数的公式:

产生区间 [n,m) 范围内的随机整数:Int(Rnd * (m – n) + n)

产生区间 [n,m] 范围内的随机整数:Int(Rnd * (m – n + 1) + n)

例如,产生 [100,1000) 之间的随机整数为 Int(Rnd * 900 + 100)。

2. Randomize 语句

格式:Randomize[(x)],其中参数 x 可以省略。

功能：将函数 Rnd( ) 的随机数生成器初始化。

当应用程序多次调用同一个过程中的函数 Rnd( ) 时，相同的随机数序列会反复出现，使用 Randomize 语句可以消除这种情况，从而产生不同的随机数序列。所以一般情况下，在调用函数 Rnd( ) 之前，要先使用无参数的 Randomize 语句。

例如：

```
Randomize
Print Rnd
```

4.5.6 数制转换函数

Visual Basic 提供的常用数制转换函数及功能见表 4-11。

表 4-11 数制转换函数

函 数 名	功 能 说 明	举 例
Hex(x) 或 Hex $ (x)	将十进制数转换为十六进制数	Hex(100) 结果为 64
Oct(x) 或 Oct $ (x)	将十进制数转换为八进制数	Oct(100) 结果为 144

4.5.7 测试函数

格式：TypeName（变量名）

功能：测试变量的数据类型。

说明：返回值为具体的类型名，如 "Integer"、"String" 等。变体型变量未赋值之前的测试结果为 "Empty"，对象型变量（如命令按钮、文本框等）测试结果为该对象的一个具体类型，即 "CommandButton"、"TextBox" 等。例如：

```
Dim a As Variant
Dim b As Integer
Dim c As Double
Dim d As String
Print TypeName(a)              '结果为 Empty
Print TypeName(b)              '结果为 Integer
Print TypeName(c)              '结果为 Double
Print TypeName(d)              '结果为 String
Print TypeName(Command1)       '结果为 CommandButton
Print TypeName(Picture1)       '结果为 PictureBox
Print TypeName(Text1)          '结果为 TextBox
```

4.6 本章小结

本章介绍了 Visual Basic 程序设计中最基本的内容，包括语句书写规则、常量变量的使用、标准函数，以及运算符和表达式。Visual Basic 使用常量和变量表示待处理数据，变量的值可以改变，常量的值不能改变。常量和变量的声明方式决定了它们的作用范围。数据类型是数据在存储空间中的表现形式，不同数据类型占用的空间不同，处理方式也不同，所以需要使用恰当的数据类型表示数据。程序对数据的加工处理是通过运算来完成的，Visual Basic 提供了各类运算符及大量的内部函数用于处理数据。常量、变量、运算符和函数等组合，即可构成表达式。表达式是程序设计中完成运算的主要形式，程序设计过程中需要将待处理的问题转化为相应的表达式，才能正确的处理数据。

第5章 数据的输出与输入

学习目标与要求

- 掌握 Print 方法和相关函数的功能及使用
- 掌握 InputBox 函数的功能及使用
- 掌握 MsgBox 函数和 MsgBox 语句的功能及使用

程序运行时，常常需要与外界交换信息，如从键盘、硬盘等外部设备向计算机输入信息，将计算机中的信息显示到屏幕上或从打印机打印出来，这就是数据的输入与输出。数据的输入与输出是程序设计最基本的两个功能。

Visual Basic 提供了丰富的输入/输出形式，与控件结合实现的输入/输出操作更加灵活、形象和直观。

5.1 数据的输出

Visual Basic 的输出主要是通过 Print 方法实现的，此外还可以通过设置一些控件的属性来实现。

5.1.1 Print 方法

Print 方法是最常用的输出方法，它可以实现在窗体、图片框、打印机和立即窗口中输出数据。

格式：［对象名 . ］Print ［表达式列表］

功能：在指定对象中输出表达式的值。

说明：

1）"对象名"可以是窗体、图片框、打印机或立即窗口。

例如：

```
Form1. Print "中国"              '在窗体 Form1 中输出字符串"中国"
Picture1. Print "中国"           '在图片框 Picture1 中输出字符串"中国"
Printer. Print "中国"            '在打印机中输出字符串"中国"
Debug. Print "中国"              '在立即窗口中输出字符串"中国"
```

如果省略"对象名"，则默认对象为当前窗体。

例如：

```
Print "China"                    '在当前窗体中输出字符串"China"
```

2）"表达式列表"可以是一个或多个表达式。如果是数值表达式，则输出数值表达式运算后的结果，输出数值的前面有一个符号位，后面有一个空格；如果是字符串表达式，则照原样输出，输出字符串的前后都没有空格；如果省略"表达式列表"，则输出一个空行。例如：

```
x = 10
Print x                          '输出变量 x 的值,结果为 10
Print 2 + 3                      '输出数值表达式 2 + 3 的值,结果为 5
Print "2 + 3"                    '输出字符串"2 + 3",结果为 2 + 3
Print                            '输出一个空行
```

多个表达式之间要用分号、逗号或空格隔开。如果用分号或空格隔开，则以紧凑格式输出数据；如果用逗号隔开，则以标准格式输出数据，即每个输出项占 14 个字符位。例如：

```
Print "3" "5" "8"               '用空格隔开
358                             '以紧凑格式输出数据
Print "3";"5";"8"               '用分号隔开
358                             '以紧凑格式输出数据
Print "1","2","3"               '用逗号隔开
1              2              3  '每个输出项占 14 个字符位
Print "123","123","123"
123            123            123
```

3）一般情况下，执行 Print 方法后会自动换行，即下一个 Print 语句的输出内容会在新的一行显示。如果要下一个 Print 语句的输出内容也在同一行上显示，可以在当前 Print 语句的末尾加上一个分号或逗号。其中，分号表示紧凑格式，逗号表示标准格式。例如：

```
Print "25 + 35";
Print " = ";
Print 25 + 35
Print "25 + 35",
Print " = ",
Print 25 + 35
```

输出结果为：

```
25 + 35 =  60                   '分号连接的紧凑格式
25 + 35        =             60 '逗号连接的标准格式
```

4）可以用"？"代替关键字 Print，Visual Basic 会自动将它转换成 Print。

5.1.2　与 Print 方法有关的函数

Visual Basic 提供了一些与 Print 方法结合使用的函数，包括 Tab、Spc、Space 和 Format 等，利用这些函数可以指定输出内容的位置及格式。

1. 函数 Tab( )

格式：Print Tab(n);输出内容

功能：与 Print 方法结合使用，从第 n 列开始输出内容，n 为整数。

例如：

```
            Print Tab(10);"abc"                      '从第10列开始输出字符串"abc"
                    abc                               '输出结果
```

如果一个 Print 语句中使用多个 Tab 函数，则每个 Tab 函数对应一个输出项，各输出项之间用分号隔开。例如：

```
        print Tab(5);"中国";Tab(10);"辽宁";Tab(20);"沈阳"
            中国     辽宁      沈阳                    '输出结果
```

2. 函数 Spc( )

格式：Print Spc(n);输出内容

功能：与 Print 方法结合使用，从当前位置跳过 n 列后再输出内容，n 为整数。

例如：

```
        Print Spc (10);"abc"                         '跳过10列后再输出字符串"abc"
                abc                                   '输出结果
```

如果一个 Print 语句中使用多个 Spc 函数，则每个 Spc 函数对应一个输出项，各输出项之间用分号隔开。例如：

```
        Print "中国";Spc(5);"辽宁";Spc(5);"沈阳"
            中国     辽宁      沈阳                    '输出结果
```

Spc 函数与 Tab 函数功能相似，但应注意 Tab 函数是从对象左端开始计数，而 Spc 函数是从前一输出项结束位置开始计数，表示两个输出项之间的间隔。

3. 函数 Space( )

格式：Space(n)

功能：返回由 n 个空格组成的字符串。

例如：

```
        Print "中国" + Space(5) + "辽宁" + Space(5) + "沈阳"
            中国     辽宁      沈阳                    '输出结果
```

Space 函数与 Spc 函数功能相似，但应注意 Space 函数和输出内容之间要用字符串运算符进行连接，而 Spc 函数和输出内容之间要用分号进行连接。

4. 函数 Format( )

格式：Print Format(数值表达式[,格式字符串])

功能：与 Print 方法结合使用，按"格式字符串"指定的格式输出数值表达式的值。

说明："格式字符串"可以包含以下几种符号：

"#"　　表示一个数字位，用于控制输出数值的长度。整数部分若实际长度小于指定长度，多余位不补 0，数据左对齐；若实际长度大于指定长度，原样输出。小数部分若实际长度小于指定长度，多余位不补 0；若实际长度大于指定长度，四舍五入保留到指定长度。

"0"　　与"#"功能基本相同，区别是实际长度小于指定长度时，多余位用 0 补齐。

"."　　显示小数点，与#、0 结合使用。

","　　千位分隔符，可以放在格式字符串的小数点左边除了开始位置或与小数点相邻位置以外的任何其他位置。功能是将输出数值的整数部分从小数点左边第一位开始，每3位用一个逗号隔开。例如：

Print Format(1234.567,"##,#、#.###")　　'输出结果为1,234.567

"%"　百分号，应该放在格式字符串的末尾，功能是将数值以百分数的形式输出。例如：

Print Format(0.1234,"##.##%")　　'输出结果为12.34%
Print Format(5.67,"##.##%")　　'输出结果为567.%

"$"　美元符号，应该放在格式字符串的开始，功能是在输出数值的前面加上一个"$"。例如：

Print Format(5.67,"$##.##")　　'输出结果为$ 5.67

"+、-"　正、负号，应该放在格式字符串的开始，功能是在输出数值的前面加上一个"+"或"-"，例如：

Print Format(5.67,"+00.##")　　'输出结果为+05.67
Print Format(5.67,"-00.##")　　'输出结果为-05.67

E+，E-　将数值以指数形式输出。例如：

Print Format(12345.67,"#.##E+##")　　'输出结果为1.23E+4
Print Format(0.001234567,"0.00E-00")　　'输出结果为1.23E-03

【例5-1】　用下面程序代码检验格式输出结果。

```
Private Sub Form_Click()
    a = Sqr(5)
    Print Format(a,"00.000")
    Print Format(a,"##.###")
    Print Format(a,"00.###")
    Print Format(a,"#,#.###")
    Print Format(a,"$ 00.###")
    Print Format(a,"-00.000")
    Print Format(a,"##.##%")
    Print Format(a,"#.##E+##")
End Sub
```

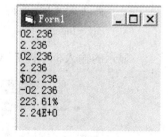

单击窗体后运行结果如图5-1所示。　　　　　图5-1　运行结果

5.1.3　Cls方法

格式：[对象名.]Cls

功能：清除程序运行时指定对象上产生的文本和图形。"对象名"可以是窗体或图片框，如果省略"对象名"，则默认对象为当前窗体。例如：

Form1.Cls

```
Picture1. Cls
Cls
```

设计时窗体或图片框中使用 Picture 属性设置的背景位图和放置的控件不受 Cls 方法影响。

5.2　输入框 InputBox

Visual Basic 提供了 InputBox 函数，用于输入数据。

格式：InputBox(提示信息[,标题][,缺省值][,x 坐标][,y 坐标])

功能：产生一个输入框，等待用户输入信息后，将输入信息作为字符串返回。

说明：其中主要参数的功能如图 5-2 所示。

图 5-2　输入框

1)"提示信息"是一个长度不超过 1024 个字符的字符串，用于提示用户输入。"提示信息"的长度超过一行时可以自动换行，若要强制换行可以使用回车符 Chr (13)、换行符 Chr (10) 或回车换行符 Chr (13) &Chr (10)。

"标题"是一个字符串，如果省略，则默认标题为工程的名称。

"缺省值"是一个字符串，表示默认的输入值。

例如：

```
msg1 = "中国" + chr(10) + "辽宁" + chr(10) + "省会城市"
city = InputBox(msg1 ,"例" ,"shenyang")
```

显示的输入框如图 5-3 所示。

图 5-3　输入框举例

"x 坐标"、"y 坐标"均为数值表达式，表示输入框左上角的坐标，用于指定输入框的位置。

2)输入框上有"确定"和"取消"两个命令按钮，用户在输入信息后，单击"确定"

按钮，将输入信息作为字符串返回；单击"取消"按钮，将返回一个空字符串。调用一次 InputBox 函数只能输入一个值。InputBox 函数的返回值是字符串型，如果需要获取其他类型的输入值，则需要将返回值进行类型转换或者事先声明变量的类型。

【例 5-2】 利用 InputBox 函数输入一组学生信息。

```
Private Sub Form_Click( )
    Dim smaths As Single, schinese As Single
    title1 = "学生信息"
    msg1 = "请输入学生姓名:"
    msg2 = "请输入学生年龄:"
    msg3 = "请输入数学成绩:"
    msg4 = "请输入语文成绩:"
    sname = InputBox(msg1, title1)
    sage = InputBox(msg2, title1)
    smaths = InputBox(msg3, title1)
    schinese = InputBox(msg4, title1)
    Print "姓名", "年龄", "数学成绩", "语文成绩", "总成绩"
    Print sname, sage, smaths, schinese, smaths + schinese
End Sub
```

依次显示 4 个输入框，第一个输入框如图 5-4 所示。

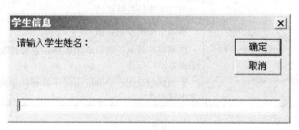

图 5-4　显示的第一个输入框

5.3　消息框 MsgBox

消息框用于向用户显示消息，等待用户做出选择，将用户的选择作为程序继续运行的依据。消息框有函数和语句两种形式。

5.3.1　MsgBox 函数

格式：MsgBox(提示信息 [,按钮类型][,标题])

功能：产生一个消息框，等待用户做出选择，根据用户的选择，返回一个整数。

说明：

1）"提示信息"是一个长度不超过 1024 个字符的字符串，用于向用户显示消息。"提示信息"的长度超过一行时可以自动换行，若要强制换行可以使用回车符 Chr（13）、换行符 Chr（10）或回车换行符 Chr（13）&Chr（10）。

2）"标题"是一个字符串，如果省略，则默认标题为工程的名称。

3）"按钮类型"用来指定消息框中显示按钮的个数、使用图标的样式、默认按钮的位置，以及消息框的强制回应等。每项内容的详细取值见表5-1。

表5-1　消息框按钮类型参数取值

符号常量	值	描　述
vbOKOnly	0	只显示"确定"按钮
vbOKCancel	1	显示"确定"及"取消"按钮
vbAbortRetryIgnore	2	显示"终止"、"重试"及"忽略"按钮
vbYesNoCancel	3	显示"是"、"否"及"取消"按钮
vbYesNo	4	显示"是"及"否"按钮
vbRetryCancel	5	显示"重试"及"取消"按钮
vbCritical	16	显示⊗图标
vbQuestion	32	显示❓图标
vbExclamation	48	显示⚠图标
vbInformation	64	显示ℹ图标
vbDefaultButton1	0	第一个按钮是默认值
vbDefaultButton2	256	第二个按钮是默认值
vbDefaultButton3	512	第三个按钮是默认值
vbDefaultButton4	768	第四个按钮是默认值
vbApplicationModal	0	应用程序强制返回；应用程序一直被挂起，直到用户对消息框作出响应才继续工作
vbSystemModal	4096	系统强制返回；全部应用程序都被挂起直到用户对消息框作出响应才继续工作

例如：

　　x = MsgBox("this is a msgbox!",1,"MsgBox Dexmo")

显示消息框如图5-5所示。

　　x = MsgBox("Demo ",,"工程1")

显示消息框如图5-6所示。

图5-5　消息框

图5-6　消息框

按钮类型可以由表5-1中的各类值或符号常量组成，组成方法为每一类选择一个值或符号常量，把它们加起来即可，一般只用前3类。例如：

$$x = MsgBox("demo", 0 + 16 + 0, "工程1")$$

显示消息框如图 5-7 所示。

$$x = msgbox("demo", vbYesNoCancel + vbInformation + vbDefaultButton2, "工程1")$$

显示消息框如图 5-8 所示。

图 5-7 消息框   图 5-8 消息框

4）MsgBox 函数的返回值是由用户在消息框中选择的按钮决定的。每个按钮对应的返回值见表 5-2。

表 5-2 消息框的返回值

符 号 常 量	返 回 值	描　　述
vbOK	1	选择"确定"按钮
vbCancel	2	选择"取消"按钮
vbAbort	3	选择"终止"按钮
vbRetry	4	选择"重试"按钮
vbIgnore	5	选择"忽略"按钮
vbYes	6	选择"是"按钮
vbNo	7	选择"否"按钮

【例 5-3】 用下面程序测试 MsgBox 函数的返回值。

```
Private Sub Form_Click()
    msg1 = "确定要删除吗?"
    msg2 = "注意"
    yn = MsgBox(msg1, 3 + 48 + 256, msg2)  '将消息框的返回值赋值给变量 yn
    Print yn
End Sub
```

程序运行时，单击窗体会显示消息框，如图 5-9 所示。当用户单击"否"按钮时，在窗体 Form1 上显示 MsgBox 函数的返回值为 7。

图 5-9 消息框

5.3.2 MsgBox 语句

格式：MsgBox 消息［, 按钮类型］［, 标题］

其功能与 MsgBox 函数类似，但 MsgBox 语句没有返回值，所以常用于简单信息的提示。其参数的含义与 MsgBox 函数相同。

例如：

　　MsgBox "下载完毕"

显示消息框如图 5-10 所示。

图 5-10　消息框

5.4　打印输出

5.4.1　直接打印输出

直接打印输出是使用 Print 方法把信息直接输出到打印机。

格式：Printer. Print［打印内容］

Visual Basic 还提供了一些控制打印的方法和属性：

1. NewPage 方法

格式：Printer. NewPage

一般情况下，打印机打印完一页后会自动换页，还可以使用 NewPage 方法实现强制换页。

2. Page 属性

格式：Printer. Page

使用 Page 属性打印页号。在程序开始执行时，Page 属性被设置为 1，打印完一页或强制换页后，Page 属性值自动加 1。

3. EndDoc 方法

格式：Printer. EndDoc

使用 EndDoc 方法结束文件打印，将所有未打印的信息都送出去，这时会将 Page 属性重置为 1。

例如：

```
Private Sub Command1_Click( )
    Printer. Print "打印机测试"
    Printer. Print "This is the first page!"
    Printer. EndDoc
End Sub
```

4. KillDoc 方法

格式：Printer. KillDoc

使用 KillDoc 方法取消当前的打印作业。如果操作系统的打印管理器正在处理打印工作，则 KillDoc 方法将删除送入打印机的所有作业。

5.4.2　窗体打印输出

窗体打印输出是先将信息输出到窗体上，然后在使用 PrintForm 方法把窗体上显示的内容打印出来。

格式：［窗体 .］PrintForm

如果省略"窗体"，则打印当前窗体上的内容。

例如：

```
Print " ******** "
PrintForm
```

PrintForm 方法是应用程序打印的最简便的方法。PrintForm 方法可以打印窗体上的全部内容，如果窗体上有图形，则需要将窗体的 AutoRedraw 属性设置为 True，才能将图形打印出来。打印结束后，PrintForm 方法会调用 EndDoc 方法清空打印机。

5.5　本章小结

本章介绍了 Visual Basic 程序输入和输出的常用方法及函数。在 Visual Basic 中，主要使用 Print 方法输出程序中的数据，Print 方法可以输出常量、变量和表达式的值，还可以与相关函数结合设置输出位置和格式。InputBox 函数用于数据的输入。MsgBox 函数和 MsgBox 语句可以产生消息框，等待用户做出选择，将用户的选择作为程序继续执行的依据。

第6章 程序设计语句

学习目标与要求

- 了解赋值语句的一般格式、功能及使用
- 了解顺序结构程序的概念
- 掌握选择结构程序的设计方法
- 掌握 If 语句、Select Case 语句的功能及用法
- 掌握循环结构程序的设计方法
- 掌握 For 语句、Do 语句和 While 语句的功能及用法

6.1 赋值语句

1. 赋值语句的作用

赋值语句是变量和对象属性获取值的主要方法，是程序中最基本的语句。

格式：

变量名＝表达式　或　对象名.属性＝表达式

说明：

1）前者为变量赋值语句，后者为对象的属性赋值语句。例如：

```
s = 100                         '将常量 100 赋值给变量 s
s = s + 1                       '将表达式 s + 1 的计算结果赋值给变量 s
ch1 = "ABC"                     '将字符串"ABC"赋值给变量 ch1
Form1. Caption = "求圆的面积"     '为控件的属性赋值
num = InputBox("请输入一个数")    '将输入内容赋值给变量 num
```

2）根据应用程序的需要，变量既可以在程序中始终保持同一个值，也可以多次重新赋值，赋值语句可以改变变量存储的值。

3）"＝"号既可以构成赋值语句，也可以作为逻辑表达式的逻辑等号，其区别要看语句具体的用法，注意不要混淆。例如：

```
Print x = y        '逻辑等号,输出判断结果
a = b And b = c    '逻辑等号
n = 3 = 5          '第一个"＝"为赋值符号,第二个"＝"为逻辑等号
```

2. 赋值相容

使用赋值语句要注意赋值相容，Visual Basic 中赋值相容有以下几种情况：

1）变量类型与表达式类型相同，则赋值相容。

2）变量为字符串型，表达式为数值型。Visual Basic 会自动将表达式的计算结果转换为字符型，再赋值给变量。例如：

```
x $ = 123              '变量 x 的值为字符串"123"
s $ = 123 + 5          '变量 x 的值为字符串"128"
```

3）变量为数值型，表达式为可以转换为合法数值的字符串，属于赋值相容。例如：

```
x! = "345"             '赋值后 x 值为 345
x! = "10e2"            '赋值后 x 值为 1000
```

但下列语句的赋值都是不相容的：

```
x! = "aaa"
x! = "23e"
x! = "a45"
```

这几个赋值语句的表达式均不能转换为合法的数值，所以运行时会出现"类型不匹配"的错误提示。

4）整型与浮点型属于赋值相容，但是将浮点型数据赋值给整型变量时，只能得到整数部分；将长整型数据赋值给单精度浮点型变量时，可能会受到小数精度的影响。例如：

```
x! = 12345678          '赋值后 x 的值会表示为 1.234568E + 07
y% = 123.456           '赋值后 y 的值会表示为 123
```

6.2　选择控制结构

赋值语句、输入输出语句构成了最基本的程序结构，即顺序结构。这种结构执行时按照语句的顺序自上而下逐条语句执行。但是在程序设计时往往需要进行一些判断，程序运行时根据判断结果选择执行哪些语句。例如，输入一个非 0 的数，判断其是正数还是负数，其结果只能是二者中的一个，这样的问题就不能用顺序结构来完成了，而要使用选择控制结构。

选择控制结构又称为分支结构，这种结构能够根据条件执行不同的操作。Visual Basic 支持的选择控制结构包括 If 语句和 Select Case 语句。

6.2.1　If 语句

1. If...Then 语句
格式：

```
If <条件> Then
    <语句块>
End If
```

说明：
1）"条件"一般为关系表达式或逻辑表达式，"语句块"可以为一条或多条语句，If 语句以 End If 结束。

2）语句执行过程：首先判断条件表达式的值，若为真，则执行 Then 后面的语句块；否则直接跳出 If 语句，执行 End If 之后的语句。如图 6-1 所示为 If 语句流程图。

【例 6-1】 输入 a、b 的值，如果 a 大于 b，则输出"a 大于 b"。

```
Private Sub Form_Click()
    Dim a!,b!
    a = InputBox("please input a:")
    b = InputBox("please input b:")
    If a > b Then
        Print "a 大于 b"
    End If
End Sub
```

图 6-1 If 语句单分
支流程图

3）条件表达式也可以是算术表达式，按值非 0 为真、0 为假来处理。例如：

```
Dim a%
a = 3
If a then
    Print a
End If
```

4）If 语句可以精简为单行 If 语句，即：

```
If <条件> Then <语句>
```

单行 If 语句必须在一行内完成，Then 后面即使是多条语句也要写在一行，用冒号分隔，单行 If 语句不用 End If 结束。

【例 6-2】 将例 6-1 用单行 If 语句改写。

```
Private Sub Form_Click()
    Dim a!,b!
    a = InputBox("please input a:")
    b = InputBox("please input b:")
    If a > b Then    Print "a 大于 b"
End Sub
```

一般使用单行 If 语句做短小简单的判断，但是语句块形式具有更强的结构性与适应性，并且通常也比较容易阅读、维护及调试。

2. If...Then...Else 语句

格式：

```
If <条件> Then
    <语句块 1>
Else
    <语句块 2>
End If
```

说明：

1）语句执行过程：首先测试条件表达式的值，如果值为真，执行 Then 后面的语句块1，执行完毕跳出 If 语句，继续执行 End If 下面的语句；如果值为假，则执行 Else 后面的语句块2，执行完毕再执行 End If 下面的语句。流程图如图6-2所示。

图6-2 If语句双分支流程图

2）If...Then...Else 语句为双分支选择结构，语句块1和语句块2必定有一个被执行。

【例6-3】 输入一个非0数，判断其是正数还是负数。

```
Private Sub Form_Click( )
    Dim num!
    num = InputBox("please input a number:")
    If num >0 Then
        Print num;"是一个正数"
    Else
        Print num;"是一个负数"
    End If
End Sub
```

【例6-4】 判断某年是不是闰年。

闰年的条件：年份能被400整除，或者年份能被4整除但不能被100整除。

算法分析：由条件可知有两种情况是闰年，一种情况是 year Mod 400 = 0（被400整除），另一种情况是 year Mod 4 = 0 And year Mod 100 <>0（被4整除但不被100整除），只要满足其中一个条件就是闰年，所以这两个表达式之间应该用 Or 连接。

```
Private Sub Form_Click( )
    Dim year As Integer
    year = InputBox("请输入一个年份:")
    If year Mod 400 =0 Or year Mod 4 =0 And year Mod 100 <> 0 Then
        Print year;"是闰年"
    Else
        Print year;"不是闰年"
    End If
End Sub
```

3）If...Then...Else 语句也可以写为单行形式，即：

```
If <条件> Then <语句块1> Else <语句块2>
```

【例6-5】 将例6-3用单行语句改写。

```
Private Sub Form_Click( )
    Dim num!
    num = InputBox("please input a number:")
```

```
    If num > 0 Then   Print num;"是一个正数" Else Print num;"是一个负数"
End Sub
```

3. If...Then...ElseIf 语句

格式：

```
If <条件1> Then
    <语句块1>
ElseIf <条件2> Then
    <语句块2>
    …
[ Else
    语句块 n + 1 ]
End If
```

说明：

If...Then...ElseIf 语句用于实现多分支结构。语句执行过程：依次判断条件1、条件2……，一旦遇到表达式的值为真，则执行该条件下的语句块。如果所有的表达式都不为真，则执行最后的 Else 下面的语句块 n + 1，如果没有 Else 语句，则什么也不执行，跳出 If 语句，执行 End If 后面的语句。流程图如图6-3所示。

图6-3　If语句多分支结构流程图

If...Then...ElseIf 语句可以用于条件比较复杂的多分支情况。

【例6-6】 已知分段函数：

$$y = \begin{cases} x^2 + 1 & x > 0 \\ 0 & x = 0 \\ 2 \times x - 1 & x < 0 \end{cases}$$

编写程序，输入自变量 x 的值，计算并输出函数 y 的值。

界面设计：如图6-4所示，在窗体上添加两个标签，两个文本框，两个命令按钮，各对象属性设置如表6-1所示。

图6-4　窗体外观设计

表 6-1　属性设置表

对　　象	属　　性	属　性　值
Label1	Name	Label1
	Caption	自变量 X:
Label2	Name	Label2
	Caption	函数 Y 的值:
Text1	Name	Text1
	Text	(设置为空)
Text2	Name	Text2
	Text	(设置为空)
Command1	Name	Command1
	Caption	计算
Command2	Name	Command2
	Caption	退出

程序代码:

```
Private Sub Command1_Click( )
    Dim x As Single,y As Single
    x = Val(Text1. Text)
    If x >0 Then
        y = x * x + 1
    ElseIf  x = 0 Then
        y = 0
    Else
        y = 2 * x - 1
    End If
    Text2. Text = y
End Sub
Private Sub Command2_Click( )
    End                          '退出程序
End Sub
```

利用多分支的 If 语句可以实现筛选, 例如判断一个成绩属于哪一个等级。

【例 6-7】　输入一个分数, 判断它应得的学分。90 分以上得 4 学分, 80 ~ 89 分得 3 学分, 70 ~ 79 分得 2 学分, 60 ~ 69 分得 1 学分, 60 分以下不得学分。

```
Private Sub Form_Click( )
    Dim score!,grade!
    score = InputBox("请输入分数:")
    If score >= 90   Then
        grade = 4
    ElseIf score >= 80 Then
        grade = 3
    ElseIf score >= 70 Then
```

```
                grade = 2
        ElseIf score >= 60 Then
                grade = 1
        ElseIf score < 60 Then
                grade = 0
        End If
        Print   "应得学分为:";grade
    End Sub
```

当输入一个分数时，程序从第一个条件开始判断，如果条件为真，执行"grade = 4"，否则向下继续判断其他条件，总之，只要遇到一个满足条件的分支，便执行该分支下的语句。本题没有 Else 语句，若所有条件均为假，则一个分支也不执行。

If 语句执行过程中，一旦有一个分支被执行，便退出 If 语句，继续执行 End If 下面的语句，也就是说如果有多个条件都为真，只能执行第一个条件为真的分支。因此，利用 If 多分支语句筛选数据时，如果条件设计不当，就不能正确地实现筛选。

【例6-8】 将例6-7的筛选条件重新设计。

```
    Private Sub Form_Click()
        Dim score!,grade!
        score = InputBox("请输入分数:")
        If score < 60   Then
                grade = 0
        ElseIf score >= 60 Then
                grade  = 1
        ElseIf score >= 70 Then
                grade  = 2
        ElseIf score >= 80 Then
                grade = 3
        ElseIf   score >= 90 Then
                grade = 4
        End If
        Print   "应得学分为:";grade
    End Sub
```

运行程序时输入80，会看到结果为"应得学分为：1"。其原因是进入了 score >= 60 的分支，其他分支不再判断，直接退出 If 语句。

使用多分支 If 语句时，一定要注意思路清晰，要养成良好的程序书写风格，层次明确，便于阅读和修改程序。

4. If 语句的嵌套

如果一个 If 语句块中包含另一个 If 语句，则称为 If 语句的嵌套。

格式：

```
    If <条件1> Then
            <语句块1>
```

```
            Else
                If <条件2> Then
                    <语句块2>
                    …
                Else
                    <语句块3>
                    …
                End If
        End If
```

说明：嵌套必须完全"包住"，不能互相交叉，即把一个 If...Then...Else 块放在另一个 If...Then...Else 块中。例如，将例 6-6 分段函数用 If 语句的嵌套改写：

```
Private Sub Command1_Click( )
    Dim x As Single,y As Single
    x = Val( Text1. Text)
    If x >0 Then
        y = x * x + 1
    Else
        If    x = 0 Then
            y = 0
        Else
            y = 2 * x − 1
        End If
    End If
    Text2. Text = y
End Sub
```

6.2.2 Select Case 语句

实现多分支的筛选，使用 If 语句嵌套并不是最理想的，Visual Basic 提供了 Select Case 语句，可以更方便地完成多分支程序的设计。Select Case 语句也称为 Case 语句或情况语句，其功能是根据测试表达式的值，在几组 Case 子句中挑选出一组符合条件的语句块执行。

格式：

```
Select Case <测试表达式>
    Case    <值1>
        <语句块1>
    Case    <值2>
        <语句块2>
        …
    [Case Else
        <语句块 n + 1>]
End Select
```

语句执行过程：先计算测试表达式的值，依次与 Case 子句中的值相比较，如果遇到相匹配的值，则执行该 Case 子句中的语句块，然后跳出 Select Case 语句，继续执行 End Select 下面的语句。

说明：

1）测试表达式可以是任何数值表达式或字符串表达式；

2）值1、值2是测试表达式可能取的值，与测试表达式的类型必须相同。每个 Case 分支可以列出多个值，可以是以下任意形式：

多个具体值，用逗号隔开，例如：

Case 1,2,3

使用关键字 To 表示值的范围，例如：

Case 1 to 10

使用 Is 关系表达式，例如：

Case Is >= 10   '表示测试表达式的值大于等于 10
Case Is <>""   '表示测试表达式的值不为空字符串

也可以使用以上几种形式的组合，例如：

Case 1,3,Is > 10   '表示测试表达式的值为 1、3 或大于 10

【例6-9】 输入 a、b 的值和运算符号，根据输入的运算符号决定运算的方式。

```
Private Sub Form_Click()
    Dim a!,b!,s!
    Dim op$
    a = InputBox("请输入 a:")
    b = InputBox("请输入 b:")
    op = InputBox("请输入运算符号:")
    Select Case op
      Case " + "
        s = a + b
      Case " - "
        s = a - b
      Case " * "
        s = a * b
      Case "/"
        s = a/b
    End Select
    Print "a";op;"b = ";s
End Sub
```

3）Select Case 语句功能与 If 多分支语句功能类似，但是当程序中依赖某个单独的关键变量或表达式作判断条件时，Select Case 语句效率更高，并且使用 Select Case 结构可以提高程序的可读性。

4）如果测试表达式的值能与多个 Case 子句表达式的值相匹配，只执行第一个匹配的 Case 子句下面的语句块。

【例6-10】 用 Case 语句改写例6-7，将输入成绩转换为相应学分。

```
Private Sub Form_Click( )
    Dim score! ,grade!
    score = InputBox( "输入成绩")
    Select Case score
        Case Is >=90
          grade = 4
        Case Is >=80
          grade = 3
        Case Is >=70
          grade = 2
        Case Is >=60
          grade = 1
        Case Is < 60
          grade = 0
    End Select
    Print "应得学分为:" ;grade
End Sub
```

注意：使用 Select Case 语句也要确保值列表顺序的合理性，才能够正确筛选数据，如果将例6-10中的值列表按相反顺序编写，就不能合理地筛选数据了。

5）Case Else 子句是可选的，表示没有匹配的值时则执行该子句中的语句块 n + 1。通常加上 Case Else 语句来处理不可预见的测试表达式的值。如果测试表达式没有匹配值，而且也没有 Case Else 语句，则程序会跳到 End Select 之后的语句继续执行。

【例6-11】 从键盘输入一个字符，若为大写改为小写，若为小写改为大写，若是其他特殊字符则直接显示。

```
Private Sub Form_Click( )
    Dim str $
    str = InputBox( "请输入一个字符")
    Select Case str
        Case "a" To "z"
            Print UCase( str)
        Case "A" To "Z"
            Print LCase( str)
        Case Else
            Print str
    End Select
End Sub
```

该程序以字符串型变量作为测试表达式，判断其属于哪种情况，如果 1、2 分支都不符合，则执行 Case Else 分支的语句。应用函数 UCase( )可将小写字母转换成大写字母，LCase( )可将大写字母转换成小写字母。

另外，判断字母是大写还是小写，可以直接利用字符串的比较判断，若满足大于等于 A 且小于等于 Z 则为大写字母，若满足大于等于 a 且小于等于 z 则为小写字母，也可以通过其 ASCII 码的范围确定，如果 ASCII 码在 65 ~ 90 为大写字母，在 97 ~ 122 为小写字母，求 ASCII 码的函数为 Asc( )。

6.2.3　IIf 函数

格式：IIf(条件,表达式 1,表达式 2)

说明：

1）该函数在运算时，首先计算"条件"的值，如果"条件"的值为真，则该函数的返回值就是"表达式 1"的值，否则函数的返回值是"表达式 2"的值。例如：

Print IIf(3 > 5,1, -1)的结果为 -1。

2）函数中的 3 个参数都不能省略。

3）可以将 IIf 函数看作是一种简单的 If...Then...Else 结构。例如：

MaxValue = IIf(x > y,x,y)

可以改写为单行 If 语句：

If x > y Then MaxValue = x Else MaxValue = y

二者的功能是一致的。

6.3　循环控制结构

循环控制结构是根据条件去重复执行某些语句，它是程序设计中一种重要的结构。使用循环控制结构可以减少程序中大量重复的语句，从而编写出更简洁的程序。

Visual Basic 提供了 3 种不同风格的循环语句，包括：

1）计数循环（For...Next 语句）

2）Do 循环（Do...Loop 语句）

3）当循环（While...Wend 语句）

其中，计数循环是按给定的次数执行循环体，而 Do 循环和当循环是在给定的条件满足时执行循环体。

6.3.1　For...Next 语句

For...Next 语句构成的循环称为 For 循环，也称计数循环。

格式：

```
For ＜循环变量＞=＜初值＞To ＜终值＞［Step 步长］
    ［循环体］
Next［循环变量］
```

说明：

1）"循环变量"也称"循环控制变量"或"计数器"，"初值"、"终值"和"步长"可以是数值型的常量、变量或表达式。For 和 Next 之间的循环体可以是一条或多条语句，Step 步长和 Next 后的循环变量都是可以省略的，Step 省略时，表示步长为 1。

2）For 语句执行过程：先将循环的初值赋给循环变量，然后判断循环变量的值是否大于终值，如果大于终值，则退出循环，否则执行循环体。每一次执行循环体之后，循环变量的值会自动增加步长，再将循环变量的新值与终值进行比较，重复上述过程。流程图如图 6-5 所示。

例如：

```
For i = 1 To 5
    Print i,
Next i
```

程序运行时，i 的初值为 1，终值为 5。由于初值小于终值，所以开始执行循环体 Print i 语句，输出 1，此时完成第一次循环，循环变量 i 自动增加步长 1，i 的值变为 2；下一次循环，由于 i 的值小于 5，执行循环体，输出 2，完成第二次循环，i 的值再增加 1；依此类推，直到 i 的值大于 5 时才终止循环，共循环 5 次，程序的运行结果是输出 1、2、3、4、5。

图 6-5 For...Next 语句流程图

3）如果 For 语句中使用了关键字 Step，那么循环变量的增加值是 Step 后面定义为步长的值，例如在以下的语句中，变量 i 每次增加的步长值为 2。

```
For i = 1 To 10 Step 2
    Print i
Next i
```

4）Visual Basic 遵循"先检查，后执行"的原则，即先检查循环变量是否大于终值，然后决定是否执行循环体。当步长为正，初值大于终值时，或步长为负，初值小于终值时，循环体将不执行。例如：

```
For i = 9 to 0
    Print i
Next i
```

该例中步长为 1，且初值大于终值，所以不执行循环体。欲使其运行，需要将循环语句的步长设置为负值。改写为：

```
Fori = 9 to 0 Step -1
    Print i
Next i
```

从此例中可以看出，如果初值大于终值，步长应为负数，循环才能正常执行。

【例6-12】 求 1 ~ 100 自然数列之和。

```
Private Sub Form_Click( )
    Dim s As Integer, i As Integer
    s = 0
    For i = 1 To 100
      s = s + i
    Next i
    Print " s = " ; s
End Sub
```

程序中，i 为循环控制变量，s 用来存储累加和，每次循环将变化后的 i 值加到 s 上，使 s 的值不断增加，程序执行的具体过程：

程序开始时：　　　　　s = 0

第 1 次循环：　i = 1　s = 0 + 1 = 1

第 2 次循环：　i = 2　s = 1 + 2 = 3

第 3 次循环：　i = 3　s = 3 + 3 = 6

……

第 100 次循环：i = 100　s = 4950 + 100 = 5050

【例6-13】 输入任意 10 个数，统计其中正数和负数的个数。

```
Private Sub Form_Click( )
    Dim num As Integer , i As Integer
    Dim k1 As Integer, k2 As Integer
    k1 = 0
    k2 = 0
    For i = 1 To 10
      num = InputBox("请输入一个非零的数:")
      Print num
      If num > 0 Then
          k1 = k1 + 1
      ElseIf num < 0 Then
          k2 = k2 + 1
      End If
    Next i
    Print "正数的个数为:" ; k1
    Print "负数的个数为:" ; k2
End Sub
```

程序中利用 k1，k2 分别作为统计正数、负数个数的变量。程序运行时，输入一个数，判断其正负性，如果大于 0 则变量 k1 加 1，如果小于 0 则变量 k2 加 1。

程序中 i 仅作为控制循环次数的变量，在循环体中并没有参与运算，而例 6-12（求和程序）中 i 不仅控制循环次数，同时也参与运算。程序运行结果如图 6-6 所示。

一般情况下，For...Next 循环语句应该随着计数器变量增加到超过了循环的上界而结束，但有时候需要提前中止循环，可以通过 Exit For 语句实现。

【例 6-14】 找出所有平方小于 200 的正整数。

```
Private Sub Form_Click( )
    For s = 1 To 200
        If s ^ 2 >= 200 Then
            Exit For
        Else
            Print s
        End If
    Next
End Sub
```

图 6-6　运行结果

由于不知道具体的循环次数，所以将循环变量 s 设置为一个较大的终值，而具体的循环结束条件在循环体中利用 If 语句判断，如果满足结束条件，则用 Exit For 语句强制退出循环。程序运行结果如图 6-7 所示。

【例 6-15】 将字符串 "ABCDE" 逆序输出。

```
Private Sub Form_Click( )
    x = " ABCDE"
    k = Len( x )
    s = " "
    For i = k To 1 Step  - 1
        j = Mid( x,i,1 )
        s = s + j
    Next i
    Print s
End Sub
```

图 6-7　运行结果

程序通过 Len 函数取得字符串的长度赋值给 k（值为 5）；利用 For 循环中的循环变量 i 依次取得字符串中逆序字母的相应位置，并通过 Mid 函数截取相应的逆序字符，其执行过程如下：

$i = 5$　$j = \text{Mid}(x,i,1) = \text{Mid}("ABCDE",5,1) = "E"$　$s = s + j = "E"$

$i = 4$　$j = \text{Mid}(x,i,1) = \text{Mid}("ABCDE",4,1) = "D"$　$s = s + j = "E" + "D" = "ED"$

$i = 3$　$j = \text{Mid}(x,i,1) = \text{Mid}("ABCDE",3,1) = "C"$　$s = s + j = "ED" + "C" = "EDC"$

$i = 2$　$j = \text{Mid}(x,i,1) = \text{Mid}("ABCDE",2,1) = "B"$　$s = s + j = "EDC" + "B" = "EDCB"$

$i = 1$　$j = \text{Mid}(x,i,1) = \text{Mid}("ABCDE",1,1) = "A"$　$s = s + j = "EDCB" + "A" = "EDCBA"$

【例 6-16】 求 1 ~ 1000 的 "水仙花数"。（注："水仙花数" 是一个三位数，其每一位数的立方和等于该数本身，如 $153 = 1^3 + 5^3 + 3^3$。）

算法分析：三位数 n 中的每一位上的数表示如下。

百位 i：$i = \text{int}$ （n/100）

93

十位 j：j = int（n/10）− i ∗ 10

个位 k：k = n Mod 10

程序代码：

```
Private Sub Form_Click()
    Dim i As Integer,j As Integer,k As Integer,n As Integer
    For n = 100 To 999
        i = int(n / 100)
        j = int(n / 10) − 10 ∗ i
        k = n Mod 10
        If n = i ^ 3 + j ^ 3 + k ^ 3 Then Print n;
    Next
End Sub
```

程序运行结果：153　370　371　407

6.3.2　Do...Loop 语句

Do...Loop 语句构成的循环也称为 Do 循环，是一类有条件的循环，通过判断条件的值为真或假来控制循环的结束。Do 循环的循环次数是不确定的，对于事先不知道循环要执行多少次的情况来说，Do 循环十分方便。Do...Loop 语句有灵活的构造形式。

1. Do While...Loop 语句

格式：

```
Do While  <条件>
    ［循环体］
Loop
```

说明：

1）执行过程：首先测试条件表达式的值，如果值为真，则执行循环体中的语句块，完成一次循环，然后返回到 Do While 语句再测试条件，一旦条件值为假，就跳出循环，执行 Loop 下面的语句。如果条件一开始就为假，则一次循环也不执行。流程图如图 6-8 所示。

【例6-17】　从键盘输入字符并统计字符个数，当输入字符为"?"时，停止计数。

算法分析：由于不知道将输入多少个字符，所以无法确定具体的循环次数，这种情况适合使用 Do While 循环语句设计循环，循环条件为：输入字符不为"?"。

程序代码：

图6-8　Do While...Loop
语句流程图

```
Private Sub Form_Click()
    Dim k As Integer
    Dim ch As String
    k = 0
```

94

```
        ch = InputBox("输入一个字符,以 '?' 结束输入")
        Do While ch <> "?"
            Print ch
            k = k + 1
            ch = InputBox("输入一个字符,以 '?' 结束输入")
        Loop
        Print "字符个数为:", k
    End Sub
```

程序运行结果如图 6-9 所示。

图 6-9 运行结果

2）用 For... Next 循环编写的程序都可以用 Do 循环实现，关键是要设计好控制循环的条件。

【例 6-18】 用 Do While 语句编写程序，求 1 ~ 100 的累加和。

```
Private Sub Form_Click()
    Dim s As Integer, i As Integer
    s = 0
    i = 1
    Do While i <= 100
        s = s + i
        i = i + 1
    Loop
    Print "s = "; s
End Sub
```

Do 循环没有自动变化的循环控制变量，所以一定要有能够改变循环条件表达式值的语句，否则循环永远不会结束，这种永不结束的循环被称为死循环。例如上面例 6-18 中的 i = i + 1，可以改变 i 的值，当 i 变化到大于 100 时，逻辑表达式 i <= 100 的值为假，循环就会结束。

3）Exit Do 语句用于强制跳出循环，其功能与 Exit For 语句相似，恰当地使用 Exit Do 语句可以防止死循环。

4）Do While... Loop 语句的另一种形式是先执行循环体，在每次执行循环体后测试条件。

格式：

```
    Do
        [循环体]
    Loop While <条件>
```

这种形式可以保证循环体至少执行一次。流程图如图 6-10 所示。

2. Do Until... Loop 语句

格式：

```
    Do Until <条件>
        [循环体]
```

Loop

说明：

1）执行过程：首先测试条件表达式的值，当值为假时，执行循环体，完成一次循环，然后返回到条件表达式再测试条件，直到条件表达式值为真时，循环才终止。流程图如图 6-11 所示。

图 6-10　Do...Loop While 语句流程图　　　　图 6-11　Do Until...Loop 语句流程图

2）另一种语句形式是把测试条件放在 Loop 语句中，这种形式可以保证循环至少执行一次。

格式：

Do
　　［循环体］
Loop Until ＜条件＞

流程图如图 6-12 所示。

【例 6-19】　用 Do Until...Loop 语句改写例 6-17。

```
Private Sub Form_Click()
    Dim k As Integer
    Dim ch As String
    k = 0
    ch = InputBox("输入一个字符,以 '?'结束输入")
    Do Until ch = "?"
        Print ch
        k = k + 1
        ch = InputBox("输入一个字符,以 '?'结束输入")
    Loop
    Print "字符个数为:", k
End Sub
```

图 6-12　Do...Loop Until
语句流程图

程序运行时，首先判断表达式 ch = "?" 的值，若为假则进入循环，执行循环体，直到条件值为真时，退出循环，输出字符个数。

6.3.3　While...Wend 语句

由 While...Wend 语句构成的循环称为当循环或 While 循环。

96

格式:

```
While  <条件>
    [循环体]
Wend
```

While 循环也是通过测试条件的值来控制循环的结束。当值为真时,执行循环体,然后返回到 While 语句再测试条件,一旦条件为假,就跳出循环。其功能与 Do While...Loop 语句相同。流程图如图 6-13 所示。

图 6-13　While...Wend 语句流程图

【例 6-20】　用 While...Wend 语句改写例 6-17。

```
Private Sub Form_Click( )
    Dim k As Integer
    Dim ch As String
    k = 0
    ch = InputBox("输入一个字符,以 '?'结束输入")
    While ch <> "?"
        Print ch
        k = k + 1
        ch = InputBox("输入一个字符,以 '?'结束输入")
    Wend
    Print "字符个数为:",k
End Sub
```

【例 6-21】　判断某个整数 m 是否为素数。素数是只能被 1 和自身整除的数。例如,7 是一个素数,它只能被 1 和 7 本身整除。

算法分析:设计循环,让 m 依次除以 2 ~ m - 1 的整数,如果遇到一个能整除 m 的数,可知 m 不是素数,可用 Exit For 语句强制退出循环。如果一直除到 m - 1 还没有遇到能整除 m 的数,则证明 m 是素数,此时退出 For 循环的条件恰是 i = m。所以只要区别两种退出循环的方式,即判断退出循环时除数是否等于 m 就能判断该数是不是素数。

程序代码:

```
Private Sub Form_Click( )
    Dim i As Integer,m As Integer
    m = InputBox("请输入一个数")
    For  i = 2 to m - 1
        If m Mod i = 0 Then
            Exit For
        End If
    Next
    If i = m Then
        Print m;"是素数"
    Else
```

```
        Print m;"不是素数"
      End If
    End Sub
```

6.3.4 几种循环语句的比较

以求整数 1 ~ 10 的和为例，变量 s 用来存储和，变量 i 为循环控制变量，几种循环语句编写的代码如下：

1. For...Next 语句

```
s = 0
For i = 1 To 10
  s = s + i
Next
Print s
```

2. While...Wend 语句

```
s = 0
i = 1
While i <= 10
  s = s + i
  i = i + 1
Wend
Print s
```

3. Do While...Loop 语句

```
s = 0
i = 1
Do While i <= 10
  s = s + i
  i = i + 1
Loop
Print s
```

4. Do...Loop While 语句

```
s = 0
i = 1
Do
  s = s + i
  i = i + 1
Loop While i <= 10
Print s
```

5. Do Until...Loop 语句

```
s = 0
i = 1
Do Until i > 10
  s = s + i
  i = i + 1
Loop
Print s
```

6. Do...Loop Until 语句

```
s = 0
i = 1
Do
  s = s + i
  i = i + 1
Loop Until i > 10
Print s
```

以上 6 种语句均可计算出 1 ~ 10 的累加和，但语句格式不同，循环条件也不同，在使用循环语句时要根据实际情况选择恰当的语句。

6.3.5 多重循环

在循环语句中使用另一个循环语句称为循环的嵌套，也称多重循环。For、Do 和 While 循环都可以互相嵌套，利用循环的嵌套可以实现更复杂的程序设计。

两个 For 语句嵌套的形式：

```
For i = m1 To m2
    …
    For j = n1 To n2  ⎤内循环  ⎤外循环
    <内循环体>        ⎦
    Next j
    …
Next i
```

例如：

```
For i = 1 To 3
  For j = 1 To 3
    Print i,j
  Next
Next
```

执行过程：

i = 1	j = 1	输出 1,1
	j = 2	输出 1,2
	j = 3	输出 1,3　（内层循环完毕,进行外层的下一次循环）
i = 2	j = 1	输出 2,1
	j = 2	输出 2,2
	j = 2	输出 2,2
i = 3	j = 1	输出 3,1
	j = 2	输出 3,2
	j = 3	输出 3,3

不论何种嵌套，外循环都要完整地包含内循环，不允许交叉。程序代码需要有良好的注释和排版风格，否则嵌套的循环语句往往会引起一些程序理解上的混乱。

【例6-22】 利用双重循环输出矩形（共6行，每行8个星号）。

```
Private Sub Form_Click()
  Cls
  For i = 1 To 6                '按行循环
    Print Tab(20);             '确定每行首字符的位置
    For j = 1 To 8             '每行连续打印的字符数
      Print " * ";
    Next j
    Print                      '打印一行后换行
  Next i
End Sub
```

程序运行结果如图6-14所示。

【例6-23】 打印九九乘法表。

图6-14　运行结果

```
Private Sub Form_Click( )
   For i = 1 To 9                    '被乘数
     For j = 1 To i                  '乘数
       Print Tab(4 * j);i * j;        '每个输出值间隔4位
     Next j
     Print                           'i 每循环一次换一行
   Next i
End Sub
```

程序运行结果如图 6-15 所示。

【例6-24】 已知大鱼5元一条，中鱼3元一条，小鱼1元3条，现用100元买100条鱼，求能买大鱼、中鱼、小鱼各多少条。

算法分析：此题宜采用"穷举法"求解，即对所有可能解，逐个进行试验，若满足条件，就得到一组解，否则继续测试，直到循环结束为止。

设大鱼有 i 条，中鱼有 j 条，小鱼有 k 条，根据题意可知：

图 6-15　运行结果

$$k = 100 - i - j$$

每次循环都测试条件 $5 * i + 3 * j + k/3 = 100$ 是否成立，条件成立，则找到一组合适的解。利用双重循环控制 i 和 j 的变化。

程序代码：

```
Private Sub Form_Click( )
   Dim i,j,k As Integer
   For i = 1 To 20             '100 元全部买大鱼最多买20 条
     For j = 1 To 33           '100 元全部买中鱼最多买33 条
       k = 100 - i - j
       If 5 * i + 3 * j + k / 3 = 100 Then
         Print i,j,k
       End If
     Next j
   Next i
End Sub
```

程序运行时 i、j、k 的值分别按下列顺序测试：

i	j	k
1	1	98
1	2	97
...		
1	33	66
2	1	97

```
2        2         96
...
20       33        47
```

程序运行结果如图 6-16 所示，共有 3 组满足条件的值。

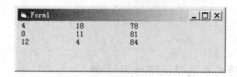

图 6-16　运行结果

6.3.6　End 语句

End 语句用于结束一个过程，它可以放在任何事件及过程中。Visual Basic 中 End 语句形式见表 6-2。

表 6-2　End 语句形式

语　　句	描　　述
End	可以放在过程中的任意位置。关闭代码的执行、关闭以 Open 语句打开的文件并清除变量
End Function	用于结束一个 Function 语句
End If	用于结束一个 If...Then...Else 语句块
End Property	用于结束一个 Property Let、Property Get 或 Property Set 过程
End Select	用于结束一个 Select Case 语句
End Sub	用于结束一个 Sub 语句
End Type	用于结束一个用户定义类型的定义（Type）语句
End With	用于结束一个 With 语句

6.4　本章小结

本章介绍了程序设计的控制结构。在 Visual Basic 中有 3 种控制结构：顺序结构、选择结构和循环结构。一般的程序总体流程都是遵循从上到下的顺序执行的，对于简单的问题使用顺序结构。但对于复杂问题，需要选择结构和循环结构。

第7章　常用标准控件

学习目标与要求

- 掌握常用标准控件的基本属性、事件和方法
- 掌握通过标准控件进行程序设计的方法
- 了解焦点的概念
- 了解 Tab 顺序的概念

Visual Basic 中的控件分为标准控件和 ActiveX 控件两大类。标准控件又称为内部控件，在启动 Visual Basic 环境后，工具箱中的标准控件共有 20 个。在前面章节中我们已经介绍了文本框、标签和命令按钮这 3 个标准控件，本章将继续介绍其他标准控件：单选按钮、复选框、框架、滚动条、列表框、组合框、计时器和图形图像控件等。

7.1　单选按钮和复选框

单选按钮（OptionButton）主要用来表示一系列的互斥选项，这些互斥选项常常被分成若干个组，每组仅允许用户选择一项。当某一项被选定后，其左边的 ◯ 就变成 ◉。

复选框（CheckBox）与单选按钮类似，不同之处是复选框代表多重选择。在列出可供用户选择的多个选项中，用户根据需要可选择一项或多项。当某一项被选中后，其左边的 ☐ 就变成 ☑。

7.1.1　利用单选按钮和复选框修改文字格式

【例7-1】　设计利用单选按钮和复选框修改文本框中文字格式的程序。

实例说明：程序运行后界面如图7-1所示。窗体上有一个文本框，三个单选按钮（OptionButton）用来表示三种不同字体，三个复选框（CheckBox）用来表示可复选的三种字形。程序运行后，在文本框中输入文本，设置字体和字形后，单击"确定"命令按钮，文本框中显示文本的字体和字形会相应的变化。

实例分析：首先，在设计窗体界面时，要对单选按钮和复选框的标题（Caption 属性）进行设置，如"宋体"、"下画线"，如图7-2所示。运行程序后，用户选择相应的字体和字形，单击命令按钮时要判断单选按钮和复选框的选定状态（Value 属性）。最后，在事件过程中根据选定状态（Value 属性的值）设置文本框 Font 属性的值，以改变文本框中显示文本的字体和字形。

很显然，判断选定状态和设置文本字体的程序代码应该放在命令按钮的 Click 事件中。其中，Value 属性值用来判断单选按钮和复选框的选定状态，它是决定程序运行的关键。需要注意的是，单选按钮的 Value 属性值为逻辑值（True 表示单选按钮被选定），复选框的 Value 属性值为数值（1 表示复选框被选定）。具体的属性值见教材7.1.2节和7.1.3节中的常用属性说明。

| 图 7-1 程序运行界面 | 图 7-2 程序设计界面 |

实例设计：

1）界面设计。新建一个标准 EXE 工程，在窗体中添加三个单选按钮、三个复选框、一个文本框和一个命令按钮，界面设计如图 7-1 所示。

2）设置属性。在属性窗口中将文本框 Text1 的 Text 属性设置为"请改变字体和字形"，命令按钮的 Caption 属性设置为"确定"。单选按钮和复选框的属性设置见表 7-1。

表 7-1　属性设置

控 件 名 称	标题（Caption）属性设置	控 件 名 称	标题（Caption）属性设置
Option1	宋体	Check1	下画线
Option2	黑体	Check2	斜体
Option3	楷体	Check3	粗体

3）编写代码。编写命令按钮的 Click 事件，程序要根据 Value 属性值的不同，进行简单的分支选择，程序代码如下：

```
Private Sub Command1_Click( )
    If Option1. Value = True Then Text1. FontName = "宋体"
    If Option2. Value = True Then Text1. FontName = "黑体"
    If Option3. Value = True Then Text1. FontName = "楷体_GB2312"

    If Check1. Value = 1 Then
        Text1. FontUnderline = True
    Else
        Text1. FontUnderline = False
    End If

    If Check2. Value = 1 Then
        Text1. FontItalic = True
    Else
        Text1. FontItalic = False
    End If

    If Check3. Value = 1 Then
```

```
                    Text1. FontBold  =  True
            Else
                    Text1. FontBold  =  False
            End If
        End Sub
```

说明:

1) 单选按钮和复选框的 Value 属性的数据类型不同。

2) 由于单选按钮的 Value 属性值为逻辑值, 且为单选按钮的默认属性, 所以程序中如下式的条件语句:

```
If Option1. Value = True Then Text1. FontName = "宋体"
```

均可以简写为:

```
If Option1. Value Then Text1. FontName = "宋体"
```

或

```
If Option1 Then Text1. FontName = "宋体"
```

3) 由于复选框的 Value 属性为默认属性, 且非 0 数值将自动转换为逻辑真, 0 转换为逻辑假 (参见 4. 2. 1 节), 所以程序中如下式的条件语句:

```
If Check1. Value  =  1 Then
```

均可以简写为:

```
If Check1. Value Then
```

或

```
If Check1 Then
```

4) 本程序也可以利用单选按钮和复选框的 Click 事件实现, 参见本章实训。

7.1.2 单选按钮的常用属性和事件

1. 常用属性

(1) Caption 属性

该属性值为字符串型, 用来设置单选按钮的标题。

(2) Value 属性

该属性值为逻辑型, 用来设置或返回单选按钮的状态。默认值为 False。

True: 被选定。

False (默认值): 未被选定。

(3) Style 属性

该属性值为整型, 用来设置单选按钮的显示方式。

0-Standard (默认值): 标准方式。

1-Graphical: 图形方式。

当该属性值为0-Standard时，可以显示控件按钮和标题；当该属性为1-Graphical时，单选按钮外观与命令按钮类似。Style属性只能在属性窗口中进行设置。

（4）Alignment属性

该属性值为整型，用来设置单选按钮标题的对齐方式。

0-Left Justify（默认值）：控件按钮在左边，标题显示在右边。

1-Right Justify：控件按钮在右边，标题显示在左边。

2. 常用事件

单选按钮的常用事件是Click事件。

7.1.3 复选框的常用属性和事件

1. 常用属性

（1）Caption属性

该属性值为字符串型，用来设置复选框的标题。

（2）Value属性

该属性值为整型，用来设置或返回复选框的状态。

0-Unchecked（默认值）：未选定。

1-Checked：选定。

2-Grayed：禁止用户选择，此时复选框呈灰色。

（3）Style属性

该属性值为整型，用来设置复选框的显示方式。Style属性只能在属性窗口中设置。

0-Standard（默认值）：标准方式。

1-Graphical：图形方式。

（4）Alignment属性

该属性值为整型，用来设置复选框标题的对齐方式。

0-Left Justify（默认值）：控件按钮在左边，标题显示在右边。

1-Right Justify：控件按钮在右边，标题显示在左边。

2. 常用事件

复选框常用事件是Click事件。

7.2 框架和滚动条

框架（Frame）是一个容器控件，用于将其他的控件对象分组。将不同的控件对象放在一个框架中时，不仅实现了视觉上的区分，而且框架内的所有控件可以随框架一起移动、显示、消失和禁用。参见7.2.2节中Enabled和Visible的属性说明。

滚动条（ScrollBar）通常在窗体上用来协助观察数据或确定位置，也可以作为数据输入的工具。

7.2.1 利用框架为单选按钮分组

框架通常用来为单选按钮分组。因为在若干个单选按钮中只可以选择一个，但是有时有多组选项，希望在每组选项中各选一项。这时就需要用框架将单选按钮分成几组，每组作为一个单元分别进行选择。

【例 7-2】 设计利用框架为单选按钮分组，并实现修改文本框中字体和字号的程序。

实例说明：程序运行后的界面如图 7-3 所示。要想实现分别设置文本的字体和字号，就要用框架（Frame）将 4 个单选按钮分为两组。每组单选按钮通过框架的标题（Caption）加以标识，如 "字体"、"字号"。程序运行后，在字体框架中选择相应字体，在字号框架中选择相应的字号，然后单击 "确定" 按钮。文本框中显示文本的字体和字号将进行相应的改变。

图 7-3　程序运行界面

实例分析：设计程序时，只需根据每组单选按钮的 Value 属性值选择不同的程序分支，设置文本框相应的 Font 属性，就可以改变文本框中显示文本的字体和字号。程序代码应放在命令按钮的 Click 事件中。

实例设计：

1）创建界面。新建一个标准 EXE 工程，在窗体中添加 1 个文本框、1 个命令按钮、2 个框架，并分别在每个框架中添加 2 个单选按钮。

在框架中添加控件的方法有两种：

方法一：先创建框架，然后在框架内添加需要分组的控件。在添加控件时只能采用单击工具箱上的工具，然后在框架内拖动鼠标绘制控件的方式。这样才能保证框架内的控件成为一个整体，和框架一起移动。

方法二：将框架外的控件放到框架内。如果将外部控件直接拖放到框架内，则该控件不会真正成为框架的一部分。正确的做法是，必须先选定这些外部控件，将它们剪切，然后单击选定框架并粘贴。粘贴成功后，拖动框架会使其中的控件与其一起移动。

2）设置属性。各控件的属性设置见表 7-2。

表 7-2　属性设置

对　　象	名称（Name）属性设置	标题（Caption）属性设置
Text1	txtVB	空
Command1	cmdOk	确定
Frame1	Frame1	字体
Frame2	Frame2	字号
Option1	optHeiTi	黑体
Option2	optLiShu	隶书
Option3	opt8	8 号
Option4	opt12	12 号

3）编写代码。各事件过程代码如下：

```
Private Sub Form_Load( )
        txtVB. Text = "请选择字体和字号"
    End Sub
```

```
Private Sub cmdOk_Click( )
    If optHeiTi. Value = True Then
        txtVB. FontName = "黑体"
    Else
        txtVB. FontName = "隶书"
    End If

    If opt8. Value = True Then
        txtVB. FontSize = 8
    Else
        txtVB. FontSize = 12
    End If
End Sub
```

7.2.2　框架的常用属性和事件

1.　常用属性

（1）Caption 属性

该属性值为字符串型，用来设置框架的标题。

框架的标题位于框架的左上角。如果 Caption 属性值为空字符串，则框架为封闭的矩形框。

（2）Enabled 属性

该属性值为逻辑型，用来设置框架是否有效，即框架内的所有控件是否有效。

True（默认值）：有效。

False：无效。

该属性只能在程序中用代码进行设置。当该属性设置为 False 时，框架的标题为灰色，框架内的所有对象均被屏蔽，不允许用户对其进行操作。

（3）Visible 属性

该属性值为逻辑型，用来设置框架是否可见。

True（默认值）：可见。

False：隐藏。

该属性只能在程序中用代码进行设置，当该属性设置为 False 时，框架及其框架内的所有控件将被隐藏起来。

2.　常用事件

框架可以响应 Click、DblClick 等事件。但是，在应用程序中一般不需要编写有关框架的事件过程。

7.2.3　利用滚动条控制命令按钮大小

滚动条（ScrollBar）通常在窗体上用来协助观察数据或确定位置，也可以作为数据输入的工具。Visual Basic 提供的滚动条有水平滚动条（HScrollBar）和垂直滚动条（VScrollBar）两种。我们先来看一个利用滚动条的程序实例。

【例7-3】 设计利用滚动条控制命令按钮大小的程序。

实例说明：程序运行时，窗体上有1个命令按钮、1个水平滚动条和1个垂直滚动条。命令按钮的大小如图7-4所示，当程序运行时，滑块分别停在水平和垂直滚动条的右端和下端（即最大值处）。当用鼠标拖动水平滚动条中的滑块时（即 Value 属性发生变化时），命令按钮的宽度会发生改变；当用鼠标拖动垂直滚动条的滑块时，命令按钮的高度会发生改变，如图7-5所示。其中命令按钮宽度和高度的变化范围均为，最小值200，最大值不超过其设计阶段的初始宽度和高度。

　　　　图7-4　程序设计界面　　　　　　　图7-5　程序运行界面

实例设计：

1）创建界面。新建一个标准 EXE 工程，在窗体中添加1个命令按钮，手动调整其高度和宽度，添加1个水平滚动条和1个垂直滚动条，分别调整其宽度和高度以适应命令按钮的大小，并将它们分别摆放在命令按钮的下方和右侧。界面设计效果如图7-4所示。

2）编写代码。各事件过程代码如下：

```
Private Sub Form_Load()
    HScroll1. Max = Command1. Width        '将水平滚动条最大值设为按钮的初始宽度
    HScroll1. Min = 200                    '将水平滚动条最小值设为200
    HScroll1. Value = HScroll1. Max        '将水平滚动条滑块放到最右侧
    HScroll1. LargeChange = 20
    HScroll1. SmallChange = 5
    VScroll1. Max = Command1. Height       '将垂直滚动条最大值设为按钮的初始高度
    VScroll1. Min = 200                    '将垂直滚动条最小值设为200
    VScroll1. Value = VScroll1. Max        '将垂直滚动条滑块放到最下方
    VScroll1. LargeChange = 20
    VScroll1. SmallChange = 5
End Sub
Private Sub HScroll1_Change()
    '水平滚动条滑块位置变化时,按钮宽度跟着变
    Command1. Width = HScroll1. Value
End Sub
Private Sub VScroll1_Change()
    '垂直滚动条滑快位置变化时,按钮的高度跟着变
```

```
    Command1. Height  =  VScroll1. Value
End Sub
```

例 7-3 的事件过程中用到了滚动条的几个常用属性和事件,要想理解该实例代码的设计过程,我们就要先来了解一下滚动条的 5 个常用属性 Value、Max、Min、LargeChange 和 SmallChange,两个事件 Change 和 Scroll。

7.2.4 滚动条的常用属性和事件

1. 常用属性

（1）Max 和 Min 属性

Max 属性值为整型,用来设置当滑块处于滚动条最大位置时所代表的值。取值范围限定在 - 32 768 ~ 32 767,默认值为 32767。

Min 属性值为整型,用来设置当滑块处于滚动条最小位置时所代表的值。取值范围限定在 - 32 768 ~ 32 767,默认值为 0。

最小值与最大值之间的数值变化就是滚动条值的变化范围。利用滚动条进行程序设计,首先就要设置滚动条的取值范围。对例 7-3 而言就是,要先设置按钮宽度和高度的变化范围。其中,命令按钮的最小宽度为 200,最大宽度不应超过命令按钮的初始控件宽度（Command1. Width）,用下面两条语句实现:

```
HScroll1. Max = Command1. Width
HScroll1. Min = 200
```

命令按钮的最小高度为 200,最大高度不应超过命令按钮的初始控件高度（Command1. Height）,用下面的两条语句实现:

```
VScroll1. Max = Command1. Height
VScroll1. Min = 200
```

（2）SmallChange（小变动值）和 LargeChange（大变动值）属性

SmallChange 属性值为整型,用来设置用户单击滚动条两端箭头 ▲ ▼或 ◀ ▶时,滑块移动的距离,即 Value 属性增加或减少的量,其默认值为 1。

LargeChange 属性值为整型,用来设置用户单击滚动条空白处时,滑块移动的距离,即 Value 属性增加或减小的量,其默认值为 1。

在例 7-3 中,用语句的形式,分别将水平滚动条和垂直滚动条的 SmallChange 和 LargeChange 设置为 5 和 20。

上面 4 个属性的设置既可以在属性窗口中进行,也可以在程序代码中进行。需要注意的是,这 4 个属性的设置语句通常应放在窗体的初始事件中,如窗体的 Load 事件。

（3）Value 属性

该属性值为整型,用来设置或返回滑块在滚动条上的位置,而滑块所处的位置代表的是滚动条的当前值。它的取值只能界于 Max 和 Min 属性值之间,当滑块在滚动条中移动

图 7-6　滚动条的属性

时，Value 属性值随之改变。

例 7-3 中就是利用滑块的位置，即滚动条的当前值（Value），来改变命令按钮的大小。

> Command1. Width = HScroll1. Value
> Command1. Height = VScroll1. Value

这两条语句被分别放在水平和垂直滚动条的 Change 事件中。

2. 常用事件

与滚动条有关的重要事件有 Scroll 和 Change。其中，当用鼠标拖动滑块时会连续触发 Scroll 事件，直到释放鼠标时停止。而当 Value 属性值每改变一次时（拖动滑块到目标位置后松开时，或单击一次两端箭头 ▲ ▼ 或 ◀ ▶ 改变滚动条内滑块的位置时），会触发一次 Change 事件。

如果将实例代码中滚动条的 Change 事件改为 Scroll 事件，观察两个程序运行的过程，可以更好地理解这两个事件不同的触发条件。

7.3 列表框和组合框

列表框（ListBox）提供一个项目清单给用户从中进行选择，它允许用户用鼠标选择一个或几个项目。当项目超出了列表框设计时的高度，系统会自动为列表框添加一个垂直滚动条。

组合框（ComboBox）是兼有文本框和列表框功能的控件，用户可以在组合框的编辑区中用键盘输入所需要的项目，也可以像列表框一样，通过鼠标从列表中选择所需要的项目（但只能从中选择一项）。

7.3.1 列表框常用属性、事件和方法

列表框中的项目既可以通过属性窗口手动添加，也可以在代码中用语句自动添加。添加进来的项目内容都被存放在列表框的 List 属性中，该属性是一个字符串型数组。用户选择项目、添加项目、删除或清除项目等操作，就是围绕这个数组进行的。

1. 常用属性

（1）List 属性

该属性是一个字符串型数组，用于存放列表框的各个选项。List 数组的下标从 0 开始，例如，在图 7-7 中，若列表框的名称为 List1，则列表框中第一项，List1. List（0）的值是"孙扬"，第四项 List1. List（3）的值是"李剑"。

向 List 数组添加元素（即向列表框添加选项）有两种方法。

方法一：在设计阶段使用属性窗口添加，如图 7-8 所示。选定列表框后，在属性窗口中打开 List 属性依次添加项目，每一项结束后按〈Ctrl〉+〈Enter〉组合键换行，继续输入下一项。

方法二：在程序中用代码添加。用代码添加项目，要用到列表框的 AddItem 方法。具体参见本节中列表框的常用方法。

（2）ListCount 属性

该属性值为整型，用来返回的是列表框中选项的数量。该属性只能在程序中设置或引用。

图 7-7 列表框   图 7-8 List 属性设置

由于存放列表框选项的数组 List 的下标从 0 开始，所以在程序中经常用 ListCount-1 表示列表中最后一项的下标。而 List1. List(ListCount-1)表示列表框中最后一项。

例如，在图 7-7 中，List1. List(List1. ListCount-1)的值是"张萧"

（3）ListIndex 属性

该属性值为整型，用来设置或返回列表框中被选中的选项在 List 数组中的下标。如果未选中任何选项，那么 ListIndex 的值为 -1。该属性只能在程序中用代码设置或引用。

例如，在图 7-7 中，当"曲南南"被选中时，List1. ListIndex 的返回值为 2。

（4）Selected 属性

该属性值是一个逻辑型数组，用于存放列表框的各个选项的选定状态。Selected 数组的下标从 0 开始，数组元素的值表示对应下标的列表框项目是否被选中。例如：List1. Selected(2)的值为 True 表示第 3 项"曲南南"被选中，如为 False 表示未被选中。该属性只能在程序中设置或引用。

（5）Sorted 属性

该属性值为逻辑型，用来设置列表框中的选项是否按字母数字的升序排列。该属性只能在属性窗口中进行设置。

True：各选项按字母数字升序排列。

False（默认值）：各选项按加入列表框的先后顺序排列。

（6）Text 属性

该属性值为字符串型，用来返回列表框中被选中选项的文本内容。该属性只能在程序中引用。

被选中选项的文本内容也可以用 List 数组的当前元素值来表示。例如，在图 7-7 所示的列表框中选中了"曲南南"，那么 List1. Text 和 List1. List(List1. ListIndex)的值都是"曲南南"。

（7）Multiselect 属性

该属性值为整型，用来设置列表框的选择方式。该属性只能在属性窗口进行设置。

0-None（默认值）：禁止多项选择。

1-Simple：简单多项选择。在这种方式下，用户单击鼠标或按空格键直接可以实现多选。

2-Extended：扩展多项选择。在这种方式下，按住〈Ctrl〉键再单击鼠标或按空格键可以选择不连续的多项；按住〈Shift〉键再单击鼠标或按空格键可以选择连续的多项。

（8）SelCount 属性

该属性值为整型，用来返回列表框中被选中选项的数量。

（9）Style 属性

该属性值为整型，用来设置列表框的外观样式。如图 7-9 所示。

0-Standard（默认值）：标准样式。

1-CheckBox：复选框样式。在这种样式下，单击项目前的复选框完成选择。

（10）Columns 属性

该属性值为整型，用来设置列表框的列数。默认值为 0。

0（默认值）：表示所有项目呈单列显示。

大于等于 1：允许多列显示。如图 7-10 所示。

图 7-9　Style 为 1 的列表框

图 7-10　Column 为 2 的列表框

2．常用事件

（1）Click

当单击列表框的项目时触发该事件。

（2）DblClick

当双击列表框的项目时触发该事件。

（3）Scroll

当拖动列表框的滚动条时触发该事件。

3．常用方法

列表框中的选项可以在设计阶段通过属性窗口添加，也可以在程序中用 AddItem 方法添加，用 RemoveItem 或 Clear 方法删除。

（1）AddItem 方法

格式：［对象名．］AddItem 项字符串[，项索引号]

功能：向列表框中添加新项目

说明：

1）对象可以是列表框或组合框。

2）项字符串必须是字符串表达式。

3）项索引号决定新增选项在列表框或组合框中的序号（即 List 数组元素的下标，从 0 开始），如果省略项索引号，则把新增选项添加到所有项目的末尾。

例如：List1. AddItem "刘月" 　　　　'在列表框 1 末尾追加新选项 "刘月"

　　　List1. AddItem "王洋"，2 　　　'在列表框 1 的第 3 项中插入新选项 "王洋"

（2）RemoveItem 方法

格式：［对象名 . ］RemoveItem 项索引号

功能：在列表框中删除指定的选项

说明：

1）对象可以是列表框或组合框。

2）项索引号是被删除选项在列表框或组合框中的序号（即 List 数组元素的下标）。

例如：List1. RemoveItem 2   '删除下标为 2 的项目，即第 3 项

　　　List1. RemoveItem List1. ListIndex   '删除被选中的项目

（3）Clear 方法

格式：［对象名 . ］Clear

功能：清除列表框中的所有选项

说明： 对象可以是列表框、组合框或剪贴板。

例如：List1. Clear

7.3.2　利用列表框管理学生名单

【例7-4】　设计利用列表框管理学生名单的程序，程序具有添加和删除功能。

实例说明：程序运行结果如图 7-11 所示。单击"增加"按钮时，会弹出一个输入框，在输入框中输入新项目后确定，新项目被添加到列表框中已有项目的末尾。选中列表框中的一个项目后单击"删除"按钮，该项目将从列表框中被删除。

图 7-11　程序界面

实例分析：在列表框中添加项目要用 AddItem 方法，需要注意的是，用此方法添加的是项目的内容，应该是一个字符类型的表达式。在列表框中删除项目要用 RemoveItem 方法，用此方法删除的是相应下标的项目，下标应该是一个数值类型的表达式。另外，列表框的初始项目可以在代码中添加，但要在窗体的 Load 事件中。如果要使列表框多列显示，如图 7-11所示，还要设置其 Columns 属性值。

实例设计：

1）创建界面。新建一个标准 EXE 工程，在窗体中放置 1 个列表框、2 个命令按钮。

2）设置属性。将列表框的 Columns 的属性设置为 2，命令按钮的名称分别设置为 cmdAdd、cmdDelete，Caption 属性分别设置为"增加"、"删除"，界面设计如图 7-11 所示。

3）编写代码。各事件过程的代码如下：

```
Private Sub Form_Load( )            '加载窗体时,向 List1 中添加 6 个初始值
    List1. AddItem "孙扬"            'AddItem 方法后面是字符串表达式
```

```
        List1. AddItem "黄亮"
        List1. AddItem "曲南南"
        List1. AddItem "李剑"
        List1. AddItem "孟子平"
        List1. AddItem "张萧"
    End Sub
    Private Sub cmdAdd_Click( )
        Dim x As String
        x = InputBox("请输入新姓名")    '弹出输入框,输入字符保存到变量 x 中
        List1. AddItem x                 '追加新选项到列表框末尾
    End Sub
    Private Sub cmdDelete_Click( )
        If List1. ListIndex  <> -1 Then    '当用户选定某个项目时,才可以删除
            List1. RemoveItem List1. ListIndex   '删除所选项目
        End If
    End Sub
```

7.3.3　组合框的常用属性、事件和方法

组合框（ComboBox）兼有文本框和列表框的功能。在列表框的属性中，除 Columns、MultiSelect、SelCount 和 Selected 属性外，其余属性均适用于组合框。其中，组合框的 Style 属性和 Text 属性的含义、作用与列表框有所不同。

1. 常用属性

（1）Style 属性

该属性值为整型，用来设置组合框的外观样式，如图7-12 所示。

图7-12　3 种样式的组合框外观比较

0-Dropdown Combo（默认值）：下拉式组合框，它是由一个文本框和一个下拉式列表框组成，该样式允许用户在编辑区中输入项目或从下拉列表中选择项目。

1-Simple Combo：简单组合框，它是由一个文本框和一个列表框组成。该样式允许用户在编辑区中输入文本或从列表中选择项目。

2-Dropdown List：下拉式列表框，该样式只允许用户从下拉列表中进行选择，不允许在编辑区中输入项目。

（2）Text 属性

该属性值为字符串型，用来返回从组合框列表中所选择选项的文本内容或直接从组合框编辑区中输入的文本内容。

2. 常用事件

组合框所响应的事件依赖于 Style 属性，只有简单组合框（Style 属性值为 1）能接收 DblClick 事件，其他两种组合框仅可以接收 Click 事件和 Dropdown 事件。对于下拉式组合框（Style 属性值为 0）和简单组合框，可以在编辑区输入文本，当输入文本时会触发 Change 事件。

3. 常用方法

组合框常用方法与列表框常用方法相同。

7.3.4 利用组合框管理电器价目表

【例 7-5】 设计利用组合框管理电器价目表的程序。

实例说明：程序运行结果如图 7-13 所示。组合框中的项目为家用电器价目表，通过窗体中的"修改"、"确定"和"添加"按钮，可以修改价目表中已有的项目或添加新项目。

图 7-13　程序运行界面

实例分析：窗体上有一个组合框，一个文本框和三个命令按钮。在组合框的价目列表中已经加入一些项目，如图 7-13 所示。当在列表中选择一个项目后，单击"修改"按钮，选定的项目内容会显示在文本框中；在文本框中对此项目进行修改后单击"确定"按钮，修改后的内容将被重新写入到列表框中原来的位置，文本框被清空。如果在文本框中输入一个新项目并单击"添加"按钮，则所输入的内容将被添加到列表中已有项目的末尾。

在设计阶段为组合框的列表添加选项要在属性窗口中进行，具体方法与为列表框添加选项的"方法一"相同，参见 7.3.1 节中的 List 属性。"修改"选定的项目内容，实际上就是为相应的 List 数组元素重新赋值。为组合框"添加"项目，要用到组合框的 AddItem 方法，用法与列表框的 AddItem 方法相同。

实例设计：

1）创建界面。新建一个标准 EXE 工程，在窗体中添加一个组合框、一个文本框和三个命令按钮。

2）设置属性。各对象属性设置见表 7-3。

表 7-3　属性设置

对　　象	属　　性	属　性　值
Command1	Caption	修改
Command2	Caption	确定
Command3	Caption	添加
Text1	Text	空
Combo1	List	电视机 2100
		洗衣机 1200
		……

3）编写代码。各事件过程的代码如下：

```
Private Sub Command1_Click( )
    Text1. Text = Combo1. Text        '将组合框的选定项目显示在文本框中
End Sub
Private Sub Command2_Click( )
    If Combo1. ListIndex  <> – 1 Then
            '将文本框中修改的内容,存入组合框的 List 数组
        Combo1. List( Combo1. ListIndex) = Text1. Text
        Text1. Text = ""
    End If
End Sub

Private Sub Command3_Click( )
    Combo1. AddItem Text1. Text      '将文本框中的内容添加到组合框末尾
End Sub
```

7.4　计时器

　　计时器（Timer）是按一定的时间间隔（Interval）周期性地自动触发 Timer 事件的控件。根据计时器的这个特性，可以设计具有动画效果的程序或用于程序的计时。

　　下面的例 7-6 和例 7-7 是计时器应用的两个实例，例 7-6 利用计时器实现小车移动，例 7-7 利用计时器实现计时功能。在这两个实例中都要用到计时器的 Interval 属性、Enabled 属性和 Timer 事件。

7.4.1　计时器常用属性、事件和方法

1. 常用属性

（1）Interval 属性

　　该属性值为整型，用来设置 Timer 事件之间的时间间隔。其值以毫秒（0. 001 s）为单位，介于 0 ~ 65535 ms 之间，因此其最大的时间间隔不能超过 65 s。如果希望每隔 1 s 发生一次 Timer 事件，那么 Interval 属性值应设为 1000。

　　在程序运行期间，计时器控件并不显示在屏幕上。将 Interval 属性设置为 0 表示屏蔽计时器。

（2）Enabled 属性

该属性值为逻辑型，用来设置计时器是否有效。经常通过设置 Enabled 属性为 True 或 False 来开启或关闭计时器。

True（默认值）：有效。

False：无效。

2．常用事件

计时器只有一个 Timer 事件，每隔一个 Interval 时间间隔，就会自动发生一次该事件，该事件过程中的代码就被执行一次。

7.4.2　计时器应用实例

【例7-6】　设计在窗体上显示动态文字的程序。

实例说明：当程序运行时，单击"开始"按钮，文字开始每隔10ms自动向右移动10个单位，单击"停止"按钮，文字暂停移动。

实例分析：程序中利用计时器每隔10ms实现文字的移动，首先要设置其 Interval 属性值为10，Enabled 属性设置为 False。在命令按钮 Click 事件中分别设置开始和停止时计时器的 Enabled 属性值，开启或关闭计时器。利用计时器在程序中实现图形或文字的动画效果是计时器控件的主要应用之一。

实例设计：

1）创建界面。新建一个标准 EXE 工程，在窗体中添加 1 个计时器、1 个标签、2 个命令按钮，界面设计如图 7-14 所示。

图 7-14　程序设计界面

2）设置属性。各控件属性设置见表 7-4。

表 7-4　属性设置

对　　象	属　　性	属　性　值
Timer	Name	tmrclock
	Interval	10
	Enabled	False
Command1	Name	cmdStart
	Caption	开始
Command2	Name	cmdStop
	Caption	停止
Label1	Name	lblWord
	FontSize	一号
	Caption	文字

3）编写代码。各事件过程的代码如下：

```
Private Sub cmdStart_Click( )
    tmrClock. Enabled = True          '开启计时器
End Sub
Private Sub cmdStop_Click( )
    tmrClock. Enabled = False         '关闭计时器
End Sub
Private Sub tmrClock_Timer( )
    lblWord. Left = lblWord. Left + 10    '标签的 Left 属性值加 10
End Sub
```

说明：将计时器的 Timer 事件作如下修改后，可以使标签运动到窗体右边界时，自动返回到窗体左边。

```
Private Sub tmrClock_Timer( )
    If lblWord. Left > Form1. Width Then
        lblWord. Left =- lblWord. Width
    End If
    lblWord. Left = lblWord. Left + 10    '标签的 Left 属性值加 10
End Sub
```

【例 7-7】 设计利用计时器设计具有计时功能的程序。

实例说明：单击"开始"按钮时，在窗体中的标签上动态显示时间，单击"结束"按钮时，停止计时。程序运行结果如图 7-15 所示。

实例分析：将窗体上的计时器 Interval 属性被设置为 1000，即 1 s。利用 Timer 事件自动对变量 Num 进行计数，再利用取余函数和取整函数计算出秒数、分钟数和小时数显示在 3 个文本框中。利用计时器进行计数的程序，是计时器控件的另一个主要应用。

图 7-15　计时功能的程序

实例设计：

1）创建界面。新建一个标准 EXE 工程，在窗体中添加 3 个标签、1 个计时器、3 个文本框和 2 个命令按钮。

2）设置属性。各对象的属性设置见表 7-5。

表 7-5　属性设置

对　　象	属　　性	属　性　值
Label1	Caption	小时
Label2	Caption	分
Label2	Caption	秒
Text1	Text	空
Text2	Text	空
Text3	Text	空
Command1	Caption	开始
Command2	Caption	结束
Timer1	Interval	1000
	Enabled	False

3）编写事件过程代码如下：

```
Dim num As Integer
Private Sub Command1_Click( )
    Timer1. Enabled = True
End Sub
Private Sub Command2_Click( )
    Timer1. Enabled = False
End Sub
Private Sub Timer1_Timer( )
    num = num + 1
    Text1. Text = Int( num/3600 )
    Text2. Text = Int( num/60 ) Mod 60
    Text3. Text = num Mod 60
End Sub
```

说明： 变量 num 用来进行累加计数，其值为 Timer 事件发生的次数，即秒数。取整函数和取余函数用来生成分钟和小时。

7.5 图形操作基础

7.5.1 坐标系统

为了定位不同对象所处的位置，Visual Basic 引入了坐标系统。每个容器控件都具有自己的坐标系统，并且坐标的作用范围只限定在该容器的工作区内。对于窗体而言，它的工作区是除去标题栏和边框的剩余区域。对于图片框，它的工作区是除去边框的剩余区域。

与坐标系有关的属性主要有：

ScaleWidth 属性和 ScaleHeight 属性，设置容器工作区在坐标系中的宽度和高度。

ScaleLeft 属性和 ScaleTop 属性，设置容器工作区左上角在坐标系中的横纵坐标值。

坐标系默认情况下为系统坐标系，系统坐标系规定容器工作区的左上角为坐标原点，横向向右为 X 轴正向，纵向向下为 Y 轴正向。在系统坐标系中可以选择 8 种坐标刻度单位，但无论选择哪种单位，都不会改变工作区的实际大小，只是改变工作区在坐标系中的宽度（ScaleWidth）和高度（ScaleHeight）。窗体的系统坐标系如图 7-16 所示。

图 7-16　窗体坐标系

坐标刻度单位由容器对象的 ScaleMode 属性决定，其属性设置见表 7-6。当其默认时，坐标刻度单位为 Twip（1 440 个 Twip 为 1 英寸，20 个 Twip 为 1 磅）。

表 7-6　ScaleMode 属性设置

ScaleMode 属性值	坐标刻度单位
0	用户定义（User）
1	Twip（默认值）
2	磅（Point，每英寸 72 磅）
3	像素（pixed，与显示器分辨率有关）
4	字符（默认为高 12 磅，宽 20 磅的单位）
5	英寸（inch）
6	毫米（millimeter）
7	厘米（centimeter）

7.5.2　颜色的表示

在控件中设置前景色（ForeColor 属性）、背景色（BackColor 属性）、绘制图形或显示文本的时候，均需要使用 Visual Basic 的颜色值。在 Visual Basic 中表示不同颜色值的方法 4 种：

1. 十六进制

颜色值可以用一个六位的十六进制数表示，这个数从左到右，每两位一组代表一种元色，它们的顺序是蓝绿红，例如，&H000000 表示黑色、&H0000FF 表示红色、&H00FF00 表示绿色。其中，&H 是十六进制数的前导符，表示后面是一组十六进制数。

例如，语句 Form1. BackColor = &H0000FF 是将窗体的背景色设置为红色。

2. RGB 函数

RCB 函数返回一个长整型（Long）整数，用来表示一个颜色值。RCB 函数通过指定红、绿、蓝三元色的相对亮度，生成一个用于显示的特定颜色。其语法格式如下：

RGB（red，green，blue）

说明：

red 必选参数，0~255 的整数，代表颜色中的红色成分。

green 必选参数，0~255 的整数，代表颜色中的绿色成分。

blue 必选参数，0~255 的整数，代表颜色中的蓝色成分。

表 7-7 给出了一些常见的标准颜色：

表 7-7　RGB 函数表示的常见颜色

颜　色	red	green	blue
黑色	0	0	0
蓝色	0	0	255
绿色	0	255	0
红色	255	0	0
黄色	255	255	0
白色	255	255	255

例如，语句 Form1. BackColor = RGB（255，0，0）是将窗体的背景色设置为红色。

3. QBColor 函数

QBColor 函数返回一个长整型（Long）数，用来表示对应颜色的 RGB 颜色码，其语法格式如下：

QBColor(color)

说明：Color 是必选参数，是介于 0 ~ 15 之间的整数，代表 16 种基本颜色。

再例如，QBcolor(0)返回黑色，QBcolor(9)返回蓝色，QBColor(12)返回红色。例如，语句 Form1. BackColor = QBColor(12)是将窗体的背景色设置为红色。

4. 颜色常量

在程序代码中还可以使用颜色常量来表示几种常用的颜色值，如 vbBlack 代表黑色，vbRed 代表红色等。例如，Form1. BackColor = vbGreen 是将窗体的背景色设置为绿色。

7.6 图形控件

Visual Basic 中和图形有关的控件主要有 4 种，它们分别是图片框（PictureBox）、图像框（Image）、形状（Shape）和线（Line）。图片框和图像框可以显示 BMP、ICO 和 JPG 等各种格式的图形文件。利用线和形状控件可以直接显示各种基本图形，包括圆、椭圆、矩形和直线等。

7.6.1 图片框

图片框控件（PictureBox）的主要作用是显示图片和绘制图形，同时，图片框控件是容器类控件，可作为其他控件的容器，同时还支持 Print、Cls、Line 和 Circle 等方法。

1. 常用属性

（1）Picture 属性

该属性用于将图片显示到图片框。该属性可以在设计阶段的属性窗口中进行设置，也可以在程序中用 LoadPicture 函数设置。相关使用方法请参见 3.2.1 节窗体的 Picture 属性的说明。

（2）Autosize 属性

该属性值为逻辑型，决定是否允许图片框自动调整尺寸，以适应图片的原始尺寸。True 表示允许，False 表示不允许。

将 Auosize 属性设置为 False 时，图片框不能自动改变大小来适应图片的原始尺寸，这意味着如果图片比图片框大，则在图片框中只能显示图片的一部分。

2. 常用方法

图片框支持 Print、Circle、Line、Point 和 Pset 等绘图方法。

3. 常用事件

图片框可以响应 Click、DblClick、键盘和鼠标等事件，但在实际应用中很少对其编写事件过程，主要功能是用来显示图片。

【例 7-8】 设计利用 Picture 属性，实现显示图片、删除图片和交换图片的程序

实例说明：程序运行结果如图 7-17 所示。程序运行后，两个图片框中显示两幅不同的图片，单击"交换图片"按钮，两幅图片交换显示。单击"删除图片"按钮，两幅图片都被从图片框中删除；单击"显示图片"按钮，则两幅图片又恢复显示。

实例分析：要实现两幅图片交换，实际上就是实现

图 7-17　程序运行结果

两个图片框 Picture1 和 Picture2 的 Picture 属性值的交换，这就类似于交换两个变量的值，需要引入第三个中间量。在这里引入一个空的图片框控件，用来暂时存放图片。为了不影响程序的运行效果，此图片框应设置为不可见。

实例设计：

1）创建界面。在窗体中添加 3 个图片框、3 个命令按钮。

2）设置属性。各对象的属性设置见表 7-6。

表 7-8　例 7-8 属性设置

对　　象	属　　性	属　性　值
Picture1	Autosize	True
Picture2	Autosize	True
Picture3	AutosizeVisible	TrueFalse
Command1	Caption	显示图片
Command2	Caption	交换图片
Command3	Caption	删除图片

3）编写代码。各事件过程代码如下：

```
Private Sub Command1_Click( )
    Picture1. Picture = LoadPicture( "dog. jpg" )
    Picture2. Picture = LoadPicture( "tree. jpg" )
End Sub
Private Sub Command2_Click( )
    Picture3. Picture = Picture1. Picture
    Picture1. Picture = Picture2. Picture
    Picture2. Picture = Picture3. Picture
End Sub
Private Sub Command3_Click( )
    Picture1. Picture = LoadPicture( "" )
    Picture2. Picture = LoadPicture( "" )
End Sub
```

说明：只有当图片文件的存放位置与工程所在路径相同时，才可以使用下面的语句加载图片。

```
Picture1. Picture = LoadPicture( "dog. jpg" )
Picture2. Picture  =  LoadPicture( "tree. jpg" )
```

在这种情况下，也可以将语句改为：

```
Picture1. Picture = LoadPicture( App. Path + " \dog. jpg" )
Picture2. Picture = LoadPicture( App. Path + " \tree. jpg" )
```

其中 App. Path 返回工程所在的路径字符串。详见 11.1.6 节。

7.6.2　图像框

图像框控件（Image）也可以用来显示图片，但不能作为其他控件的容器，也不接受

Print、Cls、Line 和 Circle 等方法，也就是说，不能在图像框上显示文本和绘制图形。与图片框（PictureBox）相比，图像框显示图片时占用更少的内存，显示图片的速度更快。

1. 常用属性

（1）Picture 属性

该属性用于将图片显示到图像框。该属性可以在设计阶段的属性窗口中进行设置，也可以在程序中用 LoadPicture 函数设置。相关使用方法请参见本书 3.2.1 节窗体的 Picture 属性的说明。

（2）Stretch 属性

该属性值为逻辑型，决定是否允许图片自动调整尺寸，以适应图象框的尺寸。True 表示允许，False 表示不允许。

Stretch 属性与图片框（PictureBox）的 Autosize 属性不同。Autosize 属性用来调整图片框的大小以适应图片大小，Stretch 属性则用来调整图片以适应图像框的大小，如图 7–18 所示。

图 7–18 AutoSize 和 Stretch 属性的比较

2. 常用事件

图像框可以响应 Click、DblClick 和鼠标等事件，和图片框一样，在实际应用中也很少对其编写事件过程。

7.6.3 线和形状

如果要在容器控件中显示基本图形，如直线或矩形等，可以通过线（Line）控件或形状（Shape）控件来实现。在容器控件中添加线（Line）或形状（Shape）后，设置它们的相应属性值就可以使其显示为不同的直线或形状。需要注意的是，这里的容器控件可以是窗体、框架和图片框。

1）线控件（Line）可以用来显示直线，其常用属性如下。

BorderStyle：线型样式，它有 7 种取值，分别对应 7 种线型，见表 7–9。

表 7–9 BorderStyle 属性取值及对应样式

Borderstyle 属性值	线段或边框线的样式
0-Transparent	透明（即不显示）
1-Solid	实线
2-Dash	破折线
3-Dot	点线
4-Dash-Dot	破折线－点线（即点画线）
5-Dash-Dot-Dot	破折线－点线－点线（即双点画线）
6-Inside Solid	内实线（只对 Shape 控件起作用）

BorderWidth：线段宽度，默认以像素为单位。

BorderColor：线段颜色。

X1，X2，Y1，Y2属性用来设置或返回线段两端点的坐标。其中，（X1，Y1）表示线段的第1端点坐标，（X2，Y2）表示线段的第2端点坐标。

【例7-9】 设计程序，当单击窗体时，显示窗体工作区的对角线。程序运行结果如图7-19所示。

图7-19 程序运行结果

在窗体中添加2个Line控件，名称分别为Line1和Line2。在窗体的Click事件中设置它们的端点坐标，就可以显示窗体工作区的对角线。

程序代码如下：

```
Private Sub Form_Click( )
        '显示主对角线
        Line1. X1 = 0
        Line1. Y1 = 0
        Line1. X2 = Form1. ScaleWidth
        Line1. Y2 = Form1. ScaleHeight
        '显示副对角线
        Line2. X1 = Form1. ScaleWidth
        Line2. Y1 = 0
        Line2. X2 = 0
        Line2. Y2 = Form1. ScaleHeight
    End Sub
```

2）形状控件（Shape）可以用来显示矩形、正方形、椭圆、圆、圆角矩形及圆角正方形。当把Shape控件添加到容器控件上时，默认情况下显示矩形，通过改变Shape属性可显示其他几何形状。形状控件的常用属性如下。

Shape：用来设置控件所显示的几何形状。其取值如图7-20所示，分别对应6种形状。

图7-20 Shape控件的6种形状

BorderStyle：线型样式同 Line 控件，详见表 7-9。

BorderWidth：边框线宽度，默认时以像素为单位。

BorderColor：边框颜色。

FillStyle：用来设置形状内部的填充图案样式，它有 8 种取值，如图 7-21 所示。当 FillStyle 值为 0 时，用 FillColor 的颜色填充形状。

图 7-21   FillStyle 属性决定的内部图案

FillColor：用来设置填充的图案的颜色。默认时 FillColor 为黑色。

BackColor：用来设置形状内部的背景颜色。

BackStyle：用来设置背景样式，形状是否被指定的颜色填充。其取值见表 7-10。

表 7-10   Shape 控件的 BackStyle 属性

Backstyle 属性值	含　义
0-Transparent	表示形状边界内的区域是透明的
1-Opaque	表示形状边界内由 BackColor 属性所指定的颜色来填充（默认时 BackColor 的颜色值为白色）

【例 7-10】   设计程序，使 Shape 控件实现动态变化。

实例说明：程序运行结果如图 7-22 所示。程序运行后，红色正方形逐渐变大，中心位置保持不变，当正方形大小超过 2000 时静止不动，同时 8 种内部图案顺序变化。

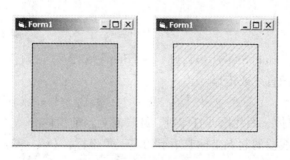

图 7-22   程序运行结果

实例分析：使 Shape 控件显示为正方形需设置 Shape 属性值为 1。要使其大小发生变化，需控制其 Width 和 Height 属性，同时还应调整 Left 和 Top 属性使正方形中心位置不变。另外，还应向程序中添加计时器控件，在 Timer 事件过程中实现 Shape 控件动态变化。

实例设计：

1）创建界面。新建一个标准 EXE 工程。在窗体中添加 1 个形状控件和 1 个计时器。

2）设置属性。各对象的属性设置情况见表 7-11。

表 7-11　属性设置

对　象	属　性	属　性　值
Shape1	Shape	1
Timer1	Interval	500
	Enabled	True

3）编写代码。程序代码如下：

```
Private Sub Timer1_Timer( )
    If Shape1. Width <= 2000 Then
        Shape1. Width = Shape1. Width + 100        '调整宽度和高度,改变形状大小
        Shape1. Height = Shape1. Height + 100
        Shape1. Left = Shape1. Left - 50           '调整 Left,Top 使中心位置不变
        Shape1. Top = Shape1. Top - 50
    Else
        '取余函数使 FillStyle 属性的取值在 0~7 之间
        Shape1. FillStyle = ( Shape1. FillStyle + 1) Mod 8
    End If
End Sub
```

7.7　图形方法

在容器控件中显示基本图形，除了可以用上一节介绍的线（Line）和形状（Shape）控件来实现以外，在 Visual Basic 中还提供了用来在对象中绘图基本图形的方法，即 Line 方法和 Circle 方法。Visual Basic 中支持图形方法的对象包括窗体（Form）、图片框（Picture）和打印机（Printer）。

7.7.1　Line 方法

格式：[对象名 .]Line[Step][(x1,y1)] - [Step](x2,y2)[,颜色][,B[,F]]

功能：在对象上画直线或矩形。

说明：

1）对象可以是窗体、图片框或打印机，缺省时为当前窗体。

2）（x1，y1）为线段的起点坐标或矩形的左上角坐标，（x2，y2）为线段的终点坐标或矩形的右下角坐标。

3）Step 参数是可选参数。第一个 Step 表示起点坐标是相对于 CurrentX 和 CurrentY 属性的相对坐标，即将 CurrentX 和 CurrentY 看作是坐标原点。第二个 Step 表示相对于起点坐标的终点坐标，即将起点坐标看作是坐标原点。这里的 CurrentX 和 CurrentY 属性决定绘图时的当前坐标，相当于绘图笔尖的当前位置坐标，如未设置，它们的默认值为（0，0），它们在设计阶段不能使用。

4）关键字 B 表示绘制矩形。

5）关键字 F 表示用绘制矩形的颜色来填充矩形。当省略 F 时，矩形的填充色由对象的

FillColor 属性决定。

6）DrawWidth 属性决定在对象上所画线条的宽度或点的大小。DrawWidth 属性以像素为单位，最小值为1。

7）DrawStyle 属性决定在对象上所画线条的样式。DrawStyle 属性设置见表7－12。

表7-12　DrawStyle 属性设置

设　置　值	线　　型
0	Solid（实线，默认值）
1	Dash（长画线）
2	Dot（点线）
3	Dash-Dot（点画线）
4	Dash-Dot-Dot（点点画线）
5	Transparent（透明线）
6	Inside Solid（内实线）

以上线型仅当 DrawWidth 属性值为1时才有效。

【例7-11】　设计利用 Line 方法在窗体上画随机射线的程序。

实例说明：程序运行结果如图7-23所示。单击窗体，会以窗体中心同一点为起点绘制出100条不同颜色、不同方向、不同长度的随机射线。

实例分析：绘制线需要使用 Line 方法，所有射线都由坐标点（1400，1400）指向不同象限的不同位置。由于产生射线的颜色、方向和长度等都是随机的，所以需用到随机函数 Rnd。由随机函数产生 X 坐标与 Y 坐标，然后用 Line（1400，1400）－（X，Y）绘制线。

程序代码如下：

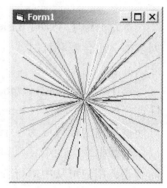

图7-23　程序运行结果

```
Private Sub Form_Click( )
    For i = 1 To 100
        Randomize
        X = Int( Rnd * 3000)
        Y = Int( Rnd * 3000)
        c = Int( Rnd * 16)
        Form1. Line( 1400,1400) – ( X,Y) ,QBColor( c)
    Next i
End Sub
```

7.7.2　Circle 方法

格式：[对象名.]Circle[(x,y),半径[,颜色][,起始角][,终止角][,长短轴比率]]

功能：在对象上画圆或椭圆

说明：

1）对象可以是窗体、图片框和打印机，默认时为当前窗体。

2）(x，y) 为圆心坐标。

3）圆弧和扇形的绘制通过起始角、终止角参数控制。当起始角、终止角取值在 $0 \sim 2\pi$

之间时，绘制圆弧；当在起始角、终止角前加一负号时，绘制扇形，负号表示画圆心到圆弧的径向线。

4）长短轴比率等于 1 时为绘制圆，不等于 1 时为绘制椭圆。

【例 7-12】 利用 Circle 方法绘制如图 7-24 所示的图形。

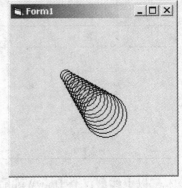

```
Private Sub Form_Click( )
    X = 1000                        '圆心横坐标 1000
    Y = 1000                        '圆心纵坐标 1000
    For r = 100 To 400 Step 20      '半径每次增加 20
        X = X + 50
        Y = Y + 50
        Circle (X, Y), r            '绘制出当前圆
    Next r
End Sub
```

图 7-24　运行结果

7.8　本章小结

本章介绍了 Visual Basic 中的几个常用标准控件：单选按钮、复选框、框架、滚动条、列表框、组合框和计时器；图形控件：图片框、图像框、线和形状，以及 Line、Circle 图形方法。

其中，单选按钮（OptionButton）和复选框（CheckBox）为用户提供唯一性选择和复合性选择的选项；框架（Frame）用于将其他控件对象分组，不仅实现了视觉上的区分，而且可使框架内的控件成为一个整体。滚动条（ScrollBar）用来协助观察数据或确定位置，也可以作为数据输入的工具。列表框（ListBox）和组合框（ComboBox）提供一个显示多个项目的列表，用户可从中进行选择一个或多个项目。计时器是按时间间隔周期性地触发事件的控件，可用来按时间控制某些操作或用于计时。

图片框（PictureBox）和图像框（Image）的作用主要是显示图片，Line 和 Shape 控件都可以产生简单的几何图形。此外图片框还是容器控件，可以作为其他控件的容器。最后还介绍了几种应用比较普遍的图形方法，利用其不同的图形方法，可以编写显示不同几何图形的程序。

第8章　数组和过程

学习目标与要求

- 掌握数组的定义及操作
- 了解动态数组的定义及操作
- 掌握控件数组的建立及使用
- 掌握 Sub 过程、Function 自定义函数的定义及调用
- 掌握参数传递方式及数组、对象作为参数传递
- 了解可选参数及 Shell 函数的使用

8.1　数组

8.1.1　数组的定义

前面程序中用到的变量都是独立的变量，变量之间没有内在的联系。但我们处理实际问题时，常常遇到有联系的同一类型的成批数据。例如，一个班 30 名学生的某门课程的考试成绩，如果用 30 个简单变量 a、b、c 等分别存储，既麻烦又不能反映数据间的本来顺序。遇到这种情况时，可以把这批数据用一个统一的名字 s 来表示，其中每个数据可以表示成 s(1)，s(2)，…，s(30)。这个 s 就是表示一组学生成绩的"数组"的名字，括号中的数字 1，2，…，30 称为下标。

数组是一组同名变量的集合。与简单变量不同的是，数组中的数据不是无规律存放的，而是按照下标的顺序存放的，在内存中占据一片连续的存储单元。只有一个下标的数组称为一维数组，具有两个或多个下标的数组称为二维数组或多维数组。在使用数组之前，必须先定义数组。

1.　一维数组的定义

格式：

Public|Dim|Static ＜数组名＞（下标上界）［As 数据类型］

说明：

1）Public 语句表示数组为公用数组，如果希望数组为模块级数组，则在模块中通用声明处用 Dim 语句定义数组，如果希望数组为局部数组，则在过程中用 Static 或 Dim 语句定义数组。例如：

Public test(4) As Integer
Dim s(2) As Long

2）"数组名"在程序中用来代表数组的名称。数组名遵循与变量名同样的命名规则。

3）"下标上界"是待定义数组元素的最大下标。注意，在 Visual Basic 中数组的第一个元素的下标是 0，即下标下界为 0，所以若定义一个数组的下标上界为 n，则该数组最多可以拥有n + 1 个元素。例如：

    Public test(4) As Integer

定义了一个下标上界是 4 的数组，数组中实际包含 5 个元素，分别为 test(0)、test(1)、test(2)、test(3)、test(4)。

在默认情况下，数组的起始下标是 0，也可以强制改变数组的起始下标，使其变为 1，方法是在程序代码的通用声明部分插入"Option Base 1"语句。这样在该程序模块中定义的所有数组，其第一个元素的下标都是 1。在定义数组时要根据实际情况决定数组的起始下标。

4）"数据类型"用于指定数组元素的数据类型。如果指定了数据类型，则数组中的所有元素都具有相同的数据类型。如果未指定数组的数据类型，则默认为变体型，变体型的数组可以存放不同类型的数据元素。

5）Visual Basic 还提供了另一种数组定义格式：

    Public|Dim|Static <数组名>(下界 To 上界)［As 数据类型]

这种定义格式可以指定数组上下界，其范围可以是 – 32768 ~ 32768。例如：

    Public Arr(2 To 5)   '数组元素为 Arr(2)、Arr(3)、Arr(4)、Arr(5)共 4 个元素
    Public Arr(– 1 To 3)   '数组元素为 Arr(– 1)、Arr(0)、Arr(1)、Arr(2)、Arr(3)

使用这种定义格式可以更好地反映对象的特性，例如：

    Dim age(18 To 40)   '用来存储年龄从 18 ~ 40 岁的人的数组
    Dim production(1998 To 2004) '用来存储 1998 ~ 2004 年的产量的数组

2. 多维数组的定义

格式：Public | Dim | Static <数组名>（第一维下标，第二维下标）［As 数据类型]
例如：

    Public Arr(2,3) As Integer

定义一个二维数组，名字为 Arr，数据类型为 Integer，该数组有 3 行（0 ~ 2）、4 列（0 ~ 3），共 12 个元素，见表 8-1。

表 8-1 二维数组元素

Arr (0, 0)	Arr (0, 1)	Arr (0, 2)	Arr (0, 3)
Arr (1, 0)	Arr (1, 1)	Arr (1, 2)	Arr (1, 3)
Arr (2, 0)	Arr (2, 1)	Arr (2, 2)	Arr (2, 3)

同一维数组一样，二维数组也可以用指定上下界的方式定义，例如：

    Public a(1 To 2,1 To 3) As Integer

定义后数组元素为：a(1,1) a(1,2) a(1,3) a(2,1) a(2,2) a(2,3)，共 6 个元素。

3. 数组的上下界

无论定义一维或多维数组，下界都必须小于上界。有时，需要知道数组的上界值和下界值，可以通过 Lbound 和 Ubound 函数来测试。格式为：

Lbound(数组名[,维])
Ubound(数组名[,维])

这两个函数分别返回一个数组中指定维的下界和上界，若两个一起使用，即可确定一个数组的大小。

对于一维数组来说，参数"维"可以省略。如果测试多维数组，则"维"不能省略。例如：

```
Dim a(10)
Print Lbound(a),Ubound(a)          '结果为 0    10
Dim b(1 to 100,50)
Print Lbound(b,1),Ubound(b,1)      '结果为 1    100
Print Lbound(b,2),Ubound(b,2)      '结果为 0    50
```

8.1.2 数组元素的操作

1. 数组的引用

数组的引用通常是指对数组元素的引用，其方法是在数组名后面的括号中指定被引用元素的下标，例如：

a(2),b(1,3)

数组元素与变量的用法相同，即可以被赋值也可以参加表达式的运算。例如：

```
a(1) = "a"
a(2) = "b"
b(1,3) = a(1) + a(2)
```

引用数组时应注意下标要在定义的范围内，否则会出现"下标越界"的错误。

2. 数组元素的输入输出

定义数组其实是为数组安排一块连续的内存存储区，但这并不意味着内存里该数组已建立了应有的内容。

数组有上界和下界，数组元素在上下界之间是连续的，所以利用数组与循环语句的配合，可以方便地处理数组元素，从而简化程序。对数组元素值的输入/输出都采用这种方法。一般情况下，对于一维数组的输入/输出采用一重循环，而对于二维数组的输入/输出则采用双重循环。

1）用 InputBox 函数为数组元素赋值。例如：

```
Dim A(5)
For i = 0 To 5
    A(i) = Val(InputBox("请输入一个数","数组输入"))
Next i
```

2）将数组元素赋值为有规律的数列。例如：

```
Dim A(5)
For i = 0 To 5
    A(i) = i
Next i
```

该程序定义了一个含有 6 个元素的数组 A，利用循环变量为数组元素依次赋值，分别为 0、1、2、3、4、5。为数组元素赋值是有规律的数列，需要找出数组元素下标与循环控制变量的关系，例如，将数组元素存储为奇数数列，可以这样设计循环：

```
For i = 1 To n
    A(i) = 2 * i - 1
Next i
```

3）用 Array 函数为数组元素赋值。

定义数组除了使用命令定义的方法，还可以利用 Array 函数将变体型变量定义为数组，并直接为数组元素赋值。函数格式为：

```
Array(元素列表)
```

例如：

```
Dim a                     '定义变量 a
a - Array(1,5,9,3,2)
```

此时变量 a 成为数组，并且有 5 个元素，即 a(0) = 1，a(1) = 5，a(2) = 9，a(3) = 3，a(4) = 2。Array 函数定义的数组起始下标会受到语句 Option Base 1 的影响。

注意：Array 函数只适用于一维数组，即只能对一维数组进行初始化，不能对二维或多维数组进行初始化。用 Array 函数赋值的变量只能是变体型的变量，不可以是其他类型的变量。

4）输出数组元素的值。例如：

```
For i = 0 To 5
    Print A(i);
Next i
```

【例8-1】 从 5 个数中找出最大数。

算法分析：程序应用 Array 函数将 5 个数存入数组 a 中。若想找出数组中最大数，令第 1 个数为最大数即 m = a(1)，再利用循环将后面的数依次与 m 比较，若遇到大于 m 的数，则让 m 存储该数，即语句 If a(j) > m Then m = a(j)，循环结束后，m 中存储的数一定是最大值。

程序代码：

```
Option Base 1
Private Sub Form_Click()
    Dim a
```

```
        a = Array(1,3,2,7,9)
        Print
        m = a(1)
        For j = 2 To 5
          If a(j) > m Then m = a(j)
        Next j
        Print " max = ";m
      End Sub
```

程序运行结果为：max = 9。

【例8-2】 输出菲波拉契数列的前 20 项。菲波拉契数列的定义是数列的前两项是 0 和 1，以后每项均为其前两项的和，即依次为 0，1，1，2，3，5，8，13，21…。

```
    Private Sub Command1_Click()
        Dim a(20) As Long
        a(1) = 0                    '数列第 1 项
        a(2) = 1                    '数列第 2 项
        For i = 3 To 20             '应用循环求第 3~20 项
          a(i) = a(i-2) + a(i-1)    '数列第 3 项为前两项和
        Next
        For i = 1 To 20
          Print a(i);
        Next
      End Sub
```

【例8-3】 将 n 个数从大到小排序。

排序是一维数组的一个重要应用，排序方法很多，我们先介绍一种选择排序方法。

算法分析：

1）将 n 个数从大到小排序，其实质是找大数，第一次找出第一大的数，第二次找出第二大的数，……，第 i 次找出第 i 大的数，直到找出倒数第二大的数为止（用一重循环来实现）。

2）当找第 i 大的数时，将该数与后面的数逐个比较，如果该数小于某个数则交换，比较完毕则可将第 i 大的数换到位置 i 上（又需一重循环来实现）。

例如：将 4，6，9，7，5 从大到小排序。

i = 1		4,6,9,7,5	'找第一大的数,放在第一位置
	j = 2	6,4,9,7,5	
	j = 3	9,4,6,7,5	
	j = 4	9,4,6,7,5	
	j = 5	9,4,6,7,5	'第一大的数被找出
i = 2		4,6,7,5	'找第二大的数,放在第二位置
	j = 3	6,4,7,5	
	j = 4	7,4,6,5	
	j = 5	7,4,6,5	'第二大的数被找出

i = 3	4,6,5	'找第三大的数,放在第三位置
j = 4	6,4,5	
j = 5	6,4,5	'第三大的数被找出
i = 4	4,5	'找第四大的数,放在第四位置
j = 5	5,4	'第四大的数被找出

此时,已按从大到小的顺序排序:9,7,6,5,4。

程序代码:

```
Private  Sub  Form_Click( )
    Const n% = 5
    Dim a(n) As Integer,t As Integer
    For i = 1 To n
        a(i) = Val(InputBox("输入数据","排序"))
        Print a(i);
    Next i
    Print
    For i = 1 To n - 1
        For j = i + 1 To n
            If a(i)  <  a(j) Then
                t = a(i)
                a(i) = a(j)
                a(j) – t
            End If
        Next j
    Next i
    For j = 1 To n
        Print a(j);
    Next j
End Sub
```

```
Form1                              _ □ ×
4  6  9  7  5
9  7  6  5  4
```

图 8-1   运行结果

程序运行结果如图 8-1 所示。

【例8-4】 二维数组的输入/输出。输入图 8-2 中的数组元素,并求数组第三行元素的和。

程序代码:

```
Private Sub Form_Click( )
    Const m% = 3,n% = 4
    Dim a(m,n) As Integer
    Dim s As Integer,i As Integer,j As Integer
    For i = 1 To m                    '外循环控制二维数组行数
        For j = 1 To n                '内循环控制二维数组列数
            a(i,j) = Val(InputBox("输入数据","二维数组输入"))
        Next j
    Next i
```

```
          For i = 1 To m
            For j = 1 To n
              Print Tab(8 * j);a(i,j);        '二维数组的输出
            Next j
          Print                                '换行
          Next i
          For j = 1 To n
            s = s + a(3,j)         '同一行元素累加求和
          Next j
          Print
          Print "第三行元素的和为:";s
        End Sub
```

图 8-2 运行结果

程序运行结果如图 8-2 所示。

【例 8-5】 设计程序将 4 个学生 3 门课程的考试成绩（均为整数）存放在 4 行 3 列的数组 score(4,3) 中，并计算每个学生的总分。

程序代码：

```
    Option Base 1
    Private Sub Command1_Click( )
        Dim sum As Integer
        Dim score(4,3) As Integer
        For i = 1 To 4
            For j = 1 To 3
                score(i,j) = Val(InputBox("输入数据","二维数组输入"))
                Print Tab(8 * j);score(i,j);        '二维数组的输出
            Next j
        Next i
        For i = 1 To 4                  '外循环表示行数,即一个学生
            sum = 0                      '每行开始位置赋变量 s 初值为 0
            For j = 1 To 3               '内循环表示每行有几个元素,即 3 门课程
                sum = sum + score(i,j)
            Next j
            Print
            Print "第" & i & "个学生的总分是:";sum
        Next i
    End Sub
```

8.1.3 动态数组

前面使用的数组都是先定义好的固定大小的数组，这种数组被称为静态数组。有时并不知道需要定义多大的数组才合适，所以希望能够在程序运行时改变数组大小，这时可以定义动态数组。动态数组可以在任何时候改变元素个数。

在 Visual Basic 中，动态数组灵活方便，有助于有效管理内存。例如，可短时间使用一

个大数组，然后，在不需要这个数组时，将内存空间释放还给系统。

创建动态数组步骤：

1）首先定义一个没有下标的数组，即动态数组。例如：

Dim Arr( ) As Integer

2）用 ReDim 语句分配实际的元素个数。格式：

ReDim［Preserve］＜数组名＞（下标）［As 数据类型］

例如：

ReDim Arr (10)
ReDim Arr (2 To10)

ReDim 语句只能出现在过程中，用于改变元素个数以及上、下界，数组的维数也可以改变，但数据类型不可改变。在一个程序中，可以多次使用 ReDim 语句定义同一个数组。

例如：

```
Dim s As Integer
Dim a( ) As Integer                 '定义一个动态数组
ReDim a(5)                          '给数组分配空间
s = InputBox("Input a number:")     '将输入的数值作为数组下标上界
ReDim a(s)                          '再次给数组分配空间
```

ReDim 重新定义动态数组时，数组中的内容将被清除，但如果使用 Preserve 选项，则不清除原数组内容。

【例8-6】 动态数组示例。

```
Option Base 1
Private Sub Form_Click( )
 Dim a( ) As Integer
 ReDim a(3,2)
 For i = 1 To 3
   For j = 1 To 2
       a(i,j) = i + j
   Next j
 Next i
 ReDim Preserve a(3,4)
 For j = 3 To 4
   a(3,j) = j + 9
 Next j
 Print a(3,2),a(3,4)
End Sub
```

该程序中重新定义动态数组为 a(3，4)时使用了 Preserve 选项，所以原数组元素中的值依然保留，没有被清除。程序运行结果为：5 13。

8.1.4 数组的清除

静态数组定义后不能改变大小，但可以使用 Erase 语句清除数组内容，Erase 也可以释放动态数组的空间。格式如下：

> Erase ＜数组名＞

说明：

1）对于静态数组，如果数组为数值型，则将数组中的所有元素置为 0；如果数组为字符串型，则将所有元素置为空字符串；如果数组为变体型，则将数组元素置为 Empty。

2）对于动态数组，Erase 将释放动态数组占用内存，即动态数组被清除，下次使用之前必须使用 Redim 重新定义。

8.1.5 For Each...Next 语句

For Each...Next 语句是专门用于数组的一种循环控制语句，其功能为依次访问数组元素。格式如下：

```
For Each 成员 In 数组名
    循环体
    ［Exit For］
Next
```

说明：

1）"成员"是一个变体变量，在循环过程中代表每一个数组元素。

2）循环次数由数组元素的个数决定，即有多少个数组元素，就循环多少次。

【例8-7】 数组循环语句示例。

```
Private Sub Form_Click( )
    Dim a(1 To 5)
    For i = 1 To 5
        a(i) = Int(Rnd * 100)          '生成 5 个 100 以内随机整数
    Next
    For Each x In a                    'x 为变体型变量,每次循环代表一个元素
        Print x;
    Next
End Sub
```

该循环可以依次访问数组元素，对每个元素执行 Print 方法。对于数组元素的循环操作，For Each...Next 语句比 For...Next 语句更方便。

8.2 控件数组

数组有两类：普通数组和控件数组，控件数组为我们处理功能相近的控件提供了极大的方便。

1. 控件数组的概念

控件数组是一组具有相同名称、类型和事件过程的控件，如 Label1（0）、Label1（1）和 Label1（2）等。在实际应用中，有时会用到一些类型相同且功能类似的控件。如果对每一个控件都单独处理，就会多做一些重复的工作。这时，我们可以用控件数组来简化程序。

控件数组具有以下特点：

1）相同的控件名称（即 Name 属性）；

2）控件数组中的控件具有相同的一般属性；

3）所有控件共用相同的事件过程。

4）以下标索引值（Index）来标识各个控件，第一个下标索引号为 0，第二个下标索引号为 1，依此类推。

2. 控件数组的建立

控件数组中每一个元素都是控件，它的定义方式与普通数组不同。可以通过以下两种方法建立控件数组：

方法一：复制已有的控件并将其粘贴到窗体上。

方法二：将窗体上已有的类型相同的多个控件的 Name 属性设置为相同的值。

3. 控件数组的使用

建立了控件数组之后，控件数组中所有控件共享同一事件过程。例如，假定某个控件数组含有 10 个按钮，则不管单击哪个按钮，系统都会调用同一个 Click 过程，并且会将被单击的按钮的 Index 属性值传递给过程，由事件过程根据不同的 Index 值执行不同的操作。

【例 8-8】 建立含有 4 个命令按钮的控件数组，单击某个按钮时，显示所选按钮名称。

1）界面设计：向窗体 Form1 中添加由 4 个命令按钮组成的控件数组，该数组的名称为 Command1，4 个按钮的 Index 属性值分别为 0、1、2、3，各控件的 Caption 属性设置如图 8-3 所示。

2）程序代码如下：

```
Private Sub Command1_Click(Index As Integer)
    FontSize = 12
    Select Case Index
        Case 0
            Print "选择了按钮 1"
        Case 1
            Print "选择了按钮 2"
        Case 2
            Print "选择了按钮 3"
        Case 3
            End
    End Select
End Sub
```

图 8-3 窗体设计布局

3）程序运行时，无论单击哪一个按钮，都调用 Command1_Click 事件，但因为按钮的

Index 属性值不同，而输出内容由 Index 属性值决定，所以选择不同的按钮时，显示内容也随之改变。

【例 8-9】 应用复选框控件数组设计选课系统界面。

实例说明：程序运行结果如图 8-4 所示。程序运行时，单击任何复选框，则把所有选中的复选框标题文字罗列在文本框中。

1）界面设计：向窗体 Form1 中添加 2 个标签，1 个文本框和 4 个复选框组成的控件数组，该数组的名称为 Check1，4 个复选框的 Index 属性值分别为 0、1、2、3，各控件的 Caption 属性如图 8-4 所示。

2）程序代码如下：

```
Private Sub Check1_Click(Index As Integer)
    Text1. Text = " "
    For k = 0 To 3
        If Check1(k). Value = 1 Then
            Text1. Text = Text1. Text & Check1(k). Caption & " "
        End If
    Next k
End Sub
```

图 8-4　程序运行界面

8.3　过程

所谓过程就是一段命名的程序代码，通过名字可以反复调用，从而增加程序的可读性和可维护性。从前面的例子我们已经看到，Visual Basic 的程序运行都是由事件驱动来实现的，而事件驱动就是通过事件执行对应的事件过程。

Visual Basic 除了事件过程外，还允许用户定义过程，称为通用过程。因此，本质上 Visual Basic 的程序就是各种过程的集合。本节将介绍 Visual Basic 的通用过程（包括 Function 过程和 Sub 过程）和事件过程的定义、调用及其相关的问题。

在 Visual Basic 中使用下列几种过程：

1）Sub 过程（子程序）。

2）Function 过程（函数过程）。

3）事件过程。

8.3.1　Sub 过程

Sub 过程又称子程序，是 Visual Basic 通用过程的一种形式。

1. Sub 过程定义

格式：

```
[Private|Public|Static] Sub <过程名>[(形式参数表)]
    过程语句
    [Exit Sub]
End Sub
```

说明：

1）［Private｜Public｜Static］可以定义 Sub 过程的作用范围。

2）"过程名"是定义的 Sub 过程的名称，长度不超过 255 个字符。

3）"形式参数表"列出调用 Sub 过程时传送的变量，多个参数之间用逗号隔开。格式为：

　　　［ByVal｜ByRef］变量名［As 数据类型］

其中，ByVal 和 ByRef 用于指定参数传递的方式，其区别将在 8.3.3 节介绍。"As 数据类型"用于指定参数的数据类型，默认类型为变体类型。

4）End Sub 表明代码块的结束。每个 Sub 过程必须有一个 End Sub 语句。当程序执行到该语句时，退出过程，并立即返回到上一级调用该过程的语句处，继续执行下面的语句。

5）Exit Sub 语句用于强制退出过程。

2．Sub 过程的调用

调用 Sub 过程有两种方法：

方法一：使用 Call 命令

格式：

　　　Call ＜过程名＞［（实际参数表）］

方法二：直接使用过程名调用

格式：

　　　＜过程名＞［实际参数表］

调用 Sub 过程时的参数称为实际参数，实际参数要与形式参数一一对应。实际参数可以是变量也可以是具体的值。当实参为数组时，实参名后也要加一对括号。

当使用 Call 语句时，参数必须在括号内，若省略 Call 关键字，则必须省略参数两边的括号，例如调用过程 cmn，实参为 a，b，表示如下：

　　　Call cmn(a,b)

　　　cmn a,b

【例 8-10】 利用 Sub 过程求三角形的面积。

1）算法分析：本程序定义 2 个 Sub 过程。

　　　area(s,a,b,c)过程:求三角形的面积

　　　err 过程:提示输入数据错误

在 Command1_Click( )事件中利用输入框输入 3 个边长，如果符合构成三角形的条件，则调用 area(s,a,b,c)过程，否则调用 err 过程。

2）程序代码：

```
Private Sub area(s As Double,x As Double,y As Double,z As Double)
    Dim p As Double
    p = (x + y + z) / 2
    s = Sqr((p - x) * (p - y) * (p - z) * p)
```

```
                End Sub
                Private Sub err( )                          '定义错误提示过程,无参数
                    MsgBox "请检查您的数据",vbYesNo + vbInformation,"数据错误"
                End Sub
                Private Sub Command1_Click( )
                    Dim a As Double,b As Double,c As Double,s As Double
                    Dim intYesorNo As Integer
                    a = InputBox("输入 A","计算三角形面积")
                    b = InputBox("输入 B","计算三角形面积")
                    c = InputBox("输入 C","计算三角形面积")
                    If a + b > c And b + c > a And c + a > b Then
                        Call area(s,a,b,c)            '使用 Call 关键字,实际参数用括号括起来
                        Print "三条边长为:";a;b;c
                        Print " 面积 =";s
                    Else
                        err                           '不使用 Call 关键字调用 err 过程
                    End If
                End Sub
```

3)程序运行结果：当输入合理边长时，显示结果如图 8-5 所示；当输入不合理的边长时出现消息框，如图 8-6 所示。

图 8-5　运行结果

图 8-6　运行结果

8.3.2　Function 过程

Function 过程又称函数过程或自定义函数，是通用过程的一种。函数的特点是有返回值。

1. 函数的定义

格式：

　　[Private|Public|Static] Function <函数名>([形式参数表])[As 数据类型]
　　　　函数语句
　　　　[Exit Function]
　　End Function

说明：

1）函数的定义与 Sub 过程类似。Exit Function 可以强制退出函数过程。

2）函数过程有返回值，这个返回值依靠函数名传递。因此，函数名不仅可以标记函数，而且还用来传递函数的返回值。函数定义时需要有一个为函数名赋值的语句。例如，设计一

个求阶乘的函数：

```
Private Function fac( n As Integer) As Integer
    Dim i As Integer,f As Integer
    f = 1
    For i = 2 To n
      f = f * i
    Next i
    fac = f
End Function
```

函数中，语句"fac = f"将求阶乘的结果 f 赋值给函数名 fac，调用函数时，就可以将这个结果返回到调用语句。

2. 函数的调用

格式：<函数名>（［实际参数表］）

说明：函数的调用格式同 Visual Basic 中内部函数的使用类似，如 fac(n)为已经定义的求 n 的阶乘的函数，则下列语句均为可调用形式。

```
x = fac(10)                '求 10 的阶乘
y = fac(a)                 '求变量 a 的阶乘
z = fac(b) + fac(20)       '求变量 b 的阶乘与 20 的阶乘的和
```

调用无参数函数时，括号不能省略。

【例 8-11】 利用函数过程求 3 个整数的最大值。

```
Private Function max( x As Integer,y As Integer) As Integer
    If x >= y Then
        max = x
    Else
        max = y
    End If
End Function
Private Sub Form_Click( )
    Dim a As Integer,b As Integer,c As Integer,m As Integer
    a = Val( InputBox("输入整数 A","求最大值"))
    b = Val( InputBox("输入整数 B","求最大值"))
    c = Val( InputBox("输入整数 C","求最大值"))
    Print a;b;c
    m = max( max(a,b),c)
    Print " MAX =";m
End Sub
```

图 8-7　运行结果

程序运行结果如图 8-7 所示。

【例 8-12】 利用自定义函数 fac( )，求 1! +2! + … +n!。

```
Private Function fac( n As Integer) As Integer
```

```
        Dim i As Integer,f As Integer
        f = 1
        For i = 2 To n
            f = f * i
        Next i
        fac = f
    End Function
    Private Sub Form_Click( )
        Dim n As Integer,s As Integer,j As Integer
        n = InputBox("请输入 n 的值:")
        For j = 1 To n
            s = s + fac(j)
        Next j
        Print "运算结果:",s
    End Sub
```

【例 8-13】 利用函数过程求大于 1500 的第一个素数。

算法设计:在循环内让 m 依次除以 $2 \sim m - 1$ 的整数,如果遇到一个能整除 m 的数,可知 m 不是素数,即将函数返回值 IsPrime 设置为 False,并用 Exit Function 语句强制退出函数。如果一直除到 $m - 1$ 还没有遇到能整除 m 的数,即循环全部执行完并未提前退出,则证明 m 是素数,因此将函数返回值 isprime 设置为 True。因此,可根据函数返回值 isprime 的真假来判断 m 是否为素数。

在 Form_Click 事件中,先计算出大于 1500 的第一个自然数,即 1501。通过调用函数 isprime 判断 1501 是否为素数,若是则找到大于 1500 的第一个素数,并且函数 isprime 返回值为假则判断下一个自然数,直到函数 isprime 返回值为真,则求出大于 1500 的第一个素数。

程序代码:

```
    Function isprime(a As Integer) as Boolean
        For i = 2 To m - 1
            If m Mod i = 0 Then
                isprime = False
                Exit Function
            End If
        Next
        isprime = True
    End Function
    Private Sub Form_Click( )
        Dim a%
        a = 1500
        Do
            a = a + 1
            If isprime(a) Then Exit Do
```

```
            Loop
            Print a
        End Sub
```

程序运行结果为：1511

8.3.3 参数传递

在过程定义的参数表中出现的参数称为形式参数。在调用过程语句或表达式中出现的参数表称为实际参数。当调用过程时，调用语句中的实际参数就与定义过程语句中的形式参数在个数位置上一一对应起来，并以某种方式传递数据，这个过程称为参数传递。Visual Basic中过程的参数传递有两种方式：

1. 按地址传递参数（ByRef）

在过程定义语句中，如果形式参数前用关键字 ByRef 标记或者省略标记，则按地址传递参数。按地址传递参数在 Visual Basic 中是默认的。

按地址传递参数是将实际参数的地址赋值给形式参数，过程执行时，按内存变量地址去访问参数的内容，实际上是对实际参数操作，过程中的运算结果将改变实际参数的值。

2. 按值传递参数（ByVal）

如果形式参数前用关键字 ByVal 标记，则按值传递参数。过程执行时，传递的只是实际参数的副本，过程中都是在对形式参数操作，如果过程改变了这个值，则所进行的变动不会影响到实际参数的本身。

【例8-14】 测试按地址传递参数与按值传递参数的区别。

```
        Private Sub test(ByVal x As Integer,ByRef y As Integer)
            x = 20
            y = x + y
            Print "过程执行时 x  = ";x;" y  = ";y
        End Sub
        Private Sub Form_Click()
            Dim a As Integer,b As Integer
            a = 5：b = 10
            Print "过程调用前 a = ";a;" b  = ";b
            Call test(a,b)
            Print "过程调用后 a  = ";a;" b  = ";b
        End Sub
```

由于通用过程 test 的形参 x 的前面有关键字 ByVal，这对形参 x 而言是按值传递参数，即在过程中 x 的值变化并不影响实参 a 的值，而形参 y 的前面有关键字 ByRef，是按地址传递参数，所以 y 的变化要影响 b 的值，程序运行结果如图8-8所示。

图8-8　运行结果

函数的参数传递方式与过程的参数传递方式一致，但是，函数名本身就是一个能够传递数据的特殊参数。

从两种传递参数方式的特点可以总结出：当需要保护实际参数时，应采取按值传递，以防止实际参数被过程改变；当需要获取过程中的操作结果时，应该使用按地址传递方式。

3. 传递数组参数

当用数组作为过程的参数时，用的是"传地址"方式，而不是"传值"方式，即不把数组的各元素值一一传递给过程，而是把数组的起始地址传给过程，使过程中的数组与作为实参的数组具有相同起始地址。用数组作为过程的参数时，应在数组名的后面加上一对括号，以免与普通变量相混淆。

【例8-15】 编写程序，实现数组作为参数传递。

```
Sub P( b( ) As Integer)              '数组 b( )被定义为形参
    For i = 1 To 4
        b( i) = 2 * i
    Next i
End Sub
Private Sub Form_Click( )
    Dim a( 1 To 4) As Integer
    a( 1) = 5; a( 2) = 6; a( 3) = 7; a( 4) = 8
    Call P( a( ) )                    '调用过程 p,以数组 a( )作为实参
    For i = 1 To 4
        Print a( i);
    Next i
End Sub
```

对数组参数的调用是按地址引用的。过程 P 的作用是将作为实际参数数组的元素重新赋值。因此输出结果为：2 4 6 8

8.3.4 可选参数

在一般情况下，一个过程中的形式参数是固定的，调用时提供的实参也是固定的。在 Visual Basic 中，可以指定一个或多个参数作为可选参数。在调用时，可以有选择地传送不同的参数。

为了定义带可选参数的过程，必须在参数表中使用 Optional 关键字，并在过程体中通过 IsMissing 函数测试调用时是否传送可选参数。以下程序表示如果没有参数 z，则 n 为 x * y；如果有参数 z，则 n 为 x * y * z。例如：

```
Sub multi( x% , y% ,Optional z)
    n = x * y
    If Not IsMissing( z) Then
        n = n * z
    End If
    Print n
End Sub
```

上述过程有 3 个参数，前两个参数与普通过程中的书写格式相同，最后一个参数有关键字 Optional 指出，且没有指定数据类型，表明该参数是一个可选参数。

调用上面过程时，可以提供两个参数，也可以提供 3 个参数，都能得到正确结果。用下面的事件过程调用返回结果分别为 200 和 6000。

```
Private Sub Command1_Click( ) multi 10,20
    Call multi(10,20,30)
End Sub
```

值得注意的是，过程中如果有可选参数，则该参数必须在参数列表中最后出现，其类型必须是 Variant；通过 IsMissing 函数测试是否向可选参数传送实参值。IsMissing 函数的返回值为 Boolean 类型。在调用过程时，如果没有向可选参数传送实参，则 IsMissing 函数的返回值为 True，否则返回值为 False。

8.3.5 对象参数

1. 窗体参数

Visual Basic 中可以用数值、字符串、数组作为过程的参数，并可把这些类型的实参传送到过程，此外，在 Visual Basic 中，还可以向过程传送对象，包括窗体和控件。

格式：

```
Sub 过程名 (形式参数表)
    过程语句
    [Exit Sub]
End Sub
```

说明：

1) "形参表" 中形参的类型通常为 Control 或 Form。

2) 对象只能通过传地址方式传送。因此不能在参数前加关键字 ByVal。

【例 8-16】 以下程序将窗体作为过程参数。设一个工程由两个窗体组成，其名称分别为 Form1 和 Form2，在 Form1 上有一个名称为 Command1 的命令按钮。窗体 Form1 的程序代码如下：

```
Private Sub g(f As Form,x As Integer)
    y = IIf(x > 10,100,-100)
    f. Show
    f. Caption = y
End Sub
Private Sub Command1_Click( )
    Dim a As Integer
    a = 10
    Call g(Form2,a)
End Sub
```

程序运行结果如图 8-9 所示，单击 form1 中的 command1 按钮后显示 Form2，且 Form2 的 Caption 属性值为 -100。

图 8-9　运行结果

2. 控件参数

和窗体参数一样，控件参数也能作为通用过程的参数，但控件参数的使用比窗体参数要复杂。因为不同的控件所具有的属性也不同。在用指定的控件调用通用过程时，如果通用过程中的属性不属于控件，则会发生错误。

【例8-17】　窗体上有名称分别为 Text1 和 Text2 的 2 个文本框，下列程序能实现文本框 Text1 中输入的数据小于 500，文本框 Text2 中输入的数据小于 1000，否则重新输入。

```
Sub CheckInput(t As Control,x As Integer)
    If Val(t. Text) > x Then
        MsgBox "请重新输入!"
    End If
End Sub
Private Sub Text1_LostFocus()
    Call CheckInput(Text1 ,500)
End Sub
Private Sub Text2_LostFocus()
    Call CheckInput(Text2 ,1000)
End Sub
```

自定义过程 CheckInput 中形式参数 t 的类型可以为 Control，也可以是具体控件的类型，此例中如果将形参表中定义为 t As TextBox，则表示将 t 定义为文本框类型。

8.3.6　Shell 函数

在 Visual Basic 中，不但可以调用通用过程，还可以调用各种应用程序，即在 Windows 环境下运行的应用程序，基本上都可以在 Visual Basic 中调用。这一功能通过 Shell 函数来实现。

格式：

Shell(命令字符串[,窗口类型])

说明：

1)"命令字符串"是要执行的应用程序的文件名（包括路径）。必须是可执行文件，其扩展名为 .com、.exe、.bat 或 .pif，其他文件不能用 Shell 函数执行。

2)"窗口类型"是执行应用程序时的窗口大小包括隐藏、最大化、最小化和原来大小等状态。

3）Shell 函数调用某个应用程序并成功执行后返回一个任务标识，即 Windows 管理的程序的进程号。

4）Shell 函数是以异步方式来执行其他程序。也就是说，用 Shell 启动的应用程序可能还没有执行完，就已经执行 Shell 函数之后的语句。例如，在 Visual Basic 中单击窗体可以运行腾讯 QQ 的可执行文件。

```
Private Sub Form_Click()
    x = Shell("C:\Program Files\Tencent\QQ\QQ. exe")
End Sub
```

8.3.7　事件过程

事件过程代码的编写和调用与过程完全一样，但它是一种特殊的过程，其特殊性表现在以下几点：

1）事件过程是与事件相联系的，也就是说，每一个事件都由系统规定了一套特定的事件过程。

2）事件过程的名称是由系统规定的。

格式：<对象名>_<事件名>（[参数表]）

例如：

单击窗体事件名为：Form_Click（）

单击命令按钮事件名为：Command1_Click（）

3）事件过程的参数也是由系统规定的，其参数的个数、参数的名称，以及每个参数的类型都由系统事先规。

4）事件过程可以像通用过程一样，可以被其他过程调用，但事件过程与通用过程最大区别是事件过程是由事件驱动的。例如，单击窗体，就调用事件过程 Form_Click（）；单击命令按钮 Command1，就调用事件过程 Command1_Click（）。

8.4　本章小结

本章介绍了程序设计的数组和过程的应用。数组是同名但下标不同的一系列变量，数组有上界和下界，可以通过循环访问每个元素。数组可以定义固定大小的静态数组，也可以定义能改变数组元素个数的动态数组。复杂的程序可以将其按功能定义为过程，使程序更容易设计、编写和调试。Visual Basic 中的过程包括通用过程、函数过程和事件过程。

第9章 键盘与鼠标事件

学习目标与要求

- 掌握键盘的 KeyPress 事件的发生和处理
- 掌握键盘的 KeyDown 事件和 KeyUp 事件的发生和处理
- 掌握鼠标事件 MouseDown、MouseUp 和 MouseMove
- 了解鼠标光标的形状及其设置方法

9.1 键盘事件

因为窗体和文本框这样的控件本身已经具备了处理按键的功能,所以在一般情况下可以不必编写键盘事件过程。但是,如果要识别组合键、功能键、光标移动键、小键盘（数字键盘）上的按键,就要对输入字符进行判断和筛选,那么必须使用键盘事件。

键盘事件包括 KeyDown、KeyPress 和 KeyUp 事件。当一个对象具有焦点时,用户按下并释放键盘按键,会先后依次触发 KeyDown、KeyPress 和 KeyUp 事件。

9.1.1 KeyDown 和 KeyUp 事件

当一个对象具有焦点时,用户按下键盘按键触发 KeyDown 事件;释放键盘按键触发 KeyUp 事件。具有这两个事件的对象有窗体、命令按钮、文本框、复选框、列表框、组合框、滚动条和图片框。

事件过程的格式:

```
Private Sub Object_KeyDown(KeyCode As Integer,Shift As Integer)
Private Sub Object_KeyUp(KeyCode As Integer,Shift As Integer)
```

说明:

1) 其中的 Object 是窗体或控件名。

2) 事件过程有两个参数。

- KeyCode 是一个整型参数,表示按键的代码。键盘上的每一个按键都有其相应的键代码,Visual Basic 还为每个键代码声明了一个内部常量。例如,〈F1〉键的键代码为112,内部常量为 vbKeyF1;〈Home〉键的键代码为 36,内部常量为 vbKeyHome。其中,键盘上的字母键和数字键的键代码与其对应的 ASCII 码值相同。需要注意的是,对于字母键 KeyCode 无法区分其大小写形式,一律返回其大写形式的 ASCII 码值。

- Shift 是一个整型参数,表示在按下一个键时,是否同时按下了〈Shift〉、〈Ctrl〉和〈Alt〉等控制键。此参数为 1 时,表示同时按下了〈Shift〉键;为 2 时,表示同时按下了〈Ctrl〉键;为 4 时,表示同时按下了〈Alt〉键。当这 3 个键中有不只一个键被同时按下，则 Shift 参数是相应数值之和，见表 9-1。

表 9-1 Shift 参数的值

按键	Shift 参数值（十进制）	Shift 参数值（二进制）
没有按下转换键	0	000
按〈Shift〉键	1	001
按〈Ctrl〉键	2	010
按〈Shift〉+〈Ctrl〉键	3	011
按〈Alt〉键	4	100
按〈Alt〉+〈Shift〉键	5	101
按〈Alt〉+〈Ctrl〉键	6	110
按〈Alt〉+〈Ctrl〉+〈Shift〉键	7	111

【例 9-1】 编写程序用来测试在文本框 Text1 中输入功能键〈F1〉时，同时又按下了哪几个控制键（Alt、Shift 和 Ctrl）。

在窗体中添加一个文本框，将其 Text 属性设置为空。

程序代码如下：

```
Private Sub Text1_KeyDown(KeyCode As Integer, Shift As Integer)
Dim Strl As String
If KeyCode = vbKeyF1 Then
    Select Case Shift
        Case 7
            Strl = "Shift + Ctrl + Alt + "
        Case 5
            Strl = "Shift + Alt + "
        Case 3
            Strl = "Shift + Ctrl + "
        Case 6
            Strl = "Ctrl + Alt + "
        Case 1
            Strl = "Shift + "
        Case 2
            Strl = "Ctrl + "
        Case 4
            Strl = "Alt + "
        Case Else
            Strl = ""
    End Select
    Text1.Text = "您按了" & Strl & "F1 键"
Else
    Text1.Text = ""
End If
End Sub
```

当程序运行时，如果在已经按下控制键〈Shift〉和〈Ctrl〉的情况下，再按功能键〈F1〉，则程序运行结果如图 9-1 所示。

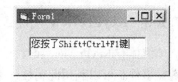

图 9-1　程序运行界面

9.1.2　KeyPress 事件

支持 KeyPress 事件的对象有窗体、命令按钮、文本框、复选框、单选按钮、列表框、组合框、滚动条和图片框。当按下键盘上的一个可打印字符键（字母、数字和符号）时，触发该事件。

事件过程的格式：Private Sub Object_KeyPress(KeyAscii As Integer)

说明：

1）Object 是窗体或控件名。

2）整型参数 KeyAscii 传递的是按键字符的 ASCII 码，即可以区分按键字符的大小写状态，按键字符的大小写状态不同返回的 ASCII 码也不同。

3）KeyPress 事件仅可以接收可打印的键盘字符和为数很少的几个功能键，如〈Enter〉（回车键）和〈BackSpace〉（退格键）。如果要处理无法被 KeyPress 接收的其他按键，应该使用 KeyDown、Keyup 事件。

4）在 KeyPress 事件过程中，如果改变 KeyAscii 的值，则会改变实际输入的字符。特殊情况下，将 KeyAscii 参数改变为 0 时可取消按键，这样对象便接收不到字符了。另外，可以使用 Chr（KeyAscii）函数将 KeyAscii 参数转变为一个字符。

5）窗体中具有焦点的对象首先接收 KeyPress 事件。窗体只有在没有可见或有效的控件时，或 KeyPreview 属性被设置为 True 时，才能接收该事件。

【例9-2】　设计只允许在文本框中输入数字（0~9）的程序。

```
Private Sub Text1_KeyPress(KeyAscii As Integer)
    If Key Ascii < 48 or KeyAscii > 57 Then
        KeyAscii = 0
    End If
End Sub
```

其中 48 是 "0" 的 ASCII 码，57 是 "9" 的 ASCII 码。

【例9-3】　设计程序，将文本框 Text1 中输入的字符追加到文本框 Text2 当前内容的末尾。其中 Chr(KeyAscii)函数用来将 KeyAscii 转换为字符。

```
Private Sub Text1_KeyPress(KeyAscii As Integer)
    Text2. Text = Text2. Text & Chr(KeyAscii)
End Sub
```

【例9-4】　设计程序，将文本框 Text1 中输入的字符转换为大写形式。

```
Private Sub Text1_KeyPress(KeyAscii As Integer)
    Char = Chr(KeyAscii)
    KeyAscii = Asc(Ucase(Char))
End Sub
```

9.1.3 KeyPreview 属性

窗体有 KeyPreview 属性，当此属性被设置为 True 时，窗体先于该窗体上的控件接收到键盘事件。可以利用此属性，编制窗体的键盘处理程序。

【例9-5】 编写测试 KeyPreview 属性的程序。

将窗体的 KeyPreview 属性设置为 True，然后添加 1 个文本框。

程序代码如下：

```
Private Sub Form_KeyDown( KeyCode As Integer, Shift As Integer)
    Print "发生窗体键盘事件"
End Sub
Private Sub Text1_KeyDown( KeyCode As Integer, Shift As Integer)
    Print "发生文本框键盘事件"
End Sub
```

程序运行过程中，当在文本框中输入一个字符时，将首先触发窗体的 KeyDown 事件，运行结果如图 9-2 所示。

图 9-2 程序运行界面

9.2 鼠标事件

前面章节中讲到过窗体与各种控件的 Click 事件和 DblClick 事件。这两个事件不能确定用户是在对象的什么位置上单击鼠标；也不能确定用户单击的是鼠标上的哪个键（左、右或中键）；更不能确定在单击鼠标时是否同时按下了键盘上的某个控制键（如〈Ctrl〉、〈Shift〉和〈Alt〉键）。要在程序中得到上面所述信息，就必须利用鼠标事件。常用的鼠标事件有 MouseDown、MouseUp 和 MouseMove。

9.2.1 MouseDown、MouseUp 和 MouseMove 事件

具有这 3 个事件的对象有窗体、图片框、图像框、命令按钮、标签、文本框、框架、复选框、单选按钮和列表框。当用户在这些对象上按下鼠标键时，触发 MouseDown 事件；释放鼠标键时，触发 MouseUp 事件；移动鼠标时，触发 MouseMove 事件。

事件过程的格式：

```
Private Sub Object_MouseDown(Button As Integer,Shift As Integer,X As Single,Y As Single)
End Sub
Private Sub Object _MouseUp(Button As Integer,Shift As Integer,X As Single,Y As Single)
End Sub
Private Sub Object _MouseMove(Button As Integer,Shift As Integer,X As Single,Y As Single)
End Sub
```

说明：

1. 其中的 Object 是窗体或控件对象。

2. 过程参数的取值与意义。

1）Button 参数值是一个整数，表示鼠标事件发生时按下的是哪个鼠标键。

　　1：左键

　　2：右键

　　4：中键

对于 MouseMove 事件，事件发生时，可能同时有两个或 3 个鼠标键按下，这时 Button 参数是相应按键值的和。例如，如果 MouseMove 事件发生时，左键和右键都被按下，则参数 Button 传递的值是 3。因为当移动鼠标时，可以不按下任何鼠标键，所以对于 MouseMove 事件，这个参数可以为 0。

2）Shift 参数值是一个整数，表示鼠标事件发生时，键盘上的哪些控制键同时被按下。

　　1：〈Shift〉键

　　2：〈Ctrl〉键

　　4：〈Alt〉键

如果同时有两个或 3 个控制键被按下，则 Shift 参数值是相应按键值的和。

3）X 参数、Y 参数都为单精度数值，表示鼠标事件发生时，鼠标指针热点所处位置的坐标。

应该注意的是，当移动鼠标时，会不断地发生 MouseMove 事件。在相同的距离上，鼠标移动的速度越快，产生的 MouseMove 事件就越少。

9.2.2 鼠标事件的应用实例

【例 9-6】 设计具有以下功能的程序。

1）鼠标移动时，显示鼠标当前坐标值。

2）在窗体某个位置单击鼠标左键时，以该位置为圆心，500 为半径画圆。

3）在单击鼠标的同时如果按下〈Shift〉键，则圆显示为红色；按下〈Ctrl〉键，显示为绿色；按下〈Alt〉键，显示为蓝色。

在窗体上添加 1 个标签，名称为 Label1。

程序代码如下：

```
Private Sub Form_MouseDown(Button As Integer,Shift As Integer,X As Single,Y As Single)
    Dim color As Long
    If Button = 1 Then
        Select Case Shift
```

```
            Case 0
                color = RGB(0,0,0)          '黑
            Case 1
                color = RGB(255,0,0)        '红
            Case 2
                color = RGB(0,255,0)        '绿
            Case 4
                color = RGB(0,0,255)        '蓝
        End Select
        Form1. Circle (X,Y),500,color      '画圆
    End If
End Sub
Private Sub Form_MouseMove( Button As Integer,Shift As Integer,X As Single,Y As Single)
    Label1. Caption = "(" + Str(X) + "," + Str(Y) + ")" '在标签中显示当前坐标值
End Sub
```

本程序中使用了图形方法 Circle，其使用方法请参阅 7.7.2 节内容。

程序运行结果如图 9-3 所示。

图 9-3　程序运行界面

9.2.3　鼠标光标的形状

窗体和多数控件对象都具有 MousePointer 和 MouseIcon 属性。

MousePointer 属性用来指定鼠标光标的形状。它的取值见表 9-2。

表 9-2　设置鼠标光标形状（MousePointer 属性）

属性值	常量	鼠标指针的形状
0	vbDefault	形状由对象决定（默认值）
1	vbArrow	箭头
2	vbCrosshair	十字线
3	vbIbeam	I 形
4	vbIconPointer	箭头图标
5	vbSizePointer	四个方向的箭头
6	vbSizeNESW	指向右上和左下方向的双箭头
7	vbSizeNS	指向上下的双箭头

属性值	常量	鼠标指针的形状
8	vbSizeNWSE	指向左上和右下方向的双箭头
9	vbSizeWE	左右方向的双箭头
10	vbUpArrow	向上的箭头
11	vbHourglass	沙漏（表示等待状态）
12	vbNoDrop	"不能停止"图标
13	vbArrowHourglass 箭头和沙漏	
14	vbArrowQuestion 箭头和问号	
15	vbSizeAll	四向箭头（表示改变大小）
99	vbCustom	通过 MouseIcon 属性所指定的自定义图标

MouseIcon 属性用来使用一个图标文件自定义鼠标指针的形状。

需要注意的是，只有当 MousePointer 属性的值为 99 时，MouseIcon 属性才有效。在程序中使用 LoadPicture 函数装入以 . ico 或 . cur 为扩展名的图标文件，用来设置 MouseIcon 属性。

【例 9-7】 编写程序，改变窗体和命令按钮的鼠标指针形状。

程序代码如下：

```
Private Sub Form_Load( )
    Form1. MousePointer = 99
    Form1. MouseIcon = LoadPicture( " aaa. ico" )        '改变窗体鼠标指针形状
    Command1. MousePointer = 13                          '改变按钮鼠标指针形状
End Sub
```

当程序运行时，如果将鼠标指针移动到命令按钮上，那么鼠标指针将变成；如果将鼠标指针移动到窗体上，那么鼠标指针将变成。

9.3　本章小结

本章介绍了 Visual Basic 中一类重要的事件——键盘和鼠标事件。在应用程序中，需要识别组合键、功能键、光标移动键和小键盘等按键时，必须利用键盘事件。键盘事件包括 KeyDown、KeyPress 和 KeyUp。在程序中应注意 KeyDown 和 KeyPress 事件的区别。KeyDown 和 KeyPress 事件过程的参数不同，能够响应的键盘按键也有所区别。KeyDown 事件主要响应按键为键盘上的功能键及组合键的情况，KeyPress 事件主要响应按键为键盘上的字母键、数字键等可打印字符时的情况，KeyPress 事件也可以响应〈Enter〉键、〈Tab〉键和〈Back-Space〉键。

通过使用鼠标事件，不但可以确定是在对象的哪个位置上单击了鼠标，还可以确定单击的是鼠标的哪个键，以及在单击时是否按下了键盘上的某个控制键。常用的鼠标事件有 MouseDown、MouseUp 和 MouseMove。鼠标事件中的参数较多，重点应掌握不同参数的含义及用法。另外，本章最后介绍了影响鼠标光标形状的两个属性 MousePointer 和 MouseIcon。

第10章　菜单程序设计

学习目标与要求

- 掌握菜单编辑器的使用
- 掌握菜单项控件各属性的含义和设置方法
- 掌握弹出式菜单的设计方法
- 能够设计菜单项的 Click 事件，实现菜单功能

10.1　概述

菜单是一系列命令组成的列表，是 Windows 环境下应用程序普遍使用的一种交互方式，它能够使用户灵活地操作和控制应用程序并能使界面整洁。Visual Basic 环境下的菜单分为两种类型：下拉式菜单和弹出式菜单。这两种菜单的设计都要求在"菜单编辑器"中进行。本章将介绍这两种菜单的创建方法。

10.1.1　下拉式菜单

下拉式菜单一般显示在窗口顶端的菜单栏。菜单栏中的菜单项称为菜单标题。单击某一个菜单标题，将下拉出下一级子菜单，其子菜单由若干项菜单命令、分隔条或者下一级子菜单标题组成。下拉式菜单如图 10-1 所示。

图 10-1　下拉式菜单

10.1.2 弹出式菜单

弹出式菜单又称为"快捷菜单"、"上下文相关菜单",其位置显示比较灵活。当用鼠标在某一个对象(或空白区域)右击后弹出的菜单即为此菜单,如图 10-2 所示。与下拉式菜单不同的是,弹出式菜单的显示位置不同,它的显示位置取决于鼠标单击时指针的位置;显示内容不同,它显示的内容取决于所选对象以及前后的相关操作。

图 10-2 弹出式菜单

10.1.3 菜单设计的步骤

无论是下拉式菜单还是弹出式菜单,每一个菜单项都是 Visual Basic 的一个控件对象,具有和其他控件一样的属性,如 Caption、Name、Check、Enable 和 Visible 等属性。所不同的是,菜单控件不在 Visual Basic 的工具箱中,而且菜单控件的属性不能在属性窗口中修改,只能在菜单编辑器中修改。菜单控件只能响应 Click 事件。

设计菜单的一般步骤如下:

1)根据程序设计的需要进行菜单的界面设计,包括顶级菜单中的各菜单项,各级子菜单中的菜单项,以及它们各自的事件过程。

2)打开菜单编辑器,建立各级菜单,并设置相应的属性。

3)编写程序代码。建立菜单项后,为相应的菜单项编写 Click 事件代码。

10.1.4 菜单编辑器

1. 打开菜单编辑器

打开菜单编辑器的方法有以下几种:

(1)选择"工具 | 菜单编辑器"命令。

(2)单击工具栏中的"菜单编辑器"■按钮。

(3)在窗体上单击鼠标右键,在弹出的快捷菜单中选项"菜单编辑器"命令。

(4)按〈Ctrl〉+〈E〉组合键。

打开后的菜单编辑器如图 10-3 所示。

2. 菜单编辑器的组成

菜单编辑器窗口由 3 部分组成:数据区、编辑区和菜单显示区。

图 10-3 菜单编辑器

（1）数据区

也称为菜单属性区，位于"菜单编辑器"标题栏的下方，用来设置菜单控件的属性。

标题（P）：为程序运行时菜单上的说明文字，如"文件"、"格式"等，相当于普通控件的 Caption 属性。若是减号"－"将在菜单中显示一条分隔线，常用此种方法使菜单项分组。另外，在标题中可以用"&"为菜单项设定快速访问键，如标题设置为"文件(&F)"则菜单项显示为"文件(F)"。

名称（M）：用来标注菜单项的控件名字，这个名字用来在程序中引用菜单项，相当于普通控件的 Name 属性。所有菜单项的名称属性必须是唯一的，除非这个菜单项是控件数组中的一个元素。

索引（X）：相当于其他控件的 Index 属性，当把多个菜单项定义为控件数组时，索引是控件数组的下标，控件数组中的菜单项具有相同的 Name 属性，而且是同一个菜单中的相邻菜单项。索引可以不从 0 开始，也可以不连续，但必须按升序排列。

快捷键（S）：用来设置菜单项的快捷键，可以从它的下拉列表框中进行选择。

复选（C）：该属性为 True(选中)时，在该菜单项前面出现一个"√"标记，表示该项处于活动状态。相当于复选框控件的 Checked 属性。

有效（E）：该属性为 False(未选中)时，对应的菜单项呈灰色，表示当前不可用。该属性相当于普通控件的 Enabled 属性。

可见（V）：确定菜单是否可见，该属性为 False(未选中)时，对应的菜单项将暂时从菜单中去掉。它相当于普通控件的 Visible 属性。

帮助上下文 ID(H)：在 Helpfile 属性指定的帮助文件中用该数值查找适当的帮助信息。

协调位置（O）：选择菜单的显示属性，该属性决定是否及如何在容器窗体中显示菜单。0-None：不显示；1-Left：靠左；2-Middle：居中；3-Right：靠右。

显示窗口列表（W）：该属性为 True（选中）时，将显示当前打开的一系列子窗口标题。

（2）编辑区

数据区下方的区域是菜单编辑区。编辑区上有 7 个控制按钮，编辑菜单时要借助于这 7个按钮。

左右箭头 <u>← | →</u>：单击右箭头，产生内缩符号（.... ），表示将建立下一级菜单。单击左箭头，删除内缩符号。在 Visual Basic 6.0 中最多可建立 6 级子菜单。

上下箭头 <u>↑ | ↓</u>：单击上箭头把条形光标上移一个选项，单击下箭头把条形光标下移一个选项。

下一个（N）：开始设置一个新的菜单项。

插入（I）：用来插入一个新的菜单项。

删除（T）：删除条形光标所在的菜单项。

（3）菜单显示区

位于菜单设计窗口的下部，用来显示输入的菜单项。显示区上列出了菜单项标题、级别和快捷键等。如果一菜单项相对于上一个菜单项向右缩进，表示它是上一个菜单项的子菜单。向右缩进相同的菜单项属于同一个子菜单。没有缩进的菜单项是顶级菜单项，将显示在菜单栏中。可以在此区域选择要修改的菜单项，用 <u>← | → | ↑ | ↓</u> 按钮调整菜单项顺序和缩进。

10.2　下拉式菜单的建立

下面例子说明建立下拉式菜单的方法和步骤。

【例 10-1】　用下拉式菜单设计一个具有加、减、乘、除、清除和退出功能的程序。

实例说明：程序运行后的窗体如图 10-4 所示，在"操作数"下的两个文本框中，分别输入两个数，然后通过菜单栏中"计算 1"和"计算 2"两个菜单项，选择相应的"加/减"或"乘/除"运算符，程序经过运算后，会将相应的结果显示在"运算结果"文本框中。"其他"菜单项提供"清除"和"退出"操作，"清除"表示清空操作数，准备进行下一次运算，"退出"为关闭窗体，结束程序。另外，项目还要求为每个菜单项设置快捷键，例如，"加"的快捷键为〈Ctrl + A〉。

实例分析：根据实例说明的要求，需要在窗体中利用菜单编辑器生成一个菜单，此菜单有三个主菜单项，每个主菜单项包括两个子菜单项。子菜单项在设计阶段通过加入内缩符号来标识，在菜单编辑器窗口中的菜单项显示区可以直观的看到。菜单设计完成后，每一个子菜单项就相当于一个控件，要实现菜单项功能，就要为每一个子菜单项编写

图 10-4　下拉式菜单的例子

Click 事件代码。程序运行时，单击菜单项就会触发相应的 Click 事件。

实例设计：

1. 创建界面：新建一个标准 EXE 工程。添加控件，在窗体适当位置添加 3 个文本框，并把它们的 Text 属性设置为空。添加 3 个标签并设置 Caption 属性。窗体样式如图 10-4 所示。

2. 建立菜单：右击窗体，打开菜单编辑器。

（1）建立"计算 1"及菜单项。

1）在标题栏中键入"计算 1&a"，名称栏中键入"js1"。& 引导的字母指明了该菜单项

的快速访问键，即按〈Alt + a〉键也可以打开此菜单。

2）单击编辑区的"下一个"按钮，使菜单显示区条形光标下移。

3）单击编辑区的右箭头，在菜单显示区该菜单项出现一个内缩符号"...."。

4）在标题中输入"加"，在名称中输入"add"，在快捷键中选择"Ctrl + A"。

5）单击编辑区的"下一个"按钮，使菜单显示区条形光标下移。

6）在标题中输入"减"，在名称中输入"sub"，在快捷键中选择"Ctrl + B"。

（2）建立"计算2"及"其他"菜单项。

1）单击编辑区的"下一个"按钮，使菜单显示区光条下移。

2）单击编辑区的左箭头，取消该菜单项的内缩符号"...."。

3）在标题中输入"计算2"。

4）重复以上操作步骤，直到菜单显示区如图10-5所示。

图10-5　加、减、乘、除运算程序菜单

（3）各菜单标题、名称和快捷键的对应关系如下。

加：add，〈Ctrl + A〉；减：sub，〈Ctrl + B〉；乘：mul，〈Ctrl + C〉；除：div，〈Ctrl + D〉；其他：other；清除：qch，〈Ctrl + E〉；退出：tch，〈Ctrl + G〉。

（4）单击菜单编辑器中的"确定"按钮。如果需要可重新打开菜单编辑器进行修改。

3. 编写代码

菜单控件只能触发 Click 事件，所以在建立完菜单界面之后，单击某一菜单项，代码窗口即会出现该菜单项 Click 事件过程，在其中输入相应的代码即可。单击菜单项"加"，输入代码如下：

```
Private Sub add_Click( )
    x = Val( Text1. Text) + Val( Text2. Text)
    Text3. Text = x
End Sub
```

单击菜单项"减"、"乘"时，执行的事件代码与加类似，仅操作符发生变化，输入代码如下：

160

```
Private Sub sub_Click( )
    x = Val(Text1. Text) – Val(Text2. Text)
    Text3. Text = x
End Sub
Private Sub mul_Click( )
    x = Val(Text1. Text) ＊ Val(Text2. Text)
    Text3. Text = x
End Sub
```

单击"除"时，要判断操作数 2 是否为空或者 0，输入代码如下：

```
Private Sub div_Click( )
    If Val(Text2. Text) <> 0 Then
        x = Val(Text1. Text) ／ Val(Text2. Text)
        Text3. Text = x
    Else
        MsgBox "请在操作数 2 中输入除数"
    End If
End Sub
```

单击菜单项"清除"，执行下面的事件代码：

```
Private Sub qch_Click( )
    Text1. Text = Clear；Text2. Text = Clear；Text3. Text = Clear          '也可以使用 Text1. text = " "
    Text1. SetFocus
End Sub
```

单击菜单项"退出"，执行下面的事件代码：

```
Private Sub tch_Click( )
    End
End Sub
```

【例 10-2】 用下拉式菜单在窗体上显示不同形状的程序。

实例说明：程序运行后的窗体如图 10-6 所示。在窗体菜单栏中有一个菜单项"形状"，下面有两个子菜单项"正方形"、"圆形"，选择"正方形"将在窗体中显示一个正方形，选择"圆形"将在窗体中显示一个圆形。

实例分析：如果要在窗体显示不同的形状，需要在窗体中加入形状控件 Shape，通过改变 Shape 控件的 Shape 属性可以控制显示不同的形状。Shape 控件的属性修改在相应菜单项的 Click 事件中进行。然后在菜单编辑器中建立下拉式菜单"形状"及其两个子菜单项。

实例设计：

1）创建界面：新建一个标准 EXE 工程，在窗体中添加一个形状控件，并将其名称属性设置为 Sha1。窗体样式如图 10-6 所示。

2）建立菜单：在菜单编辑器中建立菜单"形状"及其子菜单项"正方形"和"圆形"。各菜单项的属性设置见表 10-1。

图 10-6　显示形状程序界面和运行结果

表 10-1　形状菜单的属性设置

菜单标题	名称	内缩符号
形状	Shape0	无
正方形	Shape1	1
圆形	Shape2	1

3）编写代码如下：

```
Private Sub Shape1_Click( )
    Sha1. Shape = 1          '将形状控件显示为正方形
End Sub
Private Sub Shape2_Click( )
    Sha1. Shape = 3          '将形状控件显示为圆形
End Sub
```

10.3　菜单项的控制

10.3.1　有效性控制

所谓"有效性"控制，即可以使菜单项禁止使用（变为灰色），需要时再恢复。被禁止使用的菜单项将不能接收 Click 事件。

有两种方法可以实现菜单项的有效性控制：

1）在菜单设计阶段，通过菜单编辑器窗口中的"有效（E）"选项进行设置。

2）在编写代码阶段，通过设置 Enabled 属性来实现。该属性为 True 时，菜单项可以使用；该属性为 False 时，菜单项不可用（变为灰色）。语句格式如下：

菜单项名称 . Enabled = True ∣ False

下面的这条语句可使例 10-1 中菜单项"乘（Mul）"呈灰色，不能接收 Click 事件：

Mul. Enabled = False

需要注意的是，Visual Basic 中每个菜单项都是一个独立的控件，具有自己的属性和

Click 事件。各级菜单中的菜单项不存在父对象和子对象的关系，各菜单项的父对象都是窗体，所以在程序中引用菜单项时，可以直接引用。如果将上句改为：Js1. Mul. Enabled = False 是错误的，而 Me. Mul. Enabled = False 或 Form1. Mul. Enabled = False 则是正确语句，Me 和 Form1 在这里指菜单所在的窗体。

10.3.2　菜单项标记

所谓菜单项标记，就是在菜单项前面加"√"标记。当菜单项前有此标记时，表示这个菜单项被选择，处于活动状态，即 ON 状态。否则表示菜单项未被选择，处于非活动状态，即 OFF 状态。同样有两种方法可以实现菜单项标记：

1）在菜单设计阶段，通过菜单编辑器窗口中的"复选（C）"选项进行设置。

2）在编写代码阶段，通过设置某菜单的 Checked 属性来实现。该属性为 True 时，菜单项前出现一个"√"标记；该属性为 False 时，菜单项前面无"√"标记。语句格式如下：

菜单项名称 . Checked ＝True ｜ False

由于菜单项标记通常要在"有"和"无"两种状态间切换，所以也常采用如下语句来切换两种状态：

菜单项名称 . Checked ＝Not 菜单项名称 . Checked

下面代码用来实现在例 10-1 中，单击"乘（Mul）"菜单项改变此菜单项的复选状态，有"√"标记时去掉此标记，无"√"标记时加上此标记。

```
Private Sub Mul_Click( )
    Mul. Checked = Not Mul. Checked
End Sub
```

如果要在程序中判断菜单项是否处于选中状态，可用下面的 IF 语句格式：

```
If Mul. Checked ＝True Then
    '在这里编写 Mul 菜单项处于活动状态时执行的代码。
End If
```

10.4　弹出式菜单的建立

弹出式菜单是一种独立于菜单栏而显示在窗体上的浮动菜单，它可以显示在窗体上的任何地方，根据用户单击鼠标右键时的坐标位置动态地显示。

弹出式菜单的建立分 3 步进行：

1）用菜单编辑器建立主菜单及其子菜单，并且把各菜单所需的程序代码写好。

2）把主菜单项的 Visible（可见性）属性设置为 False。

3）用 PopupMenu 方法弹出显示。一般要将此方法放入对象的 MouseDown 事件中。

格式：[对象名 .]PopupMenu 菜单名[,Flags[,X[,Y[,BoldCommand]]]]

说明：

1）对象名：一般为窗体，省略对象指的是当前窗体。

2）菜单名：是指通过"菜单编辑器"定义的主菜单项名称属性 Name。

3）Flags：位置参数，用来指定弹出式菜单的位置及行为。包含位置常数和行为常数。其中各常数取值及作用见表 10-2 和表 10-3。

表 10-2　位置常数

位 置 常 数	值	作　　用
VbpopupMenuLeftAlign	0	表示菜单的左上角位于 X（默认值）
VbpopupMenuCenterAlign	4	表示菜单中心位于 X
VbpopupMenuRightAlign	8	表示菜单右上角位于 X

表 10-3　行为常数

行 为 常 数	值	作　　用
VbpopupMenuLeftButton	0	表示仅当单击左键时选择菜单项（默认值）
VbpopupMenuRightButton	2	表示单击鼠标左键或右键都可以选择菜单项

这两组参数可以单独使用，也可以联合使用。联合使用时，每组中取一个值，两值相加。如 4+2 表示弹出式菜单显示的位置中心在 X 坐标，单击鼠标左键或右键都会选择菜单项。

4）X，Y 是坐标值，表示弹出式菜单在窗体上显示的位置，默认为鼠标坐标。

5）BoldCommand 用于指定菜单中要以粗体显示的菜单名称。

6）除菜单名外，其他参数都是可选参数。若省略所有可选参数，运行程序时，在窗体任意位置单击鼠标左键或右键，将弹出一个菜单。

【例 10-3】　用弹出式菜单命令改变窗体颜色。

实例说明：程序运行后，当在窗体内单击右键时弹出主菜单 Main。选择弹出菜单中的不同菜单项，窗体的颜色就会发生相应的变化。

实例分析：设计弹出菜单的关键就是利用窗体的鼠标事件（Form_MouseDown），当事件发生时，根据 Button 的值，利用 Popupmenu 方法显示出菜单。Main 菜单的 Visible 属性初始值应为 False。

实例设计：

1）新建一个工程。

2）建立菜单。打开菜单编辑器，各菜单属性设置见表 10-4。

表 10-4　菜单项属性设置

标　　题	名　　称	内缩符号	可　　见
菜单	Main	无	False
红色	Red	1	True
绿色	Green	1	True
蓝色	Blue	1	True
退出	Tch	1	True

3）编写如下事件代码：

```
Private Sub Form_MouseDown(Button As Integer,Shift As Integer,X As Single,Y As Single)
```

```
        If Button = 2 Then              '单击鼠标右键时,弹出菜单
            PopupMenu main
        End If
    End Sub
    Private Sub Red_Click ( )
        '设置窗体背景色为红色
        BackColor = RGB(255,0,0)
    End Sub
    Private Sub Green_Click ( )
        '设置窗体背景色为绿色
        BackColor = RGB(0,255,0)
    End Sub
    Private Sub Blue_Click ( )
        '设置窗体背景色为蓝色
        BackColor = RGB(0,0,255)
    End Sub
    Private Sub Tch_Click( )
        End
    End Sub
```

说明：

1）语句"If Button = 2 Then"检查是否单击鼠标右键。

2）"PopupMenu main"语句把 main 菜单显示为一个弹出式菜单。

3）RGB 函数应用参见 7.5.2 节。

10.5　本章小结

本章主要介绍 Visual Basic 中菜单的设计。Visual Basic 中菜单有下拉式菜单和弹出式菜单两种。下拉式菜单一般显示在窗口的顶端。弹出式菜单又称为"快捷菜单"，其位置显示的比较灵活。当用鼠标在某一个对象（或空白区域）单击右键后，弹出的菜单即为此菜单。这两种菜单的设计都要求在"菜单编辑器"中进行。无论是下拉式菜单还是弹出式菜单，每一个菜单项都是 Visual Basic 的一个控件对象，其属性可在菜单编辑窗口中进行设置，也可通过程序代码进行设置，并且菜单控件只有一个 Click 事件。

第11章 文件操作

学习目标与要求

- 了解文件的结构和分类
- 掌握文件操作语句和函数
- 掌握顺序文件的打开和读写操作
- 掌握随机文件的打开和读写操作
- 掌握文件系统控件的使用

11.1 数据文件

文件是指存放在外部介质上并以文件名标识的数据集合。按文件的内容可将文件分为程序文件和数据文件。其中，程序文件是指令的有序集合。而数据文件是专门存放程序中所使用的数据的文件，如学生成绩和图书资料等。这些数据可以是程序运行调用的原始数据，也可以是程序运行后的处理结果。本章将主要讨论数据文件。

11.1.1 文件的结构和分类

1. 文件说明

Visual Basic 中的文件名遵循 Windows 的命名原则。

1）文件名长度不超过 255 个字符；

2）支持传统的 8 位主名和 3 位扩展名的文件名格式；

3）可以作为文件名的字符有：字母、数字、汉字和部分符号字符。

文件扩展名用于表示文件的类型。Visual Basic 中常用的文件扩展名包括工程文件（.vbp）、工程工作区文件（.vbw）、窗体文件（.frm）、窗体二进制文件（.frx）、标准模块文件（.bas）、类模块文件（.cls）和可执行文件（.exe）等。

2. 文件结构

为了有效的存取外部存储器中的数据，必须将外部数据有效的组织起来。外部文件中的数据的存放方式就是文件结构。Visual Basic 的文件结构简述如下：

1）文件是由相关记录（Record）组成。记录是操作系统对数据进行管理的基本单位。

2）记录是由相关的字段（Field）组成。字段是每个记录所包含的数据项，如表 11-1 所示的学生信息表中有 5 个记录，每个记录由 4 个字段组成。

3）字段由各种类型的数据组成。数据类型有字符型、数值型、日期型和逻辑型等。

表 11-1　学生信息表

姓　　名	年　　龄	专　　业	入 学 时 间
张三	20	英语	2008-9-1
李四	19	数学	2008-9-1
王五	20	金融	2008-9-1
赵六	21	英语	2007-9-1
刘七	20	数学	2008-9-1

3. 文件的类型

根据数据存取方式和结构，文件可分顺序文件和随机文件。

顺序文件就是普通的文本文件，可以用记事本等文字编辑软件查看。顺序文件中记录一个接一个地顺序存放，读取顺序与存储顺序一致。也就是说，对顺序文件的读取和写入都只能按顺序从头到尾依次进行，不能直接定位于所要处理的记录。随机文件又称为直接存取文件，它的每个记录的长度是固定的，而且都有一个记录号，对文件中记录的读取和写入可根据记录号直接进行，因此它读取速度比顺序文件快得多。随机文件只能通过程序访问，不能通过文字编辑软件打开查看。顺序文件的组织简单，占用空间小，但维护较困难，比较适合少量数据的存取；随机文件则存取灵活、易于修改且访问速度快，但其占用存储空间大，结构复杂。

根据数据的编码方式，文件又可分为 ASCII 码文件和二进制文件。

ASCII 码文件又称为文本文件，是指文件中的数据都以 ASCII 码字符的方式存储，这种文件可以使用"记事本"等文字编辑软件打开编辑。二进制文件是指文件的数据以二进制方式存储，不能用普通的文字编辑软件进行编辑。ASCII 码文件可以从键盘输入，也可以输出到屏幕上，二进制文件则不能。

11.1.2　文件的打开与关闭

无论是哪种类型的文件，基本操作都分为 3 个步骤：①打开文件；②读取文件内容或者向文件写入内容；③关闭文件。

1. 顺序文件的打开

打开顺序文件的 Open 语句。

格式：

Open ＜文件名＞ For 打开方式 As［#］文件号

说明：

1）文件名：表示要打开的文件名称，包含所在路径。

2）打开方式：指打开文件的输入/输出方式，对于顺序文件有如下形式。

Output：向文件中写入内容。若指定的文件不存在，则创建新文件。

Input：读取文件内容。文件必须已经存在。

Append：向文件中写入内容。它与 Output 的区别是，Output 方式的写，是将文件原有内容清除，从头再写；而 Append 方式的写，是文件原有内容保留，从文件尾接着写。若指定的文件不存在，将自动建立一个新文件。

3）文件号：一个整型表达式，其值在 1 ~ 511，在操作文件时以该数字代替文件名。

2. 随机文件的打开

打开随机文件的 Open 语句。

格式：

> Open ＜文件名＞［For Random］As［#］文件号［Len = 记录长度］

说明：

1）文件名、文件号的使用与顺序文件相同。

2）For Random：指打开随机文件，可以读也可以写。Visual Basic 中默认的文件打开方式是 Random，故若没有指定文件的打开方式（省略 For 打开方式），均为打开随机文件。

3）记录长度：是一个整型表达式，表示随机文件的记录长度（包含的字节数），默认为 128。随机文件的记录长度是固定的，所以一般来说，都要加上 Len = 记录长度。

Open 语句用法示例：

1）打开 C 盘 Visual Basic 文件夹下的顺序文件 "A. dat"，并进行写操作，指定文件号为 1。文件打开语句为：

> Open "C:\VB\A. DAT" For Output As #1

2）将①中的顺序文件打开，并进行写操作，但保留原记录。

> Open "C:\VB\A. DAT" For Append As #1

3）将②中的顺序文件打开，指定文件号为 2，并准备读文件。

> Ch $ = "C:\VB\A. DAT"
> Open Ch For Input As #2

此例将文件名赋值给字符串变量 Ch。

4）打开 D 盘上的随机文件 "B. TXT"，它的记录长度为 30 个字符。

> Open "D:\B. TXT" For Random As #1 Len = 30 或 Open "D:\B. TXT" As #1 Len = 30

3. 文件的关闭

随机文件和顺序文件的关闭都要用 Close 语句。

格式：Close［文件号列表］

例如：

> Close #1   '关闭 1 号文件
> Close 2,3   '关闭 2 号和 3 号文件,可以省略#
> Close   '关闭所有打开的文件

4. 文件指针

文件打开后，系统会自动生成一个指针（隐含）。若此文件是以 Append 方式打开时，则指针指向文件尾。若此文件是以 Input、Output 或 Random 方式打开时，则指针指向文件开始位置（文件头）。当文件经过一次读或写操作后，文件指针会自动移到下一个读写操作的位置。

5. 文件读写操作语句与函数

（1）Eof 函数

格式：Eof(文件号)

功能：用来测试文件是否结束。返回值为逻辑值。

说明：对于顺序文件，若已到文件尾，则返回 True，否则返回 False。对于随机文件，当无法读到最后一条记录的全部数据时，返回 False。

（2）Lof 函数

格式：Lof(文件号)

功能：该函数的返回值为文件所包含的字节数，即文件的长度。

（3）Loc 函数

格式：Loc(文件号)

功能：对于随机文件，Loc 函数返回文件读写当前记录的记录号。对于顺序文件，Loc 函数返回读写的记录个数。

（4）FreeFile 函数

格式：FreeFile( )

功能：返回空闲的最小文件号。

说明：当应用程序打开的文件较多时，可利用此函数自动查找还未被使用的文件号。

（5）Seek 函数

格式：Seek(文件号)

功能：Seek 函数用来返回当前文件指针的位置。

（6）Seek 语句

格式：Seek #文件号,位置

功能：Seek 语句用来将文件指针定位到指定的位置。

说明：位置是一个数值表达式。对于顺序文件，位置是从文件开头到指定位置的字节数。对随机文件，位置是指定的记录号。

11.1.3 顺序文件的读写操作

向顺序文件中写数据的语句包括 Print 和 Write 语句。从顺序文件读数据的语句包括 Input、Line Input 语句和 Input $ 函数。

1. Print 语句

格式：Print #文件号,[表达式列表]

功能：将数据写入顺序文件中。

说明：Print 语句的使用方法与 Print 方法一样。若省略表达式列表，则写入一个空行。

例如：

```
Open "d:\vb\x. txt" For Output As #1
a = 5 ; b = 5
Print "a + b = " , a + b
Print #1 , "a + b = " , a + b
Close
```

程序运行后，在窗体上显示和文件 x. txt 中的内容均为：a + b = 10。

2. Write 语句

格式：Write #文件号,[表达式列表]

功能：将数据写入顺序文件中。

说明：表达式列表是要写入文件的数据。若省略表达式列表，则表示写入一个空行。

Write 语句和 Print 语句的主要区别是，用 Write 语句向文件写入数据时，在数据项之间自动插入逗号。若为字符串数据，则给字符串加上双引号；若为日期或其他类型数据，自动加上"#"分隔。而 Print 语句写入数据时，系统不会自动添加分隔符。

3. Input 语句

格式：Input #文件号,[变量列表]

功能：从文件号指定的顺序文件中依次读取数据项，存入到变量列表中。字符型数据每项间以逗号或者回车键作为分隔，而数值型数据每项间以逗号、空格或回车键作为分隔。

说明：变量列表中的变量类型应与文件中读取的数据类型相一致。

例如：数据文件 c:\vb\ a. txt 中有如下一行内容：

    ab,cd ef,gh

有如下程序段：

    Open "c:\vb\a. txt" For Input As #1
    Input #1 ,c1 ,c2 ,c3

则读取到变量 c1 中的数据为字符串"ab"，读取到 c2 中的数据为字符串"cd ef"，读取到 c3 中的数据为字符串"gh"。

4. Line Input 语句

格式：Line Input #文件号,[变量]

功能：以行为单位从文件号指定的顺序文件中读取数据，存入到变量中。

说明：变量列表中的变量类型应与文件中读取的数据类型相一致。

例如，数据文件"c:\vb\ a. dat"中有如下 3 行内容：

    Visual
    Basic
    6. 0

有如下程序段：

    Open "c:\vb\a. dat" For Input As #3
    Line Input #3 ,c1 $
    Line Input #3 ,c2 $
    Line Input #3 ,c3 $
    s $ = c1 + c2 + c3
    Close
    Print s

程序运行后，窗体上显示：Visual Basic 6. 0。

在读取顺序文件时，只要数据文件是文本文件形式即可，文件的扩展名可以为 . txt，也可以为其他扩展名，如 . dat 等。

5. Input $ 函数

格式：Input $(n,#文件号)

功能：返回从指定文件号中读取的 n 个字符。n 为整型表达式。

例如，若有数据文件"c : \vb \ b. dat"，内容为字符串 1234567890。程序代码为：

```
Open "c:\vb\b. dat" For Input As #5
x $ = Input $(6,5)
Print x
Close
```

程序运行后，在窗体上显示：123456

【例 11-1】 数值顺序文件操作。

实例说明：在 D 盘上有一个顺序文件 a. txt，该文件是由若干个整数组成，每个数间由空格分隔。通过顺序文件操作命令读取该文件，求出一共有多少个数、所有数的和及最大数。将所得结果显示在文本框中并存放在 D 盘下 b. txt 中。运行界面如图 11-1 所示。

图 11-1 整数顺序文件操作

实例分析：打开文件后，利用 Input 语句逐项读取整数，可以利用 Eof 函数判断文件是否结束。

实例设计：

1）创建界面

新建工程，在窗体上添加 3 个文本框，名称分别为 Text1、Text2、Text3；添加 2 个命令按钮，名称分别为 Command1 和 Command2。添加 3 个标签，名称分别为 Label1、Label2、Label3，BorderStyle 设置为 1。其他属性设置如图 11-1 所示。

2）编写代码如下：

```
Private Sub Command1_Click( )
    Dim sum% ,x% ,max% ,i%
    Open "d:\a. txt" For Input As #1
    Do While Not Eof(1)              '数据指针不指向文件尾则进行循环
        Input #1 ,x                 '每次循环读取一个数字到变量 x
        i = i + 1                    '每读取一个数字,i 增加 1
        sum = sum + x
        If i = 1 Then max = x        '将读取的第一个数字赋予变量 max
        If max < x Then max = x      '求最大值
    Loop
    Close #1
    Text1. Text = sum : Text2. Text = max : Text3. Text = i
End Sub
Private Sub Command2_Click( )
```

```
    Open "d:\b. txt" For Output As #2
    Print #2,"数字总和:",Text1. Text
    Print #2,"最大数字:",Text2. Text
    Print #2,"数字个数:",Text3. Text
    Close #2
End Sub
```

【例 11-2】 字符顺序文件操作。

实例说明：在 D 盘上有顺序文件 a. txt，该文件由若干个英文单词组成，每个单词以空格分隔（最后一个单词后也有空格），例如，This is a sequential file Now we will read it。通过顺序文件操作命令读取该文件，将每个单词分别显示在 List1 中，并将 List1 的内容存放在 D 盘下的 b. txt 中。运行界面如图 11-2 所示。

图 11-2　字符顺序文件操作

实例分析：字符型数据项的顺序文件以半角逗号为分隔符，因此不能使用 Input 语句来读取，否则整个字符串都会读到一个变量中，所以只能使用 Input 函数按字符读取，当读取到空格时，说明一个单词结束，并将其添加到列表框中。

实例设计：

1）创建界面：新建工程，在窗体上添加一个列表框，名称为 List1；添加两个命令按钮，名称分别为 Command1 和 Command2。Caption 属性设置如图 11-2 所示。

2）编写代码如下：

```
Private Sub Command1_Click( )
    Dim L% ,word $ ,ch $
    Open "d:\a. txt" For Input As #1
    L = LOF(1)                      '求出文件的总体长度(字符数)
    For i = 1 To L
        ch = Input(1,1)             '每次读取一个字符
        If ch <> Space(1) Then      '读取到的字符不是空格就连接到变量 word 中
            word = word & ch
        Else
            List1. AddItem word     '读取到的字符是空格说明 word 已经是一个单词
            word = ""               '添加到列表框后,将变量 word 清空
        End If
    Next i
End Sub
Private Sub Command2_Click( )
    Open "d:\b. txt" For Output As #2
    Last = List1. ListCount  - 1    '将列表框最后一项的下标赋予变量 Last
    For i = 0 To Last
        Print #2,List1. List(i)
```

```
        Next i
        Close #2
    End Sub
```

11.1.4   随机文件的读写操作

随机文件的读写操作是按记录进行的，对随机文件进行操作时通常使用自定义类型的变量来存放读写的记录。自定义类型变量中的元素与随机文件记录中的字段相匹配。随机文件的写操作用 Put 语句，读操作用 Get 语句。

1. Put 语句

格式：Put #文件号,[记录号],变量

功能：将变量内容写入随机文件指定的记录中。该变量为自定义类型变量。

说明：若省略记录号，则将变量写入当前记录中。

例如：

    put #1,,s

表示将变量 s 的值写入到 1 号文件的当前记录中（记录指针所在记录）。

    put #2,5,s

表示将变量 s 的值写入到 2 号文件的第 5 号记录中。

2. Get 语句

格式：Get #文件,[记录号],变量

功能：将随机文件中指定记录的内容读出到变量中。该变量为自定义类型变量。

说明：若省略记录号，则将当前记录的内容读出。

例如：

    Get #1,5,s

表示将 1 号文件的 5 号记录的内容读出到变量 s 中。变量 s 应为记录类型。

    Get #1,,s

表示将 1 号文件当前记录的内容读出到变量 s 中。

【例 11-3】   随机文件操作。

实例说明：在 D 盘 Random 文件夹内有一个随机文件 a. dat，该文件是以随机方式存储的表 11-1 中的内容。单击"读数据"按钮时将文件的内容读出，并在文本框中显示出来，每条记录一行。记录信息为："姓名"字段字符型 8 位，"年龄"字段整型，"专业"字段字符型 10 位，"入学时间"字段日期型。单击"保存"按钮，将文本框的内容保存在同文件夹下一个顺序文件 b. txt 中。运行界面如图 11-3 所示。

图 11-3   随机文件操作

实例分析：对随机文件操作时，需要根据题目所给字段信息在通用声明处定义一个自定义数据类型，然后定义该类型的变量，利用读随机文件命令

Get 取出文件中的记录到自定义类型的变量中，并在文本框中显示。如果工程文件和数据文件在同一文件夹内，可使用全局变量 App. Path 属性访问数据文件，详见 11.1.5 节。

实例设计：

1）创建界面：新建工程，在窗体上添加 1 个文本框，名称为 Text1，MultiLine 属性设置为 True；添加两个命令按钮，名称分别为 Command1 和 Command2；添加 4 个标签控件。各控件的 Caption 属性设如图 11-3 所示。

2）保存工程：将工程所有文件保存在随机文件 a. dat 同一文件夹下，即 D:\Random 内。

3）编写代码如下：

```
Private Type stud              '按照题目要求定义自定义类型数据 Stud
    姓名 As String * 8          '随机文件的记录长度固定,所以字符型数据要使用定长字符串
    年龄 As Integer
    专业 As String * 10
    入学时间 As Date
End Type
Private Sub Command1_Click( )
    Dim s As stud                           '定义变量 s 的数据类型为 Stud 型
    '打开当前路径下的 a. dat 文件,并使用 Len 函数求出记录长度
    Open App. Path & " \a. dat" For Random As #1 Len = Len(s)
    For i = 1 To 5
        Get 1,i,s                           '每次循环读取 1 条记录到变量 s
        Text1 = Text1 & s.姓名             '将自定义类型的各字段显示在文本框中
        Text1 = Text1 & s.年龄
        Text1 = Text1 & s.专业
        Text1 = Text1 & s.入学时间
        Text1 = Text1 & vbCrLf             '每条记录最后使用符号常量 vbCrLf 换行
    Next i
    Close #1
End Sub
Private Sub Command2_Click( )
    Open App. Path & " \b. txt" For Output As #2
    Print #2 ,Text1. Text                   '将文本框的所有内容写入顺序文件
    Close #2
End Sub
```

随机文件 a. dat 不是文本格式，双击打开时看不到数据内容；顺序文件 b. txt 是文本文件，双击打开时可以启动记事本等程序打开，并可以查看到所有记录的内容。

11.1.5 全局对象 App 的 Path 属性

当访问一个数据文件时，要明确该文件所在路径才能打开文件，进行读写操作。但是当某个工程所需要访问的数据文件的路径不确定，就不能采用类似"D:\a. dat"这种绝对路径表示方法。Visual Basic 中设有一个全局对象 App，指代工程本身，如 App. Title 属性保存

工程的名称，App. PrevInstance 属性可以判断出该工程是否已经运行等等。

App. Path 属性可以返回工程所在位置，即当前文件夹。如果数据文件和工程文件在同一个文件夹内，使用 App. path & "\数据文件名"可以表示数据文件的路径。例如，在某文件夹中有一个 Visual Basic 工程，该文件夹中有一个图片文件"a. jpg"，一个顺序文件"temp. txt"，那么可以使用如下语句访问这两个数据文件：

> Form1. Picture = LoadPicture(App. Path & " \a. jpg")
>
> Open App. Path & " \temp. txt" For Input As #1

使用这样的路径描述，无论工程文件所在文件夹转移到任何位置，都可以访问到数据文件；而使用绝对路径描述，如" d：\ab \ temp. txt"，一旦数据文件所在路径发生改变，则无法访问数据文件。

11.2 文件系统控件

Visual Basic 提供了一组文件系统控件来帮助用户管理硬盘文件和目录。文件系统控件包括驱动器列表框（DriveListBox）、目录列表框（DirListBox）和文件列表框（FileListBox），如图 11-4 所示。

图 11-4　工具箱中的文件系统控件

11.2.1　驱动器列表框

驱动器列表框是一个下拉式列表框，用户可以在它的列表框中选择驱动器盘符。在组合框顶部的驱动器名是当前驱动器，如图 11-5 所示。

1. 常用属性

驱动器列表框的最常用属性是 Drive 属性，它不能在属性窗口中设置，只能通过程序代码来进行设置。在程序运行时，可以在代码中通过 Drive 属性来获得当前的驱动器名，也可以通过设置 Drive 属性来改变当前驱动器。Drive 属性的设置方法如下。

图 11-5　驱动器列表框

格式：驱动器列表框名称 . Drive = 驱动器名

例如，假设驱动器列表框控件的名称属性为 Drive1，如下命令用来在窗体中显示当前驱动器名：

> Print Drive1. Drive

2. 常用事件

Change 事件是指在程序运行时，每次用户改变驱动器列表框中的驱动器，即 Drive 属性的值，都将触发驱动器列表框的 Change 事件。

11.2.2 目录列表框

目录列表框是操作指定驱动器下目录的一个列表框。它的作用是显示当前驱动器上的目录结构。如图 11-6 所示。

1. 常用属性

目录列表框的最常用属性是 Path 属性，用于设置和返回在列表框中所选目录的路径，该属性同样不能在属性窗口中设置，只能在代码中设置。Path 属性设置方法如下。

格式：目录列表框名称 . Path = 路径字符串

例如，假设目录列表框的名称属性为 Dir1，下面命令用来将 C 盘的 Program Files 文件夹设置为当前路径：

图 11-6　目录列表框

> Dir1. path = " C:\Program Files "

2. 常用事件

Change 事件是指在程序运行时，每次用户改变目录列表框中的路径，即改变 Path 属性值时，都将触发目录列表框的 Change 事件。

11.2.3 文件列表框

文件列表框是操作指定目录下文件的一个列表框，如图 11-7 所示。

1. 常用属性

1）Path 属性：用来指定和返回当前目录。

2）Pattern 属性：用于设置和返回文件列表框中显示文件的类型，默认值为所有文件（∗.∗）。例如，假设文件列表框名称属性为 File1，要在文件列表框中只显示所有的 DOC 文件，其命令为：

图 11-7　文件列表框

> File1. Pattern = " ∗ . DOC"

3）FileName 属性：用来设置和返回某个选定的文件名（不包括路径）。当用户单击文件列表框中的某个文件时，将该文件名赋给 Filename 属性。

4）ListCount 属性：返回文件列表框中显示的文件的个数。

5）ListIndex 属性：返回和设置文件列表框中所选项的索引值。

6）List 属性：保存文件列表框中所有项的数组。

2. 常用事件

文件列表框中常用的事件是 DblClick 和 Click 事件。

1）DblClick 事件：双击文件列表框中的文件时，触发该事件。

2）Click 事件：单击文件列表框中的文件时，触发该事件。

11.2.4 文件系统控件的应用

【例11-4】 利用驱动器列表框、目录列表框和文件列表框，实现文件管理的例子。

实例说明：驱动器列表框、目录列表框和文件列表框常常配合使用来显示目录结构和文件名。程序运行结果如图11-8所示。

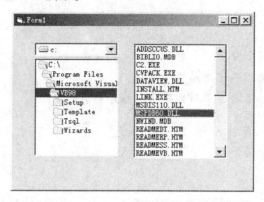

图11-8 驱动器列表框、目录列表框和文件列表框的同步操作

实例分析：要实现驱动器列表框、目录列表框和文件列表框的配合使用，关键在于实现3个列表框之间属性值的传递。

实例设计：

1）创建界面：新建工程，在窗体上加入驱动器列表框 Drive1、目录列表框 Dir1 和文件列表框 File1。

2）编写代码如下：

```
Private Sub Drive1_Change( )
    Dir1. Path = Drive1. Drive          '使目录列表框与驱动器列表框同步
End Sub
Private Sub Dir1_Change( )
    File1. Path = Dir1. Path            '使文件列表框与目录列表框同步
End Sub
Private Sub File1_Click( )
    MsgBox File1. FileName              '单击文件列表框时显示所选文件名
End Sub
```

11.3 本章小结

本章介绍了 Visual Basic 中的文件系统控件和文件的操作。文件是指存放在外部介质上的以文件名标识的数据集合。文件由记录组成，记录由字段组成，字段由不同类型的数据组成。在文件操作中主要介绍顺序文件和随机文件的概念，打开、关闭和读写文件的操作，以及与文件读写操作有关的语句和函数。文件系统控件用来帮助用户管理硬盘文件和目录。在文件系统控件中介绍了驱动器列表框（DriveListBox）、目录列表框（DirListBox）和文件列表框（FileListBox）的属性和事件。

第 12 章　对话框程序设计

学习目标与要求

- 掌握对话框的作用和分类
- 熟练掌握通用对话框的常用属性、方法
- 熟练掌握利用各种不同类型对话框实现程序功能的方法
- 了解自定义对话框的应用

12.1　对话框概述

对话框（DialogBox）是一种特殊类型的窗体。它主要通过向用户显示信息和获取用户提交的信息与用户进行交流，实现用户与系统"对话"的操作，是应用程序界面的重要组成部分。

12.1.1　对话框的分类

Visual Basic 中的对话框分为 3 种类型，即预定义对话框、自定义对话框和通用对话框。

1. 预定义对话框

预定义对话框是系统预先定义好的对话框，Visual Basic 提供了两种预定义对话框，即输入框和输出框（也称消息框），通过调用相应的函数 InputBox 和 MsgBox，即可建立这两种对话框。预定义对话框在各种应用程序中的应用非常普遍。

2. 通用对话框

通用对话框是一种控件，用于创建 Windows 环境中的具有标准界面和使用方法的公共对话框，如文件选择对话框，颜色选择对话框，字体选择对话框，等等。在 Visual Basic 中，能够实现 6 种不同类型的通用对话框功能，即打开（Open）、另存为（Save As）、颜色（Color）、字体（Font）、打印（Print）和帮助（Help）对话框。

3. 自定义对话框

预定义对话框和通用对话框建立方便，但功能上有一定限制，无法满足复杂的需要，用户可以根据需要建立自己的对话框，这种对话框称为自定义对话框。通过在一个窗体上放置控件，构成用户与系统对话的界面。自定义对话框的设计和窗体设计相似，本章不进行讨论。

12.1.2　对话框的特点

对话框是用户和程序进行数据交换的一种窗体，相对于普通窗体而言，它又有其自身的特点，主要体现在以下几个方面：

1）用户一般不需要改变对话框的大小，因此其边框是固定的。

2）对话框中通常没有最大化按钮、最小化按钮和控制菜单框。

3）对话框中一般有"确定"、"取消"等类似按钮。程序运行时，当单击"确定"按钮，表示对话框中的设置或输入有效；当单击"取消"按钮，表示对话框中的设置或输入无效。

4）对话框是应用程序中与用户交流的工具，结束时一般利用"确定"或"取消"等按钮将其关闭。

5）对话框中控件的属性一般在设计阶段设置，但在特殊情况下，需要在程序运行时根据运行情况进行设置。

12.2　通用对话框

12.2.1　通用对话框控件

通用对话框是一种 ActiveX 控件，在默认情况下，启动 Visual Basic 后，在工具箱中没有"通用对话框"（CommonDialog）控件。在使用"通用对话框"之前，必须先将其添加到工具箱中，具体步骤如下：

1）选择"工程｜部件"命令，或在工具箱上右击，在弹出的快捷菜单中选择"部件"命令，打开如图 12-1 所示的"部件"对话框。

图 12-1　"部件"对话框

2）在"部件"对话框中选择"控件"选项卡，然后在控件列表中选中"Microsoft Common Dialog Control 6.0"（使前面的复选框处于选中状态）。

3）单击"确定"按钮，通用对话框即可被添加到工具箱中。

通用对话框控件添加到工具箱后，就可以在工具箱中看到 CommonDialog 工具，和使用其他控件的方法一样，在窗体上可以很方便地添加通用对话框。添加的通用对话框以图标的方式显示在窗体中。该图标不能改变大小，程序运行时不可见。

12.2.2 通用对话框的属性和方法

1. 属性

通用对话框有"打开对话框"、"字体对话框"等6种不同的类型，其中每一种对话框都有自己特有的属性，这些属性可以在属性窗口中进行设置，也可以在程序中用代码进行设置。

（1）Action 属性

该属性用来设置通用对话框的类型，其值为数值型。

0：无对话框显示。

1：显示"打开"（Open）对话框。

2：显示"另存为"（Save As）对话框。

3：显示"颜色"（Color）对话框。

4：显示"字体"（Font）对话框。

5：显示"打印"（Print）对话框。

6：显示"帮助"（Help）对话框。

另外，该属性不能在属性窗口内设置，只能在程序中通过代码进行设置。例如：

```
CommonDialog1. Action = 1
```

此语句设置对话框类型为"打开"对话框，其中 CommonDialog1 为通用对话框名称。

（2）DialogTitle 属性

该属性用来设置对话框标题，其值为字符串型。不同类型的对话框都有自己的默认标题，例如，"打开"对话框的默认标题是"打开"，"另存为"对话框的默认标题是"另存为"。

（3）CancelError 属性

该属性用来设置当用户单击"取消"按钮时，是否显示出错信息，其值为逻辑型。

True：单击"取消"按钮时，将显示出错信息。

False：单击"取消"按钮时，将不显示出错信息，为系统缺省设置。

该属性值在属性窗口及程序中均可设置。

2. 方法

对于通用对话框控件，Visual Basic 还提供了一组方法设置其类型。

ShowOpen："打开"对话框。

ShowSave："另存为"对话框。

ShowColor："颜色"对话框。

ShowFont："字体"对话框。

ShowPrinter："打印"对话框。

ShowHelp："帮助"对话框。

例如：

```
CommonDialog1. ShowColor        '显示对话框类型为"颜色"对话框。
```

12.3 通用对话框的使用

12.3.1 打开（Open）对话框

利用"打开"对话框，在应用程序中可以实现选择路径，以及打开文件的操作。将通用对话框的 Action 属性值设为 1，或者使用通用对话框控件的 ShowOpen 方法，可以显示"打开"对话框，如图 12-2 所示。

图 12-2　"打开"对话框

"打开"对话框相关属性如下：

1. FileName 属性

该属性值为字符串类型，用来设置或返回要打开文件的路径及文件名。当在"打开"对话框中选中一个文件并单击"打开"按钮时，选中的文件名即作为 FileName 属性值返回。注意，此返回值是一个包含路径名和文件名的字符串。

2. FileTitle 属性

该属性值为字符串类型，用于返回或设置用户选中的文件名。当用户在对话框中选中所要打开的文件时，该属性就立即得到了该文件的文件名。与 FileName 属性不同的是，FileTitle 的属性值中只有文件名，不包含路径名。

例如，当在"打开"对话框中选择了路径"C：\Program Files \ Tencent \ QQ"下的文件"QQ. exe"时，FileName 属性值为"C：\Program Files \ Tencent \ QQ \ QQ. exe"，而 FileTitle 属性的值为不包含路径的文件名"QQ. exe"。

3. Filter 属性

用于设置在对话框中显示的文件类型。用该属性可以设置多个文件类型，供用户在对话框的"文件类型"下拉列表框中选择。属性值由一对或多对文本字符串组成，每对字符串用管道符"｜"隔开，在管道符"｜"前面的部分称为描述符，是对文件类型的说明，后面的部分称为"过滤器"，每一个过滤器指定了一种在对话框中显示的文件类型，过滤器一般由通配符和文件扩展名组成。例如，CommonDialog1. Filter = " 文本文件（＊.TXT）｜＊.txt" 语句，表示在文件列表框中显示扩展名为.txt 的文件，即文本文件。又如：

CommonDialog1. Filter = "所有文件(＊.＊)｜＊.＊｜文本文件(＊.TXT)｜＊.txt"

此语句表示在对话框中可以显示的文件类型有两种：所有文件和文本文件，这两种文件类型将显示在"文件类型"下拉列表框中，如图 12-3 所示。

图 12-3　设置"打开"对话框的 Filter 属性

4. FilterIndex 属性

返回用户在文件类型列表框中选中选项的序号，即过滤器的序号，其值为整型。用 Filter 属性设置了多个过滤器后，每个过滤器都有一个序号，第一个过滤器的序号为 1，第二个过滤器的序号为 2，依此类推。如在上例中，如果选定了文本文件（＊.txt），则 FilterIndex 属性值为 2。

5. InitDir 属性

该属性值为字符串型。用来指定"打开"对话框中的初始路径，并返回用户选中文件所在的路径名称。若没有设置该属性，则显示当前路径。

6. Flags 属性

该属性用来设置对话框的选项。属性值可以是符号常量，也可以是数值。

例如，CommonDialog1. Flags = &H10，表示对话框中显示"帮助"按钮，用符号常量表示这一功能的形式为：

CommonDialog1. Flags = cdlOFNHelpButton

常用设置值见表 12-1。

表 12-1　Flags 属性常用设置值

常　　数	值	描　　述
cdlOFNHelpButton	&H10	使对话框显示"帮助"按钮
cdlOFNHideReadOnly	&H4	在对话框中隐藏只读复选框
cdlOFNNoChangDir	&H8	强制将对话框打开时的目录设置为当前目录
cdlOFNReadOnly	&H1	建立对话框时,只读复选框默认被选中。该标志也用来指示对话框关闭时只读复选框的状态

【例 12-1】 设计一个利用"打开"对话框,实现打开文件功能的程序。

实例说明:程序运行结果如图 12-4 所示。程序运行后,单击"浏览图片"命令按钮,会弹出"打开"对话框,标题为"选择图片",默认路径为 D 盘,从中可以选择打开 BMP 位图、JPG 图片或 GIF 图片文件,JPG 图片为默认图片,单击"确定"按钮,则在窗体的图片框中显示该图片。

图 12-4　"打开"对话框示例

实例分析:要显示"打开"对话框,需要向工程中添加一个通用对话框控件,并在代码中调用通用对话框的 ShowOpen 方法或设置其 Aciton 属性为 1,对话框标题可以通过 DialogTitle 属性设置,默认路径可以通过 InitDir 属性设置,"文件类型"列表框中显示的内容通过对话框的 Filter 属性设置。另外,还应该向工程中添加一个图片框控件,用于显示在对话框中选定的图片文件。显示图片通过 LoadPicture 函数实现。

实例设计:

1)创建界面:新建工程,在窗体上添加 1 个图片框,名称为 Picture1;1 个通用对话框,名称为 CommonDialog1;1 个命令按钮,名称为 Command1。

2)设置属性:CommonDailog1 的 DialogTitle 属性设置为"选择图片";InitDir 属性设置为"D:";Filter 属性设置为"BMP 图片｜∗.bmp｜JPG 图片｜∗.jpg｜GIF 图片｜∗.gif";FilterIndex 设置为 2。

3)编写代码如下:

```
Private Sub Command1_Click( )
    CommonDialog1. ShowOpen '显示"打开"对话框
    Picture1. Picture = LoadPicture( CommonDialog1. FileName)
    '利用 LoadPicture 函数将图片放到 Picture1 中
End Sub
```

12.3.2 另存为（Save As）对话框

通过调用对话框的 ShowSave 方法或将对话框的 Action 属性设置为 2，可以显示"另存为"对话框，如图 12-5 所示。当用户需要存储文件时可以利用这一窗口，实现路径和文件名的选择或键入。

图 12-5　"另存为"对话框

"另存为"对话框的属性和"打开"对话框的属性基本相同。不同的是，可以通过 DefaultExt 属性为文件设置默认的文件扩展名，当单击"保存"按钮时，会自动给文件名添加上扩展名，其值是由 1～3 个字符组成的字符串。

与"打开"对话框相比，"另存为"对话框的 Flags 属性有一个特有的设置值 &H2，表示当"另存为"对话框中选择的文件已经存在时，会产生一个信息框，提示用户是否覆盖该文件。

【例 12-2】　利用"打开"对话框和"另存为"对话框，编写一个简单的文本文件编辑程序，窗体设计如图 12-6 所示。

图 12-6　文本文件编辑程序

实例说明：程序运行时，文本框的内容为空，单击"打开…"按钮，会显示打开对话框，在打开对话框中选择某个文本文件并打开时，则文本文件的内容会在文本框中显示出来；当单击"另存为…"按钮，显示保存对话框，能够将文本框的内容保存在一个文本文件中，保存文件的默认名称为 Default. Txt。本程序只实现图 12-6 中前两个命令按钮的功能，"颜色…"、"字体…"及"打印…"按钮的功能会在后面的例子中实现。

实例分析：本程序中用到了"打开"和"另存为"对话框实现相应的功能，所以，应向工程中添加一个通用对话框控件，在命令按钮的 Click 事件过程中，通过控制其属性或方法以打开不同类型的对话框，对在对话框中选中的文件进行打开及读取文件内容的操作。另外，应设置文本框的 MultiLine 及 ScrollBars 属性，以允许多行文本及显示滚动条。

实例设计：

1）创建界面：新建工程，在窗体适当位置添加 1 个文本框，一个通用对话框控件和 6 个命令按钮。

2）设置属性：窗体以及控件的属性设置见表 12-2。

表 12-2　对象属性

对　象	属　性	属　性　值
Form	Name Caption	FrmNoteEdit 通用对话框应用示例
TextBox	Name MultiLine ScrollBars	TxtNoteEdit True 2-Vertical
CommonDialog	Name FileName InitDir Filter	CD1 ＊. Txt C：\ Text Files（＊. Txt）｜＊. txt｜All Files（＊.＊）｜＊.＊
CommandButton	Name Caption	CmdOpen 打开…
CommandButton	Name Caption	CmdSaveas 另存为…
CommandButton	Name Caption	CmdColor 颜色…
CommandButton	Name Caption	CmdFont 字体…
CommandButton	Name Caption	CmdPrint 打印…
CommandButton	Name Caption	CmdQuit 结束

3）编写代码如下：

为"打开…"按钮编写代码如下：

```
Private Sub cmdOpen_Click( )
    CD1. Action = 1
    If CD1. FileName = " " Then Exit Sub          '如果没有选中文件,则结束过程
    txtNoteEdit. Text = " "
```

```
        Open CD1. filename For Input As #1
        Do While Not EOF(1)
            Line Input #1 , inputdata
            TxtNoteEdit. Text = txtNoteEdit. Text + inputdata + Chr(13) + Chr(10)
        Loop
        Close #1
    End Sub
```

为"另存为…"按钮编写代码如下：

```
Private Sub cmdSaveas_Click( )
    CD1. FileName = "Default. Txt"          '设置默认文件名
    CD1. DefaultExt = "Txt"                 '设置默认扩展名
    CD1. Action = 2                         '打开另存为对话框
    Open CD1. filename For Output As #2
    Print #2 , txtNoteEdit. Text
    Close #2
End Sub
```

12.3.3 颜色（Color）对话框

当调用对话框的 ShowColor 方法或设置其 Action 属性值为 3 时，将显示供用户选择颜色的"颜色"对话框，如图 12-7 所示。

颜色对话框除了基本属性之外，还有一个重要属性 Color，用于返回选定的颜色值。当用户在颜色对话框中选中某种颜色时，该颜色值将赋给对话框的 Color 属性。

【例 12-3】为例 12-2 中的"颜色…"命令按钮，编写事件过程，设置文本框的前景色，即文字的颜色。

实例说明：在例 12-2 的基础上，单击"颜色…"按钮，会显示"颜色"对话框，在其中选中某种颜色后，文本框中的文本则显示为相应的颜色。

实例分析：在"颜色"对话框中选中某种颜色时，其颜色值将赋给 Color 属性。所以，在"颜色…"按钮的 Click 事件过程中，只要将对话框的 Color 属性赋值给文本框的 ForeColor 属性即可。

图 12-7 "颜色"对话框

实例设计：添加"颜色…"按钮的事件代码如下。

```
Private Sub cmdColor_Click( )
    CD1. Action = 3                          '打开颜色对话框
    txtNoteEdit. ForeColor = CD1. Color      '设置文件框前景颜色
End Sub
```

12.3.4 字体（Font）对话框

当调用 ShowFont 方法或设置通用对话框的 Action 属性为 4 时，将显示"字体"对话框，该对话框可以设置文本的字体、样式、大小和颜色等，如图 12-8 所示。

图 12-8 "字体"对话框

"字体"对话框的常用属性如下：

（1）FontName 属性

该属性返回用户所选定的字体名称。

（2）Fontsize 属性

该属性返回用户所选定的字体大小。

（3）FontBold、FontItalic、FontStrikethru 和 FontUnderline 属性

这些属性均为逻辑型，当它们的值是 True 时，分别表示设置字体为粗体、斜体、带有删除线或下画线。

（4）Min、Max 属性

这两个属性用于设定用户在字体对话框中所能选择字号的最小值和最大值，即用户只能在此范围之内选择字号，该属性以点（Point）为单位（一个点的高度是 1/72 英寸）。

（5）Flags 属性

该属性用来设置字体对话框的选项。Flags 属性设置见表 12-3。

表 12-3 字体对话框 Flags 属性设置值

常　数	值	说　明
cdlCFScreenFonts	&H1	显示屏幕字体
cdlCFPrinterFonts	&H2	显示打印机字体
cdlCFBoth	&H3	显示打印机字体和屏幕字体
cdlCFEffects	&H100	在字体对话框显示删除线和下画线检查框及颜色组合框

需要注意的是，在显示字体对话框之前必须将 Flags 属性设置为 cdlCFScreenFonts、cdlCFPrinterFonts 或 cdlCFBoth 中的一个，否则将发生字体不存在的错误。

【例12-4】 为例12-2中的"字体…"命令按钮编写事件代码，用来设置文本框的字体。

事件代码如下：

```
Private Sub cmdFont_Click( )
    CD1. Flags = CdlCFBoth
    CD1. Action = 4          '打开字体对话框
    txtNoteEdit. FontName = CD1. FontName
    txtNoteEdit. FontSize = CD1. FontSize
    txtNoteEdit. FontBold = CD1. FontBold
    txtNoteEdit. FontItalic = CD1. FontItalic
    txtNoteEdit. FontStrikethru = CD1. FontStrikethru
    txtNoteEdit. FontUnderline = CD1. FontUnderline
End Sub
```

12.3.5 打印（Print）对话框

当调用 ShowPrint 方法或设置通用对话框的 Action 属性值为 5 时，将显示"打印"对话框，如图 12-9 所示。

图 12-9 "打印"对话框

"打印"对话框的常用属性如下：

（1）Copies（复制份数）属性

该属性值为整型，用来指定打印份数，默认值为 1。

（2）FromPage（起始页号）、ToPage（终止页号）属性

该属性用来设置并存放用户指定的打印起始页号和终止页号，其值为整型。

【例12-5】 为例12-2中的"打印…"命令按钮编写事件过程，打印文本框的信息。在下面的过程中涉及的系统对象 Printer，它代表打印机。

```
Private Sub cmdPrint_ClickO
    CD1. Action = 5                          '打开打印机对话框
    For i = 1 To CD1. Copies
        Printer. Print txtNoteEdit. Text      '打印文本框中的内容
    Next i
    Printer. EndDOC                          '结束文档打印
End sub
```

12.3.6 帮助（Help）对话框

当调用 ShowHelp 方法或设置通用对话框的 Action 属性值为 6 时，将显示"帮助"对话框，通过"帮助"对话框可以显示帮助信息。

帮助对话框不能制作应用程序的帮助文件，若要制作帮助文件需要使用 Microsoft Windows Help Compiler，即 Help 编辑器。生成帮助文件以后，可直接在界面上利用帮助对话框窗口为应用程序提供在线帮助。

帮助对话框常用属性有：

（1）HelpCommand 属性

该属性用于返回或设置所需要的在线 Help 帮助类型。

（2）HelpFile 属性

该属性用于指定 Help 文件的路径及其文件名称。

（3）Helpkey 属性

该属性用于设置帮助主题的关键字。例如，如果想在 Help 窗口中显示 VB. HLP 的 Common Dialog Control 语句的帮助，那么应按如下要求设置属性：

```
CommonDialog1. HelpCommand = vbHelpContents
CommonDialog1. HelpFile = " VB. HLP"
CommonDialog1. Helpkey = " Common Dialog Control"
CommonDialog1. Action = 6
```

（4）HelpContext 属性

该属性用来返回或设置所需要的帮助主题的上下文文件号（ID），一般与 HelpCommand 属性（设置为 vbHelpContents）一起使用，指定要显示的帮助主题。

12.4 本章小结

本章主要介绍了程序设计中重要的人机交互界面——对话框的创建和使用。在 Visual Basic 中，对话框被分为不同的三大类型：预定义对话框、自定义对话框和通用对话框。其中"通用"对话框是本章的重点，利用"通用"对话框可以实现程序中绝大多数比较常用的人机交互功能。其中"打开"和"另存为"对话框中知识点较多，主要是各种常用属性的含义及使用方法，需要特殊注意。另外，利用"通用"对话框作为过渡，可以实现一些较复杂的程序，结合前面章节学习的内容，读者应加以重视，灵活掌握。

第 13 章　数据库应用

学习目标与要求

- 了解什么是关系型数据库
- 掌握 Visual Basic 中 3 种数据库引擎的接口
- 了解 Visual Basic 访问的数据库类型
- 掌握可视化数据库管理器的使用
- 掌握数据控件 Data 绑定控件、ADO 控件和 ActiveX 绑定控件
- 了解结构化查询语言（SQL）

为了实现对大量数据的处理和完成各种复杂的查询，Visual Basic 引入了对数据库的操作。Visual Basic 是一个非常优秀的数据库应用前端开发工具，它能通过 ODBC、Jet 和 ADO 等中间连接件获得对数据库的前端操作。本章将介绍它在这一领域中的应用。

13.1　关系型数据库的基本概念

目前最流行的数据库系统类型是关系型数据库，关系型数据库主要是基于关系数据模型。所谓关系数据模型是将数据库的逻辑结构归结为满足一定条件的二维表的形式，并使用关系代数和关系运算作为数据操纵语言。

关系模型中，将一组数据列成二维表，一个 m 行 n 列的二维表表示具有 m 个 n 元组关系。二维表中的行称为元组，列称为属性，不同的列有不同的属性。关系称为"表"，把属性称为"字段"，元组称为"记录"。

1. 关系型数据库

关系型数据库是在一个环境中定义的一些关于某个特定目的或主题的信息集。一个数据库中可以包含多个数据表。

2. 二维关系表

二维关系表是一种有关特定实体的数据集合，是关系型数据库的基本数据结构，其二维关系是指由行、列组合而成的数据集和。一个数据库中一般含有多个二维关系数据表。

3. 记录、字段和索引

数据表中的每一行称为一条记录。每条记录又可以包括若干列，即若干个字段。

字段是一些可随时变更的值的集合。同一字段的所有值具有同样的数据类型。字段的值是表中可以选择数据的最小单位，也是可以更新数据的最小单位。一般情况下，字段主要包括 5 种类型：字符型、数值型、货币型、序列型和日期型。

4. 标准数据库查询语言 SQL

结构化查询语言（Structured Query Language，SQL）包括了对数据库的设计、查询、维护、控制等全方位的功能。SQL 语言是基于 IBM 早期数据库产品 System R 发展起来的，于

1986 年经美国国家标准协会（ANSI）确认为国家标准，1990 年经国际标准化组织（ISO）确认为国际标准。Visual Basic 数据库访问全面支持 SQL 语言。熟练使用 SQL 语言可以设计出功能非常强大的数据信息管理系统。

13.2 Visual Basic 数据库应用程序

13.2.1 数据库应用程序

Visual Basic 的数据库应用程序由用户界面、数据库引擎和数据库 3 部分组成。

1. 用户界面

它包括了用于与用户交互的所有界面和代码。界面是由窗体和各种控件对象组成的，Visual Basic 代码是程序设计人员为了完成查询、插入、追加、删除、更新数据表中的记录而编写的。它们只是用来请求数据库引擎来完成对物理数据库文件的操作，而并不是直接对数据库进行操作。

2. 数据库引擎

一组动态链接库（DLL）。它的主要任务是，解释应用程序的请求并形成对数据库的物理操作；管理对数据库的物理操作；维护数据库的完整性和安全性；处理结构化查询语言（SQL）查询，实现对数据库的查询、插入、追加、删除、更新；管理查询所返回的结果。在数据库应用程序运行时，Visual Basic 程序通过这些动态链接库来实现其功能。由此可看出，数据库引擎是应用程序与物理数据库之间的桥梁，其应用程序是通过数据引擎来完成对物理数据库文件的操作。

3. 数据库

存放数据的文件，由若干个数据表文件组成。数据库只包含数据，而对数据进行的各种操作是由数据库引擎完成的。

13.2.2 数据库引擎的接口

Visual Basic 中数据库引擎的接口有 3 种：数据访问对象（DAO）、远程数据对象（RDO）和 ActiveX 数据对象（ADO）。数据库引擎的接口是一个对象模型，它代表了访问数据的各个方面。可以在任何应用程序中通过编程控制，连接语句生成器和提供使用的返回数据。

数据访问技术总是在不断进步，这 3 种接口中的每一种都分别代表了该技术的不同发展阶段。最新的技术是 ADO，它是为 Microsoft 最新和最强大的数据访问 OLE DB 设计的，是由 Microsoft Jet 数据库引擎定义的对象。它比 RDO 和 DAO 使用起来更简单和灵活。

在 Visual Basic6 中，数据库编程的过程实际上就是创建数据访问对象的过程。可以用这些数据访问对象的属性和方法来实现对数据库的操作。ADO 技术采用与关系型数据系统的逻辑结构相同的类的结构，对应于被访问物理数据库的不同部分，都存在相应的数据访问对象，如 Database、TableDef、Field 和 Index 对象。因此，使用它们访问数据库具有很高的效率。

13.2.3 Visual Basic 能够访问的数据库类型

1. 内部数据库

内部数据库使用了与 Microsoft Access 相同的格式，也称为本地数据库。由 Jet 引擎直接创建和操作这些数据库，所以可以提供最大程度的灵活性和速度。内部数据库也称 Jet 数据库。

2. 外部数据库

在 Visual Basic 中能够创建和操作所有"索引顺序访问方法"（ISAM）数据库，如 dBASE、FoxPro 和 Microsoft Excel 等。外部数据库也称 ISAM 数据库。

3. ODBC 数据库

Visual Basic 可以访问 ODBC 标准的客户端/服务器数据库，如 Microsoft SQL Server、Oracle 和 Sybase 等。可以使用 ODBC 驱动程序直接把命令传递给服务器处理，以创建真正的客户端/服务器程序。

13.3 可视化数据库管理器的使用

可视化数据库管理器（Visual Data Manager）是 Visual Basic 提供的一个非常实用的可视化的数据库管理工具。使用它可以非常方便地完成创建数据库、建立数据表和数据库查询等工作。可视化的工作界面为用户带来了极大的方便，其可视化数据管理器程序是用 Visual Basic 编制的，它也是一个很好的数据管理的示例程序。

13.3.1 创建数据库

1. 启动可视化数据库管理器

选择"外接程序 | 可视化数据库管理器"命令，可打开可视化数据管理器窗口。

2. 创建内部数据库

选择"文件 | 新建"命令，弹出一个数据库类型选择菜单，选择"Microsoft Access | Version 7.0 mdb"后，在对话框中选择保存数据文件的目录，输入数据文件的名字，单击"保存"按钮即可。

新建的数据库中没有任何表，它包括两个窗口，左边是"数据库窗口"用来显示数据库、表及字段；右边是"SQL 语句"窗口，用于输入查询数据库内容所用 SQL 语句。

单击 Properties（属性）左边的"＋"，展开其内容，可以看到该数据库的一些属性设置。

3. 新建数据表

在数据库窗口中单击鼠标右键，在弹出的快捷菜单中选择"新建表"命令，弹出"表结构"对话框，在"表名称"文本框中输入表的名称即可。

4. 添加数据表字段

单击"添加字段"按钮，弹出"添加字段"对话框，输入字段的名称、大小、类型后，单击"确定"按钮，增加一个字段；输入所有字段后，单击"关闭"按钮，可返回表结构对话框。

"添加字段"对话框中各选项的作用如下。

名称：输入想要添加的字段名。

顺序位置：输入字段的相对位置。

类型：选择字段的操作或数据类型。

验证文本：如果用户输入的字段值效时，显示该文本框内输入的信息。

大小：确定字段的最大尺寸，以字节为单位。

固定字段：选中后，字段的尺寸不变。

可变字段：选中后，用户可以用鼠标拖动字段的边界，可改变字段的尺寸。

验证规则：用来确定字段中可以添加什么样的数据。

默认值：输入字段的默认值。

自动添加字段：选中后，如果正处在表的末尾，则添加下一个字段。

允许零长度：选中后允许零长度字符串为有效字符串。

必要的：选中后，指示字段是否要求非空值。

添加：单击后，可在当前表追加当前字段。

关闭：单击后，完成添加字段返回。

5. 添加索引

单击"表结构"中"添加索引"按钮，在弹出的"添加索引到"对话框中设置即可。

6. 生成数据表

单击"生成表"按钮，即可生成数据表。

13.3.2 输入和修改数据表的记录

1. 打开数据库

选择"文件 | 打开数据库"命令即可。

2. 输入或修改记录

使"窗体上使用 Data 控件"处于按下状态，双击数据表项目图标，在弹出的对话框中单击"添加"按钮，可增加一条记录，输入完后，单击"更新"按钮，再单击"关闭"按钮返回。

3. 查找记录

单击"查找"按钮，在弹出的对话框中输入条件即可。

4. 删除数据表记录

单击"删除"按钮，可删除当前记录。

13.3.3 数据库管理窗口的工具栏

1. "记录集类型"按钮组

（1）▦表类型记录集

在这种方式下，打开数据表中的记录时，所进行的增加、删除、修改和查询等操作都将直接更新数据表中的数据。

（2）▦动态集类型记录集

在这种方式下，打开数据表或由查询返回数据，所进行的增加、删除、修改和查询等操作都先在内存中进行，且速度较快。

（3）🔳快照类型记录集

在这种方式下，打开的数据表或由查询返回的数据仅供读取，不可以修改，因此只适用于进行查询操作。

2. "数据显示"按钮组

（1）🔳在窗体上使用 Data 控件

在显示数据表的窗口中，可以使用 Data 控件来控制记录的滚动。

（2）🔳在窗体上不使用 Data 控件

在显示数据表的窗口中，不可以使用 Data 控件，但可以使用水平滚动条来控制记录的滚动。

（3）🔳在窗体上使用 DBGrid 控件

在显示数据表的窗口中，可以使用 DBGrid 控件。

3. "事务方式"按钮组

（1）🔳开始事务

开始将数据写入内存数据表中。

（2）🔳回滚当前事务

取消由"开始事务"的写入操作。

（3）🔳提交当前事务

确认数据写入的操作，将数据表数据更新，原有数据不可以恢复。

13.3.4 数据库记录的查询

在可视化数据管理器的主窗体中，右边是 SQL 语句窗口。可以直接在这个窗口中输入 SQL 语句，对数据库进行查询。也可以使用可视化数据管理器中的"查询生成器"来建立查询，它可以用来生成、查看、执行 SQL 查询，生成的查询将作为数据库的一部分保存。可以按照如下步骤设计查询：

1）单击实用程序菜单，选择"查询生成器"。

2）在"表"列表框中，单击要查询的数据表名称，选中要查询的字段名。

3）在对话框上部有"字段名称"、"运算符"、"值"3 个下拉列表框，用于构成一个查询数据表的关系表达式。查询表达式可以是由多个条件组合的逻辑表达式。单击"将 AND 加入条件"、"将 OR 加入条件"即可构成查询表达式，例如：

　　学生档案. 年龄 = 17 AND 学生档案. 性别 = '男'

4）"排序按"栏内可以选择排序方式。

5）"显示"可显示上述操作所生成的 SQL 语句。

6）条件设定后，单击"运行"按钮，在对话框中选"否"，可显示查询的结果。

7）单击"保存"按钮，输入查询的名字，确定后即在数据管理窗口中创建了一个查询。以后要执行该查询，只需在数据库窗口中双击该查询名即可。

8）"设置表间联结"，可建立数据表之间的联结

9）单击"关闭"按钮，关闭对话框。

13.3.5 数据窗体设计器

数据窗体设计器可以根据数据库中建立的表或查询快速生成一个窗体，并添加到工程中。使用数据窗体设计器建立数据操作窗体的步骤如下：

1）单击实用程序菜单，选择"数据窗体设计器"。

2）在"窗体名称"中输入窗体的名称，如"学生管理"。

3）在"记录源"中选择一个存在的表或查询，记录源作为窗体的基本数据源。

4）将"可用的字段"中字段，移到"包括的字段"中。

5）单击"生成窗体"，将在工程中生成一个名为"学生管理"的窗体。

窗体中对应的程序代码已经自动生成。可以对界面或内容进行适当的修改和调整。

学生档案和学生成绩两个表的数据及结构见表 13-1 ~ 表 13-3。

表 13-1 学生档案

学 号	姓 名	性 别	年 龄	出 生 日 期	籍 贯	电 话
0101	王建中	男	18	1985-06-07	北京	63390810
0102	李华君	男	17	1986-01-20	上海	65020008
0103	王丽丽	女	17	1986-02-17	南京	67366688
0104	张红燕	女	18	1985-09-23	广西	65242345
0105	贾建中	男	17	1986-10-18	贵州	65557848

表 13-2 学生成绩

学 号	外 语	语 文	数 学	物 理	化 学
0101	80	75	75	80	85
0102	90	90	90	90	80
0103	75	75	70	75	80
0104	75	60	78	80	82
0105	85	80	88	80	92

表 13-3 数据表结构

学 生 档 案			学 生 成 绩		
字段名称	类型/长度	索引	字段名称	类型/长度	索引
学号	字符型/4	主索引	学号	字符型/4	
姓名	字符型/8		语文	整型	
性别	字符型/2		外语	整型	
年龄	整型		数学	整型	
出生日期	字符型/10		物理	整型	
籍贯	字符型/2		化学	整型	
电话	字符型/8				

13.4 数据控件 Data 和绑定控件

Visual Basic 提供了一个简单、方便、快捷的数据库访问对象——数据控件（Data 控件），通过设置属性，可以使数据控件与结构不同的数据库及其中的数据表（即数据集）发生联系，并对它们进行读写操作。利用数据控件，只需编写少量的代码，甚至不编写任何代码程序，即可访问多种数据库中的任意一条记录。

数据控件只是负责数据库和工程之间的数据交换，本身并不显示数据，必须使用 Visual Basic 控件中的绑定控件与数据控件一起来完成访问数据库的任务。

Visual Basic 将绑定控件的值赋为当前数据库记录的域值。在使用数据控件时，用户可不编写任何代码程序就可以对数据库进行大部分操作。与数据控件相关的绑定控件会自动显示当前的记录和特定字段。如果数据控件的记录指针移动，则相关联的绑定控件会自动改为显示当前的记录；如果修改了绑定控件内的数据，只要移动记录指针，修改后的数据会自动写入数据库。

对于编写复杂的数据库管理应用程序，可以考虑直接使用 Visual Basic 新增的数据访问对象——ADO 控件。

13.4.1 数据控件 Data 的常用属性、方法和事件

1. 数据控件的常用属性

数据控件 Data 是 Visual Basic 的一个内部控件，它的常用属性见表 13–4。

表 13–4 数据控件 Data 常用属性

属　　性	类　　型	用　　途
DatabaseName	String	设置或返回被访问数据库的名称和路径。可以在设计时用"属性"窗口设置该属性，也可以在运行时利用程序语句设置 例：Data1.DatabaseName ="学生档案.mdb"
Connect	String	设置或返回连接的数据库类型名称，可以访问 7 种数据库类型。可以通过"属性"窗口设置该属性，也可以在运行时利用程序语句设置 例：Data1.Connect = "Excel 5.0" 如果处理 Access 格式的数据库，则不需要设置这个属性
Defaultype	Integer	返回或设置一个确定数据控件所使用的数据库引擎的类型。其值为1，表示用 ODBCDirect 访问数据；值为2，表示用 Microsoft Jet 访问数据
BOFAction	Integer	当记录集 Recordset 的 Bof 属性为 True 时，设置或返回值决定数据控件执行的动作
EOFAction	Integer	当记录集 Recordset 的 Eof 属性为 True 时，设置或返回值决定数据控件执行的动作
Exclusive	Boolean	返回或设置一个值，指出数据控件的基本数据库为单用户打开还是为多用户打开。其值为 True 时，为单用户打开；其值为 False 时，为多用户打开
ReadOnly	Boolean	用于确定是否可以对记录集进行写操作。　当其值为 True 时，不能对记录集进行写操作
Recordset	Recordset	格式：Set object.Recordset [= Value] 功能：返回或设置由数据控件的属性或由现有的 Recordset 对象所定义的 Recordset 对象

属　性	类　型	用　途
RecordsetType	Integer	返回或设置一个值，指出所需要的数据表对象类型，它可以是数据库中的表或是一个存储查询；如果使用 Access 数据库，则该属性值为0-Table；如果使用其他类型数据库则应选择 1-Dynaset；如果只需读数据，则应选择 2-Snapshot
RecordSource	String	用来确定可访问的数据，它可以是单个数据表、查询、SQL 语句，由它确定的记录集 Recordset 也是一个对象，因此它和其他对象一样具有属性和方法
Visible	Boolean	其值为 False 时，对象不可见；其值为 True 时，对象可见。

BOFAction 和 EOFAction 属性的取值及含义，见表13-5。

表 13-5　BOFAction 和 EOFAction 属性的取值及含义

属　性	取　值	操　作
BOFAction	0	控件重定位到第一个记录
	1	移过记录集开始位置，定位到一条无效记录，触发数据控件对第一条记录的无效事件 Validate
EOFAction	0	控件重定位到最后一条记录
	1	移过记录集结束位置，定位到一条无效记录，触发数据控件对最后一个记录的无效事件 Validate
	2	向记录集中加入新的空记录，可以对新记录进行编辑，将新记录写入数据库

2. 数据控件 Data 的 Recordset 对象（记录集）的常用属性

（1）Bof 和 Eof 属性

Recordset. Bof 用来判定指针是否指向首记录之前，其值为 True 时，表示指针指向首记录之前。

Recordset. Eof 用来判定指针是否指向末记录之后，其值为 True 时，表示指针指向末记录之后。

Bof 和 Eof 属性具有以下特点：

如果记录集中没有记录，则 Bof 和 Eof 的值都是 True。当 Bof 和 Eof 的值成为 True 之后，只有将指针移到实际存在的记录上时，Bof 和 Eof 值才会为 False。

当创建或打开至少含有一个记录的记录集时，指针指向首记录，Bof 和 Eof 的值为 False。

（2）RecordCount 属性

对于表类型的记录集，RecordCount 属性为它的记录总数；对于其他类型的 Recordset 对象，该属性为访问过的所有记录的个数。如果记录集中没有记录，则它的 RecordCount 值为 0。

（3）NoMatch 属性

如果在 Microsoft Jet 数据库的数据表中使用 Seek 或 Find 方法找到相匹配的记录，则指针指向该记录，此时 NoMatch 的属性值为 False，否则 Nomatch 的属性为 True。

（4）AbsolutePosition 属性

设置或返回记录集当前记录的记录号。记录号从 0 开始。

（5）Bookmark 属性

设置或返回一个值，它是记录集中唯一确定的当前记录。它包含用以识别当前记录的二进制字符串。

（6）LastModified 属性

返回一个 Bookmark 标志，它是最近添加的记录或改变的记录。

（7）Index 属性

设置或返回一个值，它是 Table 类型记录集中当前索引字段对象的名称。

3. 数据控件 Data 的 Recordset 对象（记录集）的常用方法

1）AddNew 方法：对于一个可更新的记录集，创建一个新的记录。

例如：Data1. Recordset. Addnew

2）Delete 方法：删除当前记录。

例如：Data1. Recordset. Delete

3）Move 方法：可代替对数据控件对象的 4 个箭头的操作，用来定位数据表中的记录，也就是将指针移到相应的记录。

4）MoveFirst 方法：定位到首记录。

5）MoveLast 方法：定位到末记录。

6）MoveNext 方法：定位到下一条记录。

7）MovePrevious 方法：定位到上一条记录。

8）Move［n］方法：指针移动 n 条记录，n 为正整数向前移，n 为负整数向后移。

9）Find 方法。

格式：<数据表对象名称>. Find［搜索条件］

功能：可在指定的 Dynaset 或 Snapshot 类型的 Recordset 对象中查找与指定条件相符的一条记录，并将指针移到该记录，使该记录成为当前记录。它的 4 种格式：

> FindFirst 方法：找到满足条件的第一记录。
>
> FindLast 方法：找到满足条件的最后一条记录。
>
> FindNext 方法：找到满足条件的下一条记录。
>
> FindPrevious 方法：找到满足条件的上一条记录。

"搜索条件"是指定字段值与常量关系的字符串表达式，除了可用普通的关系运算符构成，还可以用 Like 运算符构成。

例如：

在由 Data1 数据控件连接的数据库"学生档案. mdb"的记录集内查找性别为"男"的第一条记录。

> Data1. Recordset. FindFirst "性别 ='男'"

10）Close 方法：关闭记录集。

13.4.2 数据控件 Data 和绑定控件的关联方法

1. 绑定控件的种类

在 Visual Basic 中，可以与数据控件相关联的绑定控件如下。

1）内部控件：文本框、标签、复选框、图像框、列表框、组合框、OLE 容器和图片框。

2）ActiveX 控件：DBList、DBCombo、DataGrid、MSFlexGrid、MaskEdBox、RichTextBox。

当上述控件与数据控件关联后，这些控件就成为绑定控件。

2. 数据控件 Data 对象和绑定控件对象的关联方法

1）在窗体中，添加数据控件 Data 和可以与其相关联的绑定控件，Data 控件在工具栏中为🗃。绑定控件必须与数据控件在同一窗体中。

2）设置数据控件 Data 对象的属性。

Connect 属性设置为要使用的数据库类型。

DatabaseName 属性设置为要连接的数据库的文件或目录名称。

DatabaseName 属性设置为要访问的数据库表的名称。

3）设置绑定控件的两个标准属性：DataSource 和 DataField。

DataSource 属性用来设置数据源，它可以是数据控件 Data 的名称，还可以是 ADO 控件的名称，或者是远程数据控件 RDO 的名称。

DataField 属性用来设置连接的数据表中的字段名称。

13.5 ADO 控件和 ActiveX 绑定控件

13.5.1 ADO 控件

ADO 是通过 Microsoft ActiveX 数据对象（ADO）来建立对数据源的连接的，凡是符合 OLE DB 规范的数据源都能连接。ADO 控件管理应用程序与数据库之间的连接，并允许面向数据的控件浏览和操作数据库中的数据，也可以直接使用 ADO 控件进行对服务器型数据库连接。因此，ADO 控件具有更宽广的适应性。

ADO 控件属于 ActiveX 控件，每次创建工程前都要先将其添加到工具箱中，添加 ADO 控件方法：选择"工程 | 部件"命令，从"控件"选项卡中找到"Microsoft ADO Data Control 6.0"，如图 13-1 所示，选中该选项左侧的小方框，单击"确定"按钮，即可将 ADO 控件添加到工具栏中，这样中就可以像常用控件一样使用 ADO 控件了。

图 13-1 "控件"选项卡

ADO 控件外观如图 13-2 所示。

图 13-2　ADO 控件外观

ADO 控件用于数据连接的属性见表 13-6。

表 13-6　ADO 控件用于数据连接的属性

属　　性	描　　述
ConnectionString	通过连接字符串可以包含进行连接时所需要的所有设置值，但该字符串的参数格式以及内容则与所选驱动程序有关，例如，ODBC 驱动程序允许该字符串包含驱动程序名称、提供者、默认的数据库、服务器、用户名、密码等
UserName	当数据库受密码保护时，需要指定该属性。也可以在 ConnectionString 中指定该属性，但 ConnectionString 中的属性值会覆盖 UserName 中的属性值
Password	在访问一个受保护的数据库时它是必需的。与 UserName 属性类似，如果在 ConnectionString 中指定了 Password，则会覆盖 Password 中的设置值
RecordSource	记录源。用于确定从数据库检索什么信息
CommandType	通知数据提供者，RecordSource 属性值是 SQL 语句、表名、存储过程，或者是未知的类型
CursorLocation	指定游标的位置是客户机还是服务器
CursorType	指定返回记录集的类型，包括静态类型、动态类型和键集光标类型
LockType	决定当其他用户试图更改当前用户正在编辑的数据时，将如何锁定数据
Mode	设置对记录集的操作类型，可以为只读、读写或其他
MaxRecords	记录集中的最大记录数
ConnectionTimeout	设置建立一个连接的等待时间，以秒为单位
CacheSize	设置从游标中可以检索到多少条记录
BOFAction 和 EOFAction	决定当该控件位于游标的开始和末尾时的行为

ADO 控件常用事件见表 13-7。

表 13-7　ADO 控件常用事件

事　　件	产 生 条 件
WillMove	用于 Recordset. Open、Recordset. MoveNext、Recordset. Move、Recordset. MoveLast、Recordset. MoveFirst、Recordset. MovePrevious、Recordset. Bookmark、Recordset. AddNew、Recordset. Delete、Recordset. Requery、Recordset. Resync 方法执行时
MoveComplete	在 WillMove 事件之后
WillChangeRecord	用于 Recordset. Update、Recordset. Delete、Recordset. CancelUpdate、Recordset. UpdateBatch、Recordset. CancelBatch 方法执行时
RecordChangeComplete	在 WillChangeRecord 事件之后
WillChangeRecordset	用于 Recordset. Requery、Recordset. Resync、Recordset. Close、Recordset. Open、Recordset. Filter 方法执行时
RecordsetChangeComplete	在 WillChangeRecordset 事件之后

13.5.2 ActiveX 绑定控件

Visual Basic 提供的数据绑定 ActiveX 控件包括 DataList、DataCombo、DataGrid 和 Hierarchical FlexGrid 4 种控件。

使用时这 4 种控件，都需要先将其添加到工具箱中。添加方法为：选择"工程 | 部件"命令，从"控件"选项卡中找到相应选项，如图 13-3 所示。选中选项左侧的小方框，单击"确定"按钮，即可将选中个控件添加到工具栏中。

图 13-3　"控件"选项卡

1. 使用 DataCombo 和 DataList 控件

DataCombo 和 DataList 控件与标准列表框和组合框控件极为相似，但这两个控件提供了一些属性，使得对数据库的操作更加灵活。DataCombo 和 DataList 控件的外观如图 13-4 所示。

DataCombo 和 DataList 控件都可以被绑定的数据库字段自动填充，允许用户通过从一个下拉列表中选择一种标准来缩小搜索范围。此外，它们还可以有选择

图 13-4　DataCombo 和 DataList 控件

地将一个选定的字段传递给第二个数据控件，从而适合用于创建"查找表"应用程序。

DataList 和 DataCombo 控件的一些重要属性见表 13-8。

表 13-8　DataList 和 DataCombo 控件常见属性表

属　　性	描　　述
BoundText	包含在 BoundColumn 属性中所指定的字段的值
SelectedItem	返回一个对所选项目的行的标签
MatchEntry	在一个由 DataCombo 控件生成的列表中启用扩展搜索模式来定位项目
IntegralHeight	将控件的高度设为恰好显示整数个完整的行
VisibleCount	指定在一个列表中可见的数目

2. DataGrid 控件

DataGrid 控件是一种类似于电子数据表的绑定控件，可以利用行和列来表示数据库的记录和字段。使用 DataGrid 可以创建一个允许用户阅读和写入数据到数据库的应用程序。

DataGrid 控件绑定数据如图 13-5 所示。

	学号	姓名	性别	年龄	出生日期	电话	籍贯
▶	0101	王建中	男	18	1985-06-07	63390810	北京
	0102	李华君	男	17	1986-01-20	65020008	上海
	0103	王丽丽	女	17	1986-02-17	67366688	南京
	0104	张红燕	女	18	1985-0923	35242345	广西
	0105	贾建中	男	17	1986-10-18	35557848	贵州

图 13-5　DataGrid 控件绑定数据

DataGrid 控件可以在设计时快速进行配置，只需少量代码或无须代码。当在设计时设置了 DataGrid 控件的 DataSource 属性后，就会用数据源的记录集来自动填充该控件，以及自动设置该控件的列标头。然后就可以编辑该网格的列，也可以删除、重新安排、添加列标头、或者调整任意一列的宽度。在运行时，可以在程序中切换 DataSource 来查看不同的表，或者可以修改当前数据库的查询，以返回一个不同的记录集合。

DataGrid 控件的常用功能包括：

1）查看和编辑远程或本地数据库中的数据。

2）与另一个数据绑定的控件（如 DataList 控件）联合使用，并使用 DataGrid 控件来显示一个表的记录，这个表是通过一个公共字段链接到由第二个数据绑定控件所显示的表。

3. Hierarchical FlexGrid 控件

Hierarchical FlexGrid（MSHFlexGrid）控件以网格的形式显示数据，数据可以来自单个表或者多个表。它与 DataGrid 控件类似，但也有显著区别：Hierarchical FlexGrid 控件不允许用户对它绑定的数据进行编辑。因此，这种控件在显示数据的同时能够确保原始数据的安全，使数据不被用户修改。不过，通过将 Hierarchical FlexGrid 控件与文本框结合起来使用，也是可以实现对单元格编辑。

Hierarchical FlexGrid 控件绑定数据如图 13-6 所示。

	学号	姓名	性别	年龄	出生日期	电话	籍贯
	0101	王建中	男	18	1985-06-07	63390810	北京
	0102	李华君	男	17	1986-01-20	65020008	上海
	0103	王丽丽	女	17	1986-02-17	67366688	南京
	0104	张红燕	女	18	1985-0923	35242345	广西
	0105	贾建中	男	17	1986-10-18	35557848	贵州

图 13-6　Hierarchical FlexGrid 控件绑定数据

【例 13-1】　利用 ADO 和 DataGrid 控件创建一个对"学生管理"数据库的连接。

创建步骤如下：

1. 将 ADO 和 DataGrid 控件添加到工具栏。

2. 在窗体中添加 ADO 和 DataGrid 控件，界面如图 13-7 所示。

图 13-7　界面设计

3. 设置控件属性。DataGrid1 的 DataSource 属性设置为 Adodc1，表示数据源与 Adodc1 绑定。

Adodc1 的属性设置步骤如下：

1）用鼠标右键单击 Adodc1，打开 Adodc1 属性对话框，在"通用"选项卡中选择"使用连接字符串"，单击"生成"按钮，打开"数据链接属性"对话框。

2）在"提供者"选项卡中选择"Microsoft Jet 3.51 OLE DB Provider"，此项是与 Access 数据库连接时的常用选项；在"连接"选项卡中选择将要连接的数据库，即"学籍管理.mdb"。此时可以单击"连接测试"按钮，测试数据库能否正常连接。单击"确定"按钮，关闭"数据链接属性"对话框。

3）在属性对话框的"记录源"选项卡中，从命令类型中选择"2 – adCmdTable"，表示以数据库中的一个表作为数据源。从"表或存储过程的名称"中选择系统已经识别的数据库中的表，本例选择"学生档案"表作为数据源。

4）其他属性暂不设置，单击"确定"按钮，属性设置完毕。

4. 运行程序。程序运行时，可以看到 DataGrid1 中显示"学生档案"表的数据，可以调整表格的列宽。单击 Adodc1 的▶或◀可以移动数据库指针，此时，DataGrid1 中的指针也随之移动。运行结果如图 13-8 所示。

图 13-8　程序运行结果

13.6 结构化查询语言（SQL）简介

SQL 是 Structured Query Language 的简称，即"结构化查询语言"。SQL 是关系型数据库的标准查询语言。

按照 ANSI（美国国家标准协会）的规定，SQL 被作为关系型数据库管理系统的标准语言。SQL 语句可以用来执行各种各样的操作，如更新数据库中的数据，从数据库中提取数据等。目前，绝大多数流行的关系型数据库管理系统，如 Oracle，Sybase，Microsoft SQL Server，Access 等都采用了 SQL 语言标准。

虽然很多数据库都对 SQL 语句进行了再开发和扩展，但是包括 SELECT, INSERT, UP-DATE, DELETE, CREATE 在内的标准的 SQL 命令仍然可以完成几乎所有的数据库操作。

假设有学生数据库，其中包含 3 个表，表名称及其包含的字段如下。

学生表：student（sno，sname，ssex，sage，sdept）

课程表：course（cno，cname，pcno，ccredit）

学生选课表：sc（sno，cno，grade）

以下命令举例均为对这 3 个表的操作。

1. CREATE 语句

CREATE 语句用于创建表。

格式：

```
CREATE TABLE <表名>（<列名> <数据类型>
    [列级完整性约束条件][,<列名> <数据类型>[列级完整性约束条件]]…)
```

例如：

```
CREATE table student（sno char(5) NOT NULL
    UNIQUE,sname CHAR(20) UNIQUE,ssex CHAR(2),sage INT,sdept CHAR(16))
```

2. SELECT 语句

在众多的 SQL 命令中，SELECT 语句是使用最频繁的。SELECT 语句主要被用来对数据库进行查询并返回符合用户查询标准的结果数据。

格式：

```
SELECT [ ALL | DISTINCT ] <目标列表达式>[,<目标列表达式>]…
    FROM <表名或视图名>[,<表名或视图名> ]…
    [WHERE <条件表达式> ]
    [GROUP By <列名1> [HAVING <条件表达式>]]
    [ORDER BY <列名2>[ASC | DESC ]]
```

说明：

1)"目标列表达式"用于指定要查询的列。FROM 用于指定数据源。例如：查询全体学生的姓名、学号、所在系。

```
SELECT sname,sno,sdept FROM student
```

查询全体学生的详细记录：

    SELECT ＊ FROM student

2）WHERE 用于指定查询条件，例如，查询所有年龄在20岁以下的学生姓名及其年龄。

    SELECT sname,sage FROM student WHERE sage＜20

3）ORDER BY 用于给出排序记录的条件。ASC 表示升序，DESC 表示降序。例如，查询选修了3号课程的学生的学号及其成绩，查询结果按分数的降序排列。

    SELECT sno,grade FROM sc WHERE cno ='3 'ORDER BY grade DESC

4）GROUP BY 用于对查询结果分组。例如，求各个课程号及相应的选课人数。

    SELECT cno,COUNT(sno) FROM sc GROUP By cno

3. INSERT 语句

    INSERT 语句用于向指定数据表中插入数据记录

格式：

    INSERT
    INTO ＜表名＞[（＜＞[,＜＞…）]
    values（＜＞[,＜＞]…）

例如

    INSERT INTO student VALUES('95020 ','陈冬 ','男 ','is',18)
    INSERT INTO sc(sno,cno) VALUES('95020 ','1 ')

4. UPDATE 语句

    UPDATE 语句用于更新指定数据表中的字段值。

格式：

    UPDATE ＜表名＞
    SET ＜列名＞=＜表达式＞[,＜列名＞ = ＜表达式＞]…
    [WHERE ＜条件＞]

例如：

    UPDATE student SET sage =22 WHERE sno ='95001 '
    UPDATE student SET sage = sage +1

5. DELETE 语句

DELETE 语句用于删除指定数据表内符合条件的记录。

格式：

    DELETE FROM ＜表名＞ [WHERE ＜条件＞]

例如：

```
DELETE FROM student WHERE sno ='95019'
```

6. SQL 中的函数

常用函数如下：

COUNT([DISTINCT | ALL] *) 统计元组个数。

COUNT([DISTINCT | ALL] <列名>)统计一列中值的个数。

SUM([DISTINCT | ALL] <列名>)计算一列值的总和(此列必须为数值型)。

AVG([DISTINCT | ALL] <列名>)计算一列值的平均值(此列必须是数值型)。

MAX([DISTINCT | ALL] <列名>)求一列值中的最大值。

MIN([DISTINCT | ALL] <列名>)求一列值中的最小值。

13.7   本章小结

本章介绍了关系型数据库的基本概念，Visual Basic 的数据库应用程序和可视化数据库管理器的使用，以及数据控件 Data 和绑定控件、ADO 控件和 ActiveX 绑定控件的属性、方法和事件。